خلد الله تعالی ملکه و سلطانه
یا مفتح الابوا

回學館 | Hankitab

回归生命的学问

立品图书·自觉·觉他
www.tobebooks.net
出品

# 萨迪的果园

بوستان سعدی

（波斯）萨迪 著
张晖 译

中国文联出版社
http://www.clapnet.cn

**图书在版编目（CIP）数据**

萨迪的果园 /（波斯）萨迪著；张晖译 . -- 北京：中国文联出版社，2015.12
ISBN 978-7-5190-0899-4

Ⅰ . ①萨 … Ⅱ . ①萨… ②张… Ⅲ . ①叙事诗—伊朗—中世纪 Ⅳ . ① I373.23

中国版本图书馆 CIP 数据核字（2015）第 312027 号

**萨迪的果园**

作　　者：[ 波斯 ] 萨　迪　　译　　者：张　晖

出 版 人：朱　庆
终 审 人：陈宝光　　复 审 人：苏　晶
责任编辑：蒋爱民　　责任校对：傅泉泽
封面设计：肖晋兴　　责任印制：陈　晨

出版发行：中国文联出版社
地　　址：北京市朝阳区农展馆南里 10 号，100125
电　　话：010-65389682（咨询）　65067803（发行）　65389150（邮购）
传　　真：010-65933115（总编室），010-65033859（发行部）
网　　址：http://www.clapnet.cn
E - mail：clap@clapnet.cn　　jiangam@126.com

印　　刷：三河市华晨印务有限公司
装　　订：三河市华晨印务有限公司
法律顾问：北京市天驰洪范律师事务所徐波律师
本书如有破损、缺页、装订错误，请与本社联系调换

开　　本：787 × 1092　　1/32
字　　数：120 千字　　印张：13.5
版　　次：2016 年 5 月第 1 版　　印次：2016 年 5 月第 1 次印刷
书　　号：ISBN 978-7-5190-0899-4
定　　价：58.00 元

# 目　录

# 序

萨迪（约 1184—约 1270）是世界文化伟人。萨迪的《果园》（Bostan）和《花园》（Golestan），已被翻译成多种语文，他的名字已为世人所知。1958 年，世界和平理事会在萨迪写作《花园》700 周年之际，把他列为世界名人纪念。1984 年，在萨迪诞生 800 周年之际，联合国教科文组织在萨迪诞生的故乡——伊朗设拉子举行纪念活动和学术研讨会。而联合国则以他的主张人类应当以慈爱为怀的诗句作为自己的宗旨：

阿丹的子孙犹如同一个肌体，
在造物之初就彼此相连一起。
这肌体的任何器官一旦染疾，
其他器官也都相应不振萎靡。
谁若对他人的苦痛漠不关心，
他便没有资格被称之为“人”。

萨迪的诗文及其思想，是世界文化遗产，值得学习和传承。今提供给读者的，便是萨迪的成名之作——《果园》，亦称作《萨迪书》。书中所描写的是萨迪的“理想国”。在这部著作中，他歌颂统治者对人民的仁义和慈善，歌颂人与人之间仁爱和关怀，这种“理想国”也是人类共同的愿望，或许正是出于这个原因，联合国将他的诗句作为其宗旨。

## 一、萨迪所处的时代

萨迪的幼年时代生活在相对稳定的时期，但是到他青年时期，即1220年，蒙古人在成吉思汗统帅下，就像突然袭来的山洪，攻陷了一个个昔日繁荣的城市，之后掠夺财物，屠戮百姓，火焚全城。凡是他们的铁蹄所经之处，宫殿房舍变成堆堆废墟，兴旺昌盛变得荒凉萧条，举目所见，横尸遍野，草覆良田，景象凄惨。所幸蒙古人所占城市和地区仅限于波斯北部，即艾特拉勒、布哈拉、撒马尔罕、木鹿、赫拉特、土斯、内沙布尔、列依、哈马丹等城及阿塞拜疆一带。他们没有进占波斯南部，一则由于那里的统治者，如位于法尔斯省的阿塔别克王朝早已被成吉思汗的铁骑吓得胆战心惊，赶紧带着大批宝物去纳贡称臣了，二则成吉思汗这次进袭，并非为了永久的占领，而是意在大规模的破坏和掠夺。所以它似骤起的旋风而来，四年后，即1224年，又率众返西伯利亚南部和蒙古草原而去。

成吉思汗对波斯的征服和蹂躏，对青年萨迪的影响，无疑是极为深刻的。他悲叹祖国的命运，同情人民的遭遇。几百年来，异族轮番式的侵略和占领，使昔日的波斯帝国成为他人争夺的一块肥肉，不能不引起诗人深刻的反思。

七世纪之后仅仅几百年时间，波斯就历经了数次异民族的入侵和统治。

七世纪中叶，阿拉伯人高举着圣战的旗帜，用火和剑血洗了波斯，相继建立了倭马亚王朝（661—750）和阿拔斯王朝（750—1055）。

突厥人在伽兹尼（位于阿富汗）建都后，趁波斯国弱内乱之机，进占波斯大部土地，建立伽色尼王朝（997—1040）。

之后，土库曼内的另一支突厥部落（乌古斯人）兴起，进驻波斯，取代伽色尼王朝，建立塞尔柱王朝（1037—1157）。

之后，另一支突厥人在波斯中、北部又建立起另一个帝国——花剌子模（1077—1331）。

从上面的简述中可以看到，波斯人民在长达几个世纪中，如何接连不断地受到外族的侵略和奴役。但是有压迫就有反抗，他们怎能长期俯首帖耳任人宰割呢？人民斗争的烽火此起彼伏，从未停止过。这些起义和反抗大大削弱了统治阶级的力量。

如八世纪中叶在中亚发生阿布·穆斯林领导的农民起义，之后扩展到整个波斯，甚至波及到伊拉克和叙利亚广大地区。它导致了倭马亚王朝的覆灭。

在阿拔斯王朝时期，从八世纪最后25年起，在150年内，阿塞拜疆、吉兰和马赞德兰地区经常发生暴动。最大的一次是在816年阿塞拜疆手工业者巴别克领导的农民起义。这次起义扩展到波斯西部，直到哈马丹城。起义虽遭失败，但却动摇和削弱了阿拔斯王朝的根基。在此之后，波斯的一些贵族才有可能同阿拉伯人统治的王朝分庭抗礼，建立了许多事实上独立的国家。

就是在蒙古西侵时期，波斯人民也没有被吓倒。花剌子模王子曾率众拼死抵抗，虽屡遭挫折，却始终没有屈服，几次拉起队伍与之对垒。

统治阶级的暴虐和残酷必然引起人民的反抗——这个严酷的历史事实，不能不对年轻的萨迪产生巨大的影响。

波斯为什么会屡遭外族的侵略呢？在阿拉伯统治削弱之后，伊朗贵族也曾成立一些地方政权，如兹雅尔王朝（821—873）、萨法尔王朝（861—900）、白益王朝（945—1055）、萨曼王朝（875—999）等，为什么这些王朝就不能有效地抗击外来侵略呢？这不能不归咎于波斯贵族阶级的只图一时享乐，不思国家兴衰，在外敌侵袭面前，不思解民之苦，率众抵抗，而仍继续高压盘剥，横征暴敛，与人民为敌。萨珊王朝为阿拉伯人所灭，源于此，兹雅尔等几个小王朝不能长久支持与发展又何尝不是如此呢？如萨曼王朝到晚期时，王子们整日沉溺于花天酒地、歌席舞筵，把军事大权委于突厥人阿勒巴金。结果养虎遗患，阿勒巴金在势力强大后，在伽兹尼建立独立政权，继而灭掉了萨曼王朝。

萨迪在外游荡 30 多年之久，耳闻目睹无不是外族侵略、战火连绵、贵族腐败、民不聊生种种现象，这些都直接反映到他的作品中。了解了萨迪生活的时代，才能更好地了解他的作品的价值。他的作品不仅仅是他个人一生的总结，从一定意义上讲，也是他所处时代的历史总结，有着明显的时代特点。

## 二、萨迪的一生

萨迪的全名叫玛什拉法丁·穆萨拉赫·本·阿卜杜勒·萨迪，约 1184 年生于现在伊朗法尔斯省的省府设拉子城。

设拉子是一座十分优美的城市，每到新春时节，清风拂来，大地复苏，黄莺啭鸣，蝶舞蜂闹，怡人性情。无怪乎波斯古代王朝把政治、文化中心设在这里。它的郊区至今仍遗存着大流士大帝（前 522—前 485）时期修建的波斯玻利斯宫殿的巨大基石和残垣断壁，不时引来许多好奇的游客观赏。到萨迪时期，由于波斯北方的文化城市大多毁于蒙古人的兵燹，许多文化人迁至设拉子，而设拉子此时正值政治上相对稳定的时期，因此逐渐发展成为波斯新的文化中心。

萨迪的祖辈是伊斯兰教神职人员。他父亲的职业也同祖辈一样是个传教士。萨迪在年幼时生活较富裕，受到父母的宠爱。他曾回忆道：当他入睡时，家人常常守在他的身边，不让一个苍蝇落到他的身上。父亲不仅让他吃好穿好，还给他一个金戒指戴着玩。萨迪还回忆道：父亲很重视对他的教育，在他稍稍懂事后，便为他准备好石板和笔，教他习文识字，读诗诵经，还常带他出去游玩，开阔眼界。萨迪在回忆这些往事时，充满了幸福感，即使他用金戒指换了一个椰枣吃，在一次娱乐活动中，在人群中走失等往事，也成为儿时美好的回忆。

但是好景不长，在他大约只十三四岁时父亲便去世了。生活也随之由殷富变得拮据起来。这个变故使他一下子成熟了许多，体会到孤儿的悲苦，人生的艰难。大约十六七岁时，为了进一步求学，他只身来到巴格达。这里是塞尔柱王朝的首府和文化中心。他由于成绩优异，以公费生资格进入内扎米耶学院。这所学院是由塞尔柱王朝著名宰相内扎姆·莫勒克建立的。它已具备了现代高等学府的雏形，给后来欧洲高等学府的组织形式以很大启发。萨迪在这个学院里不仅精读了《古兰经》，通晓了伊斯兰的教义和教律，而且还较系统地学习了历史、文学、哲学等各种知识，熟悉了阿拉伯文化。这时他的文学才华也崭露头角，能同时用波斯语、阿拉伯语及一些地方语写出诗歌。

萨迪在内扎米耶学院学习数年后，便开始了漫游生活。他的足迹踏遍西亚、叙利亚、阿拉伯半岛、黎巴嫩、突尼斯、也门、土耳其、阿塞拜疆、土库曼、阿富汗、印度西北部，据说还到过我国新疆的喀什等地。他曾13次朝觐麦加。他身无一文，长期在外漫游，浪迹天涯，其艰难可想而知。他常常随着商队，沿路化缘。有时夜间过于疲惫，一觉睡去，黎明醒来，商队已无踪影，他便孤身留在荒野，十分可怜。在有些地方，若能找到宣教讲经的机会，收入较稳定，他便可以作较长时间的驻留了。比如在埃及他还雇过一个小仆人。但是大多数时间，他因飘荡不定，经常受到饥渴寒暑的威胁。他在旅途中历经过许多艰难险阻。如有一次他离开大马士革，来到耶路撒冷郊野隐居。当时恰遇十字军攻陷该城，欧洲人俘虏了他，叫他和犹太人一起在的黎波里挖壕沟。后来幸好同一个过去相识的阿勒颇贵族邂逅，那人十分同情他，便赎出了他，并将自己的女儿嫁给了他。

萨迪在外游荡了30多年之久，到他50多岁时，返回了家乡设拉子，从此结束了颠沛流离的生活，也使他有了总结一生经历和见闻的机会。经过一年多的努力，他写出了一部长达4000多"别特"（联句），由许多故事组成的教诲性的诗集——《萨迪书》。由于萨迪认为自己这时正值人生的秋天——这是一个收获的季节，在他这棵智慧之树上结满了累累硕果，而这部《萨迪书》正是他一生经验的总结，内容丰富，琳琅满目，就像一座果园，因此他又为这部诗集取了个较为含蓄的书名——《果园》。

萨迪把《果园》献给了建都设拉子的阿塔别克王朝的国王阿布·伯克尔·本·萨德·赞基以后，得到国王的垂青和恩赏。他在饱尝艰辛之后，突然变游荡为安定，变贫穷为富裕，变被人鄙视为受人景仰，感到极大的快乐和满足。他的生活充满幸福和欢欣。人们都聚来听他谈旅途中的见闻，聆听他的教诲。他如一个睿智的哲人徜徉在生机盎然的花园中。在他的这个花园中，盛开着蔷薇、罗勒、风信子、紫苏等各种各样的鲜花。自然的花园有凋败之时，而他智慧的花园将永存世间。在这种心境下，他写出了另外一部教诲性的著作，并命名为《花园》。这部著作是散文体，但其中夹杂有许多诗歌。

虽然在1256年成吉思汗之孙旭烈兀汗率军来到伊朗，并在其西北部的大不里士建立了伊儿汗（意为各族人民的统治者）王朝，但是鞭长莫及，北方的战乱并未影响到平静的设拉子，并未打破萨迪此时安稳的生活。他在完成两部成名作之后，开始把注意力移到“嘎扎勒”（抒情诗）、“柔巴依”（四行诗）、“卡斯台”（颂赞诗）等诗歌体裁的创作上来。他的这些诗歌数量很大，有一千多首。值得一提的是他的“嘎扎勒”体抒情诗，其诗情真意切，韵味缠绵，绮丽清新，动人心弦，大大发展了“嘎扎勒”诗体，对当时及后代的“嘎扎勒”诗人影响很大，在波斯文学史上占有很高的地位。当时的诗人们都把他的诗歌视为典范，竞相模仿。他的“嘎扎勒”不仅对波斯，而且对印度等周边国家，也有相当的影响，甚至有个名叫哈桑·德赫拉维（？—1374）的诗人，因为很会模仿萨迪的诗歌，而被誉为“印度的萨迪”。

大约1270年，萨迪享年八十多岁时，在为后人留下了大量精神财富后，告别了世间，被葬于设拉子城郊。萨迪是伊朗人民引以为傲的伟大诗人。1952年他的陵园重新修复，每年都吸引大批游人来瞻仰。

## 三、《果园》是萨迪的“理想国”

《果园》所描写的是萨迪的理想与愿望，堪称萨迪的“理想国”。萨迪在创造他的“理想国”时，大量援引了历史人物故事，然后加以引申，阐述一定的哲理，或进行劝诫。他的“理想国”涉及到社会的各个领域和阶层。《果园》内容可以概括为四个方面：

其一，作为国家的管理者，应当把善待百姓放在第一位，决不行恶，行恶者必自毙。

其二，人是社会动物。人不能脱离开社会，这就面临着如何处理好人与人之间关系的问题。萨迪的原则是相互信任、相互关怀与帮助，使正气上升，邪气下降，共同建立一个友爱、和谐的社会。

其三，人作为个体来说，应当加强修养，不断完善自己，对己严，对人宽。萨迪认为这是一个美好社会的基础。

其四，关于实现“理想国”的路径，萨迪不主张“以暴制暴”，而主张“以柔克刚”，加强教育，以理服人。

下面从这四个方面，对萨迪的思想作一些介绍：

## （一）将仁爱作为治国方略的基础，将善待百姓放在第一位

### 1. 萨迪认为仁爱应作为管理国家的思想基础

国家的大政方略应当是什么——萨迪在“阿努什拉旺国王的临终遗言”中回答了这个问题：

你要对贫苦的人们怜爱体恤，
不要只顾自己的享乐安逸。
你若只知自己逸乐荒淫，
国土中便无人畅意舒心。
假若牧童昏睡，野狼乱闯——
此事不会受到智者赞赏。
去吧！去抚慰贫穷的人们——
加冕的王位须依靠着子民。
假若国王是树，子民便是根，
孩子啊！树若无根，便难生存。

不要对子民的心肆意摧残，
这无异于把自己的“根”砍断。
普慈的王从来不恶待子民，
而应当宽厚慷慨善待他人。(《果园·一·2》)

萨迪通过“阿努什拉旺国王的临终遗言”阐明了君王和人民的关系——这是一种大树和根的关系。恶待百姓，无异于自砍树根。因而，作为管理国家的君王，必须善待百姓，而不能自寻逸乐，唯如此社稷才能稳定、强盛。

2. 萨迪认为百姓应是国家的核心

萨迪善于通过仁义先王遗言的方式进谏统治者。他在“阿努什拉旺国王的临终遗言”之后，又写了一段“霍斯鲁国王的临终遗言”。他写道：

你应时时刻刻想到仆民，
为他们降下仁慈的甘霖，
只要你不拒绝对人民善待，
人民自然会把你衷心爱戴。”(《果园·一·3》)

君王同百姓的关系是：只有君王善待百姓，百姓才会爱戴君王；要能使国土中“人人康宁欢乐”，而不应反其道而行之，否则政权就不会稳固：

不应行恶肃杀，贪酷暴戾，
这无异于削弱王座的根基。

虽然持剑的强敌会造成灾难，
但更可怕的是老妪的哀怨。
须知哪怕一个孀妇的油灯，
也能把一座城市化为灰烬。
在世间最珍贵的应是什么？
在王土之中人人康宁欢乐。（《果园 · 一 · 3》）

### 3. 对于恶人萨迪认为，不能一味迁就，而应惩治

萨迪是人道主义者，但并不主张对坏人也仁慈，相反，由于恶人危害百姓，那么他就应受到惩罚。萨迪主张：

对恶人不能只靠苦口说服，
而应把他的存在连根拔除。
对暴官酷吏不能纵容姑息，
而应割下他们肥膘的外皮。
见到恶狼应当抢先杀死，
而不是等到它吃羊之时。（《果园 · 一 · 3》）

在八百年前萨迪便有这种“以民为本”的思想，超越了他的时代，是十分可贵的。

## （二）萨迪主张人与人之间应当是一种友爱、互助的关系

### 1. 在对待贫富问题上，萨迪主张富人应“慷慨博施、积福行善”，穷人应精于算计、积累财富

在人与人之间的关系中，最重要的莫过于富人和穷人的关系了。因为贫富差别过大，富人花天酒地，荒淫无度，穷人饥寒交迫，

生活无依，就会造成社会的不稳定。

萨迪认为：富人应当多做善行。他十分赞扬一个乐善好施的青年。这个青年的先辈十分富有，为他留下10万迪纳尔财产。他既不是用来自己一人享乐，也不是将自己变成一个守财奴，将这些财产再传给他的后代。萨迪介绍道：

他不像守财奴似的悭吝，
而是慷慨豁达、赈济灾民。
达尔维什纷纷到他这里围聚，
行旅者也投奔他的客店歇息。(《果园·二·4》)

这位青年将先辈留给他的钱来赈济灾民，来做建客栈等公益事业。他为什么要这样做呢？理由是：

现在财物由众人共同享有，
这胜过将来被强盗掠走。
分光吃净欢快地生活，
会比留给他人强得多。
当聪明的智者与世辞别，
委琐的小人却仍留世界。
今日的善行是来世的福祉，
若不能舍命求善就该叹息。
应当慷慨博施、积福行善，
打通彼世路障要靠金钱。”(《果园·二·4》)

那么穷人该怎样做呢？萨迪认为作为穷人应当穷得有志气。

正因为穷才更需要算计，要能以丰补欠，不断积累财富。他写道：

一个农妇这样训导女儿说：
“温饱时要能积蓄，以防饥饿。
清水要随时装满坛坛罐罐，
以防有一天突然井枯河干。”
彼世的食粮要靠此世积攒，
黄金的威力能将魔爪摧断。
当贫困时，不要登亲友之门，
当富足时，他们会把你欢迎。(《果园 · 二 · 4》)

**3. 萨迪主张“他人主义”，考虑问题不应从自身利益出发，而应当换位思考，为他人着想**

在萨迪“理想国”中，受到人们尊敬的是践行“他人主义”的人——考虑问题不是从自身利益出发，而是从对方的利益出身。因而他在书中给予最高赞美的，不是豪爽豁达，乐善好施的富人，而是纯洁无私，能够为了他人献出自己的一切，乃至生命的高尚的人。举两个例子吧。

有个坐监牢的人，写信给某善人说：“我只欠了不多的债，便将我关进了监牢。”这个善人同样是一文不名的人，便到监牢去，换出了那位囚徒。

据说他在狱中被关多时，
既不呻吟，也没有怨艾。

有个圣徒不相信他会行骗入狱，便问他入狱原因。他说道：

“只因一狱中人满腹牢骚，
为释放他我才代他入牢。
当别人戴枷锁，独我安逸——
我的心情怎么能够欢娱？”

于是萨迪赞扬他道：

虽然这善心人辞世而去，
但他的美名却流芳百世。(《果园 · 二 · 8》)

萨迪在《果园》中用了大量篇幅写了以慷慨著称的哈提姆的三个故事。

第一个故事：有个老人来到哈提姆库房，“请求惠予十迪拉姆重的砂糖”，(一迪拉姆相当于 3.2–3.5 克，10 迪拉姆还不到 50 克。）但哈提姆却给了他一袋砂糖。(《果园 · 二 · 17》)

第二个故事：哈提姆有一匹骏马。罗马皇帝听说哈提姆大量的慷慨乐施的故事后，半信半疑，便派人向他讨要那匹马。使者带着十个人来到哈提姆家。由于山洪和暴雨，家里已少肉缺粮。哈提姆为了设宴招待客人，便杀了自己的爱马。直到第二天早上，客人才向哈提姆说明来意。哈提姆并不知客人是为了讨马而来，十分懊悔，说明了实情——爱马已作为宴席美味被杀掉了。

愿以金钱、战马、锦衣相赠者，
并非位高，而因有高洁品德。
使者带回罗马实据真情，
皇帝称赞哈提姆的德行。(《果园 · 二 · 14》)

萨迪用这个故事所要说明的是人应当要有哈提姆那样的“德行”，那样的“高洁品德”。

第三个故事：也门有个军官，十分慷慨豪爽，常常施舍财物给穷人，但人们对哈提姆的赞扬要远远超过他。于是他便生嫉妒之心，欲派人杀掉哈提姆。

（刺客）路上迎来一位热情的青年，
两人关系很快就亲密无间。
那青年彬彬有礼，说话和蔼，
晚上带他进家，以贵客相待。

几天后，两人已成密友，这位青年才说明来意，是要来刺杀哈提姆的。哈提姆立刻向他说明：自己正是他要刺杀的人，说：“请你用剑割下我的头颅。”这位青年十分感动，

他晕厥在地，当起身之后，
便吻哈提姆的眼、脚和手。

青年回国后向国王报告了事情的原委，国王

之后取一袋迪拉姆金币，
说：“我这惠赐是以哈提姆的名义——
他慷慨好施，名不虚传，
他理所应当受到称赞。”（《果园 · 二 · 15》）

萨迪在少年时曾受到过很好的教育，成年后却逢动乱的年代，

而他的大半生又都是旅行在外。他的经历和博学，使他成为智者，使他对社会的认识有了升华。他见到社会上的真假、善恶、美丑各种现象。他对这社会上现象进行了深入思考，认为社会问题，最终会落实到统治者的善与恶，落实到社会上每个人品德的高尚或卑劣。他把人的品德的最高境界归纳为：抛开一切私念，从他人角度看待与处理事务。萨迪认为高尚的人应当是：当他人困顿时，他能出手相援；如有需要，无论是自己的心爱之物，乃至自己的生命都毫不犹豫地献出。萨迪认为，如果人人都能做到这一点，和谐、美好的社会也就到来。

### （三）萨迪强调个人修养

萨迪不仅通过自己一生的所见所闻，提升到理性的高度来认识，来总结，而且也从自然现象中获得灵感，从中引发出一定的哲理。比如，当时人们认为珍珠是珠贝吸纳了纯洁的水珠，孕育而成的。萨迪便以此为例，赞扬谦逊的雨滴：

从云层中落下一滴雨水，
它在大海面前十分羞愧。
它说："我怎能同大海相比？
它广阔无边，我毫无价值。"
由于它谦卑地对待自己，
珠贝便把它孕育在怀里。
而苍天陶冶了它的性情，
使它变成明珠一举闻名。（《果园·四·开始》）

接着萨迪便通过水滴变明珠的故事，阐发如下的哲理：

低下能升至崇高的地位，
推开卑贱之门便是高贵。
识广学深者有谦逊美德，
繁枝垂地是因挂满硕果。（《果园 · 四 · 开始》）

萨迪把谦虚和自我反省看作个人修养的基石。在《果园》的许多章节中，萨迪都加进了自己的亲身经历。通过萨迪的这些经历，我们看到的是一位智者个人的修养和磨练。举例来说，萨迪写道：

对萨迪的仁义之辞可不理会，
却应倾听苏哈拉瓦尔迪[①]的教诲。
一次，当我们正在海上行船，
希哈伯大师说出两句警言：
一句是“不要为自己着想”，
另一句是“不要悲观失望”。
听说他曾暗地抛洒泪滴——
当看到经书中绘写出火狱。
火狱的恐怖使他夜不能寝，
待到清晨他这样启示人们：
“我甘愿遭受火狱的折磨——
若能把众人的痛苦解脱。”（《果园 · 二 · 4》）

萨迪一生中亲身经历之事何止万千，但他记录的并不多，所记录的都是对他一生产生巨大影响的事件。从上述故事我们看到萨迪

① 苏哈拉瓦尔迪：伊朗 12–13 世纪著名学者，萨迪的老师。

的精神：“我甘愿遭受火狱的折磨——若能把众人的痛苦解脱。”这是萨迪将自己所提倡的人道主义、“他人主义”所进行的践行和总结。

萨迪在《果园》中曾专列了一条：“对自己的要求”，他写道：

萨迪啊！讲话不必有所畏惧，
宝剑在手就该争取胜利。
既然你一不受贿，二不媚上，
就应敢于述说真情实况。
贪得无厌者必然抛弃真理，
放弃贪欲后才能心口如一。(《果园 · 一 · 10》)

萨迪能够成为一个大智者，恐怕与他的“一不受贿，二不媚上”的情操不无关系。

（四）萨迪实现“理想国”的方法——以理服人，以柔克刚

| 方式<br>内容 | 故事 | 谏言 | 颂赞（或祈祷） | 经历（包括“对自己要求”等） | 哲理 | 劝诫 | 宣教（宗教）类 |
|---|---|---|---|---|---|---|---|
| 序　诗 | 1 | | 7 | 2 | | | |
| 第一章 | 36 | 22 | 3 | 2 | 3 | 1 | |
| 第二章 | 26 | 2 | 3 | 3 | 16 | 7 | |
| 第三章 | 25 | | | 1 | 9 | 2 | |
| 第四章 | 28 | | | 1 | 13 | 7 | |
| 第五章 | 13 | | | 2 | 6 | 1 | |
| 第六章 | 12 | | | 1 | 6 | 6 | |
| 第七章 | 19 | | | 5 | 5 | | 1 |

续表

| 内容＼方式 | 故事 | 谏言 | 颂赞（或祈祷） | 经历（包括“对自己要求”等） | 哲理 | 劝诫 | 宣教（宗教）类 |
|---|---|---|---|---|---|---|---|
| 第八章 | 9 | | 1 | 3 | 4 | 4 | |
| 第九章 | 15 | | | 7 | 2 | 14 | 2 |
| 第十章 | 5 | | 5 | | | 1 | |
| 小　结 | 189 | 24 | 19 | 27 | 64 | 43 | 3 |

萨迪所设计的“理想国”十分美好。但怎样实现呢？他认为应当进行长期的坚持不懈的说服教育。以《果园》来说，就采取了多种说服教育的方式，包括讲故事、进谏言、进行祈祷或颂赞，讲述自己的经历，进行耐心地劝诫，哲理的论说等。笔者对《果园》中的这些说教形式作了统计，请看上表。

从《果园》中我们可以看到萨迪的智慧，看到他思维的敏捷、善辩的口才、举止的得体、人格的魅力。这些也都反映在他的著作中，他写道：

正确的思维，善辩的辞令——
有助于教诫、言谈和修行。
而使用短剑、长矛和棍棒，
只会把他人的生命损伤。(《果园 · 五》)

关于如何处理人与人之间关系，在萨迪的著作中，有不少故事。总的来说，就是以理服人，启发自觉，设法使本人认识自己的问题，自觉地加以改正。我们可举一个修士和王子的故事作例说明。有个王子倚仗权势，胡作非为，他唱着歌曲，拿着酒杯，闯进清真寺，打扰修士的讲经。有人便去找一位高德望重的信士去制止这位王子肆意妄行，然而这位信士却祈祷主能够使这位王子一生都像现在这样欢娱、幸福——这显然是不可能实现的反话。王子得知他的祈祷后，开始思索自己的所作所为，做了改正。用萨迪的话来说就是：

温柔能把仇敌的皮剥下，
粗暴却能把朋友变作仇敌。(《果园·四·6》)

其意是处理人与人之间的关系，不应以暴制暴，而应以柔其刚，以“柔”可把“仇敌的皮剥下”。

关于如何处理人与人之间的关系，萨迪希望人们认真阅读他的作品，必会从中得到大量启示：

走路和说话都应有个分寸——
不到不行，而逾越也不行。(《果园·六·4》)

要把秘密在心的城中关闭，
无论何时也别把城门开启。
才智之士总是寡言沉默——
决不像蜡烛被烧掉长舌。(《果园·七》)

能说善道，便能获得成功之球，
恶语伤人，最终必定吃苦头。
应向萨迪学习动听的话语，
脾气暴躁会使你接近死期。(《果园·四·6》)

## 四、《果园》的艺术特点

从前面一节对萨迪的“理想国”的介绍中，我们已能体会到萨迪诗歌艺术的独特性和魅力。形式是为内容服务的，萨迪在这点上堪称大师。为了让统治者重视他的“理想国”，能够同他一起去实现他的“理想国”，他继承与弘扬了波斯文学传统，用自己的经历和所闻、所见、所思，去打动统治者和读者。

首先，萨迪写《果园》的目的，主要是为了实现“理想国”而进行诤谏和教诫。但他的说教并不枯燥，而是采用讲故事、发议论的形式。故事往往将所见所闻娓娓道来，活泼有趣，并不时地夹有生动的比喻，以使人更容易理解。这些故事并不着意刻画人物，而是通过故事内容来吸引和启迪读者，再将自己的政治主张融于其中，并借机阐述自己的哲学理念、伦理道德，以使这些说服教育免于生硬，而被读者接受。

第二，《果园》虽是向国王阿布·伯克尔·本·萨德·萨基进谏的作品，却是以诗歌的形式写出的。在波斯古代，吟诗如同唱歌，两者往往合而为一。为了便于歌唱，诗歌的韵律都较严格。《果园》整部都是采取押“随韵”——即 aa、bb、cc、dd、ee 的韵脚形式。在波斯文学中，这叫做“玛斯纳维”诗体。由于一般叙事诗得都采用这种形式，因此可以称它为“叙事诗体”。

第三，《果园》的整体结构十分完整而严密。它包含了大、小故事 189 个，另有个人经历、颂赞、祈祷、谏言、劝诫、哲理等约 180 个。这样复杂、丰富的内容，萨迪安排得井井有条。他先写序诗，在序诗中交代出写这部著作的目的，之后分十章铺陈开来。

他在每一章中集中阐述一个问题。对这十章，先讲什么，后讲什么，各占什么地位，哪一章讲哪些故事，说明哪些问题，作哪些诤谏和规劝，萨迪都有精密的考虑。就每一章来说，也层次井然。比如第二章《论善行》，他先论述善行的意义；之后用各种事实（故事和经历）说明什么叫善行，劝诫人们要善待他人；最后则讲清善行的范围，不能对坏人去行善，使人看后清晰了然。

第四，《果园》的语言凝炼朴实、自然流畅。说它朴实是指不论是在讲述故事，或是阐发哲理、进行劝诫，都循循善诱，娓娓动听，词藻虽不华丽，却无枯燥晦涩之感。说它流畅，是指韵调铿锵，抑扬顿挫，读起来绝无诘屈聱牙之感。

## 五、萨迪与中国

在国外的作家中，萨迪是中国人了解得比较早的一位。他的作品《花园》早在400多年前，便由伊斯兰教经堂教育的创办者、普及推广者胡登洲（1522—1597）列入教材。1943年王静斋便将《花园》译成中文，题名《真境花园》，在重庆《回教论坛》刊物上连载，后因该刊社址遭日军轰炸而停刊。1947年4月《真境花园》单行本，由北平牛街清真书报社出版。此后，《花园》又出现三种译本：1958年水建馥译本，该书据E.B.Eastwick英译本转译，题名《蔷薇园》，由人民文学出版社出版；2000年1月杨万宝译本，题名《真境花园》，由宁夏人民出版社出版；2000年6月张鸿年译本，题名《蔷薇园》，由湖南人民出版社出版。《果园》的译本出现要晚些，直到1989年张鸿年才将该书翻译，并由北京大学出版社出版。萨迪的其他诗歌也有少量翻译并出版。1988年张晖译《波斯古代抒情诗选》中收入萨迪“嘎扎勒体”诗歌 8 首，此书由上海译文出版社出版。1991 年张晖译《痴醉的恋歌——波斯柔巴依集》中收入萨迪“柔巴依体”诗歌 29 首，该书由漓江出版社出版。

随着我国对萨迪著作的翻译与出版，相应的对萨迪的研究也在不断地深入。1958 年《花园》问世 700 周年之际，世界各国都开展萨迪纪念活动，中国文化界也召开了萨迪纪念大会，由郑振铎做主题发言。他指出：“萨迪乃是一位伟大的人道主义思想的传播者。他深刻而现实地反映了他那个时代的精神。”1984 年萨迪诞生 800 周年之际，伊朗政府和联合国教科文组织联合在伊朗设拉子举办了国际学术研讨会，张鸿年提交了《萨迪在中国》论文。当时笔者正在中国驻伊朗大使馆任文化一秘，将此文的波斯文稿提供给伊朗最大的报纸之一——《消息报》，该报以整版篇幅全文刊出。这篇文章提到萨迪的政治理想和社会观点与孔子有许多相似之处。这两位东方文化的杰出代表，虽然生活在不同的时代与国度，却都有一颗仁爱之心。他们都提倡人的价值与尊严，提倡爱护人、尊重人。他们都提倡仁政，反对暴政。他们都强调教育在人类发展、改造社会中的巨大作用。他们都强调个人的修养，使每个人都认识到自己对社会应负的责任。而令人惊奇的是，两位思想家在各自国家和人民心中的地位也几乎是一致的：伊朗人民称萨迪为“伟大的导师”，而中国人则将孔子尊为“万世师表”。

## 六、孔子、萨迪的思想核心——“仁”和人道主义是人类共同的文化遗产

关于萨迪与孔子有哪些相同点的问题，还须更深一步的论述。

笔者认为此问题十分重要，故单独开辟一节。

### （一）孔子和萨迪都是那个时代的思想文化集大成者

孔子所处的时代为2500年前的春秋晚期。中国有文字的历史大约有4000年。到春秋战国时期，中国已有了1000多年的文明史。当时中国正处于四分五裂的状态，是中国思想文化十分自由的时期，出现过许多大家。这些大家们都从各种不同的角度总结中华文明，提出治国方略。孔子是中华文化的集大成者。孔子思想是后来形成的“六经”，即“礼、乐、书、诗、易、春秋”的思想基础。《史记·滑稽列传》写道：“礼以节人，乐以发和，书以道意，诗以达意，易以神化，春秋以道义。”用通俗的话来说，意即：礼节用来约束人；音乐用来表达心声，合奏或合唱能使大家心齐；图书用来阐明道理；诗歌用来抒发感情；“易”（哲学）用来观察事物的规律；“春秋”（历史）用史实说明是非曲直，及正义与非正义的区别。孔子学说的核心是“仁”。

萨迪生于13世纪。在伊朗这块土地上，建立过波斯帝国（前550—前330）和萨珊王朝（226—651），但7世纪被阿拉伯帝国征服，波斯古代文化遭到毁灭性的打击，人民从信仰袄教（拜火教）改信伊斯兰教。但到公元10世纪以后到16世纪，伊朗兴起复兴波斯文化的思潮。1220年伊朗又遭蒙古人横扫伊朗北部地区的灾难。萨迪时代，正是伊朗人民遭受外来侵略，生活最艰难、痛苦的时期，但当时伊朗的思想文化却极为活跃。这个时期的突出特点是：将波斯传统文化与伊斯兰教教义相结合，针对现实需要而创造出的一种崭新的波斯文化。这个时期，伊朗出现了几个有世界影响的大诗人，萨迪是其中之一（另外几位是菲尔多西、莫拉维、哈菲兹等）。萨迪既受过良好的教育，又在外旅行30多年，使得他见识广博，思想深邃，成为善于总结社会现实，提出治国方略的伟大作家。萨迪作品的思想核心是人道主义。

从上面介绍可以看出，虽然孔子和萨迪生于不同的国度和时期，却在思想核心上，殊途同归——仁或人道主义。

### （二）孔子的“仁”和萨迪的人道主义思想都曾对世界产生巨大影响

孔子学说不仅对中国周边地区，如：朝鲜半岛、日本、越南等地，产生了深远的影响，形成了儒家文化圈。就是对欧洲也带来巨大影响。美国史学家顾立雅考证：中国的孔子思想通过阿拉伯人传到西西里的罗杰二世朝廷和英格兰的亨利二世朝廷，为西方文艺复兴运动送去了人道主义思想精髓。公元十七、十八世纪，欧洲的传教士来到中国，在将西方文化带给中国的同时，也将中华文化翻译给西方文字。之后，法国的思想家们从孔子的“仁”和无神论受到启发，形成以人性、人道为核心的平等、自由、博爱思想。在伊朗地毯博物馆收藏着一块数百年前的挂毯，上面织有许多世界伟人的头像，其中包括孔子，反映了孔子在世界的影响。

17世纪英国人侵入印度，发现印度北部通行波斯语，《花园》是其教科书。1634年在巴黎就出版了《花园》的法文译本（译者为安德列·杜里尔 Andre du Reyer），1651年在阿姆斯特丹出版了拉丁文译本（译者是海伦顿 J.H.Harington）。其后，欧洲相继出现了《果园》和《花园》各种不同语言的多种译本。美国学者爱默生（1803—1882）这样评价萨迪在世界文学中的地位：“萨迪是对世界上所有民族的人们发言的，他的作品像莎士比亚、塞万提斯、蒙田的作品一样永不过时，万古长青。”[①] 正是基于世界各国对萨迪作品及思想的深刻了解，联合国才将他的著名诗句（本文开始部分已引证）作为自己的宗旨看待。

综上所述，孔子和萨迪之所以能够征服世界，是因为孔子学说的思想核心是“仁”，萨迪作品的思想核心是“人道主义”。

### （三）孔子的“仁”、萨迪的人道主义是全人类的重要文化遗产

孔子以“仁”为核心的学说，是此前1000多年中华文化的总结，同时开启了此后2000多年中华文化的繁荣。传到欧洲后，启迪了欧洲文艺复兴作家。他们接受了孔子的“仁”和无神论，而发展成为自由、平等、个性解放的思潮。这成为东方文化与西方文化衔接点。

萨迪的思想是波斯传统文化与伊斯兰文化相融合的产物，其核心是人道主义，已成为联合国的宗旨，为世界人民共同接受的思想基础。伊斯兰教是在犹太教、基督教基础上发展起来的，因而萨迪的人道主义又将宗教思想核心与联合国宗旨相勾挂起来。

所谓普世价值，就是指自由、平等、博爱等思想，其核心正是孔子的仁，也即萨迪的人道主义。

如此看来，孔子学说的核心思想——仁，既是中华文化的核心思想，也是欧洲文艺复兴思想家所提出的个性解放的思想基础和核心。孔子的仁与萨迪的人道主义是相通的，也同联合国的宗旨、宗教的核心思想是相通的。

---

① 见《纪念萨迪诞辰800周年国际学术讨论会文集》（波斯文）第一卷第201页，转自张鸿年《蔷薇园·译者序》第23页。

由此，我们也可看出，恐怖主义是反人类的，也是反宗教、反伊斯兰教的。

孔子、萨迪思想的价值，往往所在国自身并不能透彻理解，只因身在其中不知其味也。只有站在人类发展的更高阶段才可能了解其巨大价值。

中国有四大发明——指南针、火药、造纸术印刷术。中国人一两千年前就发明了这些技术，但到20世纪初全然不知它们的伟大价值。它们的价值，是欧洲人首先认识到的，因为这几项发明大大地推动了欧洲资本主义发展的过程。

丝绸之路，即中国汉代与唐代同古代波斯的文化、商贸的交流之路，在中国古代文献中有详细记载，但中国人自己并不知道这种文化、商贸交流的重要意义。提出“丝绸之路”，并阐明其重要性的是一位德国学者。

同样，孔子学说的核心——仁，对人类文明所产生的影响，所起的作用，中国人自己未必了解得全面。如果我们读一读萨迪的著作，读一读欧洲文艺复兴作家的著作，或许就会认识得更加全面与深刻，就会了解孔子思想不仅仅是中华文化遗产，而且也是世界文化遗产。

《果园》这本书为读者提供了了解萨迪思想的方便，从中可以了解萨迪的“理想国”，萨迪的人道主义，了解为什么联合国会以他的诗句作为其宗旨。愿读者能从萨迪作品中受到启迪！

张晖

2015年12月6日

# 序诗

## 奉普慈特慈的真主之名

以创造生命的真主之名，
他创造的文辞睿智宏丰。
仁慈的主永远至恕至容，
对于人们的罪过十分宽宏。
不论谁背离主的大门，
到哪里也得不到庇荫。
虽然尊贵的国王傲然超众，
但在主面前却须伏拜虔诚。
主并不给强暴以护佑，
却愿给悔罪的人以恕宥。
虽然主为子民的过恶而发怒，
但当他们忏悔后便给予宽恕。
谁若同慈父亮掌挥拳，
父亲定然气得怒火冲天。
谁若自身表现得软弱无能，
便会受到陌生人的欺凌。

假如奴仆工作拖拉懒散，
主人定然不满而嗔怒满面。
假若不能同朋友和睦亲密，
朋友便会同你远远疏离。
假如将士不能忠于职守，
统兵的国王会将他驱走。
旋转乾坤的至圣主上，
并不使不肖的子民断粮。
两界[①]是主的智海中的一滴，
他了解罪恶，却耐心掩避。
大地是主为众人设置的餐席，
亲朋或仇敌都有饮食的权利。
试想真主若是冷酷寡恩，
谁能逃脱他强力的手心。
谁也不能对他责难诋毁，
都须敬畏他，不论人或鬼。
他对万物都入微地体恤，
不论是人，还是鸟兽虫蚁。
慷慨的主把丰美的筵席铺展，

① 两界：即两个世界，地界和天界，或此世和彼世。有时也可解释为物质世界和精神世界。（译者注）

即使卡夫[①]山巅的“凤凰”[②]也能饱餐。
彻知的真主明察世上的一切，
人们心中的秘密他都了解。
威严的真主使人们敬畏，
他创建的世界富足而壮美。
他既能让人穿戴上衮服旒冕，
也能把人拉下宝座逐出宫殿。
他既能为人戴上幸福的金冠，
也能给人披上苦难的毡片。
为救哈利里，他将火变为花园[③]，
又把另一人从尼罗河抛向火焰[④]。

---

① 卡夫山：宗教神话中的一座巨山，位于文明世界的边界。卡夫山的这边是文明人类的世界，山的那边住着两个野蛮的民族——叶朱芝和玛朱芝。可参阅《古兰经》第 18 章 94–98 节和第 21 章 96 节。（编者注）

② 凤凰：波斯原文为“斯年尔格”，是文学作品中想象出来的鸟中之王。波斯诗人阿塔尔（1145—1221）曾创作哲理长诗《百鸟寻王》（《斯年尔格》）。成千上万的鸟儿欲到卡夫山寻王，各种鸟儿经不住艰险，纷纷半途离去，最后经过千难万险，到达卡夫山的只有“斯年尔格”（直意：三十只鸟），它领悟出来原来自己便是鸟王。波斯文学中的“斯年尔格”相当于中国传说中的“凤凰”，因而有人将此书译为《百鸟朝凤》。（译者注）

③ 哈利里：先知易卜拉欣的尊称，意为“真主的密友”。根据宗教传说，大约在公元前十八世纪，古巴比伦乌尔城有一位叫易卜拉欣的青年，他乘着夜幕潜入该城神庙，捣毁了里面的偶像。第二天神庙祭司和城内居民逮到这位肇事者，把他交到纳姆鲁德国王面前。国王下令将易卜拉欣投入柴堆烧死，但真主施恩于他，火焰一触到他的身躯便立即熄灭，易卜拉欣则始终安然无恙。（编者注）

④ 从尼罗河抛向火焰：根据宗教传说，先知穆萨带领以色列人从埃及逃离出来，行奇迹分开海水，帮助以色列人越过红海。随后，当法老及其军队追赶以色列人进入通道的时候，海水突然合闭，法老和许多军队都被淹死。按宗教的说法，因法老作恶多端，死后下了火狱。（编者注）

他能下灭火的诏书救人一命，
也能签署使人寿终的指令。
他能洞察幕后的恶行罪愆，
却以慈爱胸怀予以遮掩。
当他抽出惩罚之剑以恐吓，
天使也会惊得既聋又哑。
而若他发出广施厚赐的召唤，
恶魔阿扎兹勒便说："请给我恩典。"
在他的恩威善赏面前，
就连伟人也都恭谨卑谦。
他对卑贱者表示厚爱，
对于苦求者则予善待。
隐蔽者躲不过他的眼睛，
无言的秘密他深知其情。
他操纵着动荡不宁的世界，
终审时将按记事簿[①]宣判一切[②]。
无人敢于不对他俯首伏跪，
无人敢于将他的意志悖违。
他对择善而行者赞赏鼓励，
以命运之笔为胎儿留下印记。
圣徒即使拜毡铺在水面，

① 记事簿：宗教认为，人一生的善恶，都被天使记录在册，在复活日，每个人都要据此接受上帝的审判。这个记录人们善恶的册子，便被称为"记事簿"。（编者注）

② 此句原文为阿拉伯文。（译者注）

跪拜时也不下沉而湿衣衫。
他把日月从东向西推移，
将大地浮在浩瀚的水面[①]。
为了避免大地震动猛烈
他在上面固定了纵横山岳。
他使胚胎发育得像天仙漂亮，
除他外，谁能把图绘于水上？
他在岩石中加进红、蓝宝石，
把艳红的鲜花缀到翠枝。
他让乌云将雨滴向大海，
让人的腹内生长婴儿胚胎。
他使雨滴变成灿明的珍珠[②]，
使婴儿成长得青松般魁梧，
他对一切都能洞察入微，
不管公开或隐蔽全无所谓。
对于蛇和蚂蚁，他也备下食粮，
它们一个没脚，一个没有力量。
按他的指令，一切都可凭空造就，
除他以外，谁还能够把“无”变“有”？
他把人们拉向虚无的世界，
之后又引导到复活的原野。
世人颂扬真主异口同声，

---

① 古代认为地面是由巨牛的犄角顶着的，巨牛站在大鲸鱼背上，鲸鱼则游在海里。故这里写大地浮在水面上。(译者注)

② 古代认为珍珠是因雨滴落入珠贝中而形成的。(译者注)

但谁能把它的本体说清？
人类无法形容他的崇高威严，
人们无法看到他的美丽慈颜。
任何幻想之鸟越不过他本质之峰，
任何智慧之手绘不出他慈善之容。
成千只船卷进这迷惘涡旋，
岸边甚至找不到一块碎片。

## 我的体验

多少夜晚我都为此思虑，
心中对他充满敬仰畏惧。
他统治的领地漫漫无边，
你对他的想象却很有限。
你探寻到他幽玄的本质，
也无法了解他形象的美丽。
你能掌握萨赫班[①]的言辞，
却绝不能叙述主的本质。
人们虽沿此路催马奔驰，
却还没有人能达到目的。
应驱马驰骋在宽阔通途，
但须避开找不到路的路。

---

① 萨赫班：全名为阿本·扎福尔·本·阿雅辛·瓦埃里·萨赫班（？–674），是阿拉伯古代著名演说家。他善用谚语格言，能旁征博引阿拉伯和波斯诗文。他的讲话滔滔不绝，却从不重复。（译者注）

一旦虔心者意会其中奥秘，
回程之门便随之对它关闭。
而另外的人来到这桌酒席[①]，
杯中药酒又使他沉沉醉迷。
有如把一只苍鹰的眼蒙蔽，
而又焚烧掉另外一只的羽翼。
正像无人能找到卡伦[②]的财富，
若进入他的宝库便无法返出。
没有谁能挣扎在岩浆波澜，
血海中找不到救生的大船。
当你下定决心进入大地探求，
就应勇往直前而不拨转马头。
为了使心的镜面洁净明亮，
须用思考的砺石将它磨光。
爱的香醇能使你醉迷，
能使你对主虔信无比。
只要沿着探求之路走去，
敬主之翼能带你达到目的。
一旦飞越想象的幕幔，
便无阻障目睹他的尊颜。

---

① 这桌酒席：喻指世界，可结合前面“大地是主为众人设置的餐席”、“慷慨的主把丰美的筵席铺展”等诗句来理解。（译者注）

② 卡伦：据传说，卡伦是穆萨的堂弟，被法老任命为大臣，专事管理希伯来人事务。他有家财万贯，但却十分悭吝，不愿疏财施舍。他出于嫉妒，对穆萨散布流言蜚语。真主探明真相后，十分恼怒，于是震撼大地，把卡伦的所有财富都掀入地下。（译者注）

理智的骏马难以奋蹄奔腾，
当骑手拉紧犹疑缰绳不动。

## 颂赞神圣、尊贵的先知

在尘海中虔信者永不迷向，
只要追随先知便不会沉亡。
多少半途而废者潦倒落魄，
多少迟疑不前者不知所措。
谁若一意孤行背离先知，
他便永远不能达到目的。
萨迪啊！切勿以为这是坦途，
跟定穆斯塔法[①]才是正路。
他伟大而高尚，仁慈而智明，
是众人的先知，能代人向主求情[②]。
他是真主的使者，世人的先知，

---

① 穆斯塔法：意为“被选拔者”，指伊斯兰教先知穆罕默德·穆斯塔法（约 570–632）。他出身于阿拉伯半岛麦加城一个没落的贵族家庭，父母早亡，由伯父抚养。早年随商队到过叙利亚等地。25 岁同贵族富孀赫蒂芝结婚，从而衣食无忧，经常前往位于麦加郊区努尔山（光明山）顶的希拉山洞静坐。经过 15 年的静修，穆罕默德在 40 岁时开始传道，向众人宣传伊斯兰教。因遭到麦加当地部分守旧贵族、商人的反对和迫害，622 年出走麦地那，建立穆斯林公社。630 年进驻麦加。次年阿拉伯多数部落接受伊斯兰教。632 年穆罕默德逝于麦地那，并葬在那里。（编者注）

② 此“别特”（即联句）原文是阿拉伯文。（译者注）

真主通过迦伯勒[①]给予他默示。
他仁义宽厚，引导人们向前，
复活日时他将是审判法官。
他是卡里姆[②]“土尔”[③]上的天空，
他是光源，能把周围照明。
他满面春风，待人慈祥，
他气度不凡，气宇轩昂[④]。
在孤儿[⑤]带来《古兰经》之前，
人们相信各种邪说杂谈。
当他的意志抽出威慑的利剑，
能神奇地把月亮劈成两半。
他的一声呼唤摇撼了大地，
竟使“克斯里”王宫[⑥]化为废墟。

---

① 迦伯勒：大天使的名字。真主通过他的传启示给穆罕默德。这些启示后来被记录在册，经过整理，即为《古兰经》。（译者注）

② 卡里姆：先知穆萨的别号，意为“与真主说过话的人”。（译者注）

③ 土尔：即西奈山，位于西奈半岛。传说穆萨从埃及逃亡出来之后，来到西奈山脚下的米甸之地牧羊。一天，他看到一丛灌木中闪着火光，便接近察看，因此受到真主的启示，奉命回到埃及，以便从法老手中营救出自己的同胞。（编者注）

④ 此“别特”原文为阿拉伯文。（译者注）

⑤ 孤儿：此处指穆罕默德。（译者注）

⑥ 克斯里王宫：原是波斯萨珊王朝霍斯鲁·阿努什拉旺（531–579）的王宫。这里喻指穆罕默德战胜了萨珊王朝。（译者注）

他高诵着“安拉”[①]击毁“拉特”[②]，使他名声扫地，
就是《旧约》与《新约》也被丢弃。
夜间他沿着天梯升上天庭[③]，
比其他天使还要凛凛威风。
由于他对主虔诚祷祝，在梯耶[④]，
便将迦伯勒绕过，把希德莱超越[⑤]。
克尔白禁寺的圣主[⑥]说道：
“真主的使者[⑦]啊，请再奋力飞跃！
既然你愿同我心心相印，
何必把飞翔的缰绳拉紧？”
回答说：“我只能驻留此地，
我的羽翼已丧失一切气力。
哪怕再向上移动一丝一毫，

---

① 安拉：阿拉伯语，指真主。（译者注）

② 在伊斯兰教之前，阿拉伯半岛流行偶像崇拜。“拉特”和“乌杂”都是偶像的名字。其他著名的偶像还有：麦纳特、瓦德、雅古斯乌戈、纳斯尔、巴力、萨瓦、哈勒伯等。（译者注）

③ 据说在登霄之夜，先知穆罕默德沿着天梯升到天庭，遇到迦伯勒天使。迦伯勒把主的启示传达给他。（译者注）

④ 梯耶：位于西奈半岛的荒野之名。以色列人在穆萨带领下出埃及以后来到这里，但因以色列人的不义，真主让他们在梯耶荒野徘徊、流浪了四十年而不给他们出路。（编者注）

⑤ 希德莱：阿拉伯语“希德莱·蒙台哈”，有人译为“极境之地的酸枣树”。天界尽头连大天使迦伯勒都不能飞越的极境之地，但是先知穆罕默德在登霄之夜却越了过去。参阅《古兰经》53 章 13–16 节。此故事说明：尘世的完人，可以胜过天界的天使。（译者、编者合注）

⑥ 圣主：指穆罕默德。（译者注）

⑦ 真主的使者：指迦伯勒天使。（译者注）

主的灵光也会把我的翅膀烧焦。”
只要紧紧地把世主跟定，
便不会有任何叛逆发生。
我该怎样赞美你的雄才伟愿？
世人的先知啊，祈你安息天园！
天使也祝愿你的圣灵欢畅，
并愿你的圣徒们永驻天堂。
他首先颂扬“信士领袖”阿布·伯克尔①，
并且夸赞制服恶魔的欧麦尔②；
还称赞奥斯曼③的勤奋睿智，
以及乘骑杜里杜里④的阿里⑤勇士。

---

① 阿布·伯克尔：穆罕默德的岳父，也是伊斯兰教历史上第一位正统哈里发（632—634年在位）。（译者注）

② 欧麦尔：欧麦尔·哈塔伯（584—644），伊斯兰教历史上的第二任正统哈里发。生于麦加，出身贵族商人。艾布·伯克尔临终前指定他继任哈里发。（译者注）

③ 奥斯曼·本·阿凡（644—656年在位），伊斯兰教历史上的第三任正统哈里发。（译者注）

④ 杜里杜里：一匹骡子的名字。埃及总督玛古郭斯将此骡馈赠给穆罕默德，后来一直由阿里骑乘。（译者注）

⑤ 阿里·本·艾比塔里布（约600—661），伊斯兰教历史上的第四代正统哈里发，也是受什叶派尊奉的第一代伊玛目。他是穆罕默德的堂弟，伊斯兰教最早的信奉者之一，曾积极参加穆罕默德传播伊斯兰教的活动，后与穆罕默德的女儿法蒂玛结婚。奥斯曼遇刺之后，阿里被众人推举为哈里发。在位期间（656–661年），伊斯兰教内部的政治矛盾激化、麦地那政权的分裂加深，阿里最后被哈瓦利吉派狂热分子所杀。（译者注）

## 祈祷

真主啊！为了法蒂玛[①]的子嗣，
我将终身笃信伊斯兰教义。
不论是否接受我的祷祝，
我都向他的家族殷切求助。

## 颂赞

哪怕突然有一群乞食者，
来到天堂你的宴席落座。
尊贵的世主啊！又怎损毁
你在天国的美名高位？
就是真主也把你击节称赞，
而迦伯勒，则伏跪在你面前。
你的伟力使天宇赧然羞愧，
你是阳光，众人则是土和水。
你是世上一切存在的源泉，
万物都是由你而派生繁衍。
为了赞你我已经竭尽文思，
我已找不到更美的颂辞。
由于你圣明才奇，真主才创世，

① 法蒂玛：先知穆罕默德之女，阿里之妻。（译者注）

《塔哈》和《雅辛》[①] 正是对你的赞誉。
才疏学浅的萨迪怎能把你描述，
世主啊，只愿你安息和有福！

## 撰写此书的原因

我曾涉水缘山去国万里 [②]，
同各色人等都交往甚密。
我到世间每个角落探察，
选取各个谷堆中的精华。
却从未见哪里如设拉子 [③] 美丽，
这里是真主惠赐的幸福之地。
来自纯净国度 [④] 的深情召唤，
使我不再把沙姆 [⑤] 和罗马 [⑥] 留恋。
我没有采撷任何的鲜果野味，
难道空着两手同朋友们相会？

---

① 《塔哈》、《雅辛》：指《古兰经》第 20 章和第 36 章。在这两章里赞扬了穆罕默德。其中《雅辛章》被誉为“《古兰经》之心”。（编者注）

② 萨迪一生阅历丰富，西行到过非洲的摩洛哥，东行到过花剌子模、巴尔赫（在阿富汗境内）、印度等地，在自己的著作中还说到过中国的喀什噶尔。（译者注）

③ 设拉子：位于伊朗中南部的城市，波斯历史文化名城，也是萨迪的故乡。（译者注）

④ 纯净国度：指设拉子。（译者注）

⑤ 沙姆：古代地名，包括现在的叙利亚、黎巴嫩、约旦等地中海东岸地区，西方人称之为“黎凡特”。（编者注）

⑥ 罗马：指东罗马帝国，即拜占庭帝国。（译者注）

我说：埃及蜜糖[1]装在我心里，
这便是我为朋友带来的薄礼。
虽然我没有糖果作为菲仪，
但吟诵的韵文比糖果甜蜜。
这并非人们所吃的蔗糖，
而是把甜蜜语句记录纸上。
我这本书的宝殿工程宏伟，
共分十章来进行劝诫教诲。
“正义、经略和智谋”为第一章，
论述管理民众、敬畏主上。
“论善行”是第二章的题目，
述说乐善好施、感念真主。
第三章讲“爱恋、痴醉和激情”，
爱情不能一厢情愿恃力强行。
“谦逊”和“命运”由第四、五章阐述。
“论知足”则为第六章的题目。
第七章专论应有的教养。
感恩戴德列为第八章。
第九章讲遵循正道和忏悔。
第十章“谨守拜功”论述完即结尾。
在幸运之年[2]的吉祥之日，

① 蜜糖：在古代埃及，白糖十分有名。（译者注）

② 幸运之年：指下面诗句提到的第655年。（译者注）

两个节日[①]之间的吉庆之时，
但第六百五十五年[②]这一年度，
作者收获了大量珍珠宝物[③]。
虽然珠宝装满我的衣襟，
但是惭愧压得我低头屈身。
就像茫茫珠海杂生螺蚌贝壳，
园中有参天高树，也有灌木野草。
啊！我从来未闻博学的才智之士，
会对其他的人吹毛求疵。
即使长袍用绫罗锦缎缝制，
长袍中也少不了填料衬里。
假如你找不到绫罗绸缎，
望慷慨包涵，代之以粗布衣衫。
对于渊博学识我不想显示，
只想用来对乞求者以布施。
据说欢娱与恐惧到来时刻[④]，
行善者会宽恕行恶者的罪恶。
假若你看到我的言辞不雅，
请像造世主那样大度豁达。

---

① 两个节日：有人认为指伊斯兰教的两次会礼，即开斋节（亦称“肉孜节”，伊斯兰历的十月一日）和宰牲节（亦称“古尔邦节”，伊斯兰历的十二月十日）。也有人认为，两个节日，一个指伊朗的新年（伊朗太阳历的元月一日，即公历的三月二十一日，大体相当于我国农历的春分那天），另外再加上一个宗教节日。

② 第六百五十五年：指伊斯兰历，公历是 1257 年。（译者注）

③ 珍珠宝物：指《果园》一书。（译者注）

④ 此句指终审日。（译者注）

若能对诗中一个“别特”[①] 满意，
也请放弃对全诗的贬语。
我的诗文在家乡法尔斯[②]，
如麝香在和田不足为奇。
正像远方的鼓鼙才更动听，
威严之声掩饰了腹内空空。
当萨迪把鲜花带到花园[③]，
如同向印度运送胡椒面。
此书椰枣只是皮肉香甜，
一个硬核紧紧包在里面。

## 颂扬阿布·伯克尔·本·萨德·本·赞基

为列国君王大唱颂歌——
这从来不是我的性格。
但现在我要把某人[④] 颂扬，
以便才智之士能这样讲：
在这阿布·伯克尔·萨德时代，
萨迪曾逞足笔力大显诗才。

---

① 别特：阿拉伯语、波斯语诗歌中的“一行”，前、后两句组成一个联句，这两句的句尾押同一个韵，是为“一行”。（编者注）

② 法尔斯：位于伊朗西南部的法尔斯省，是波斯民族的发祥地和文化中心，首府设拉子是萨迪的故乡。（译者注）

③ “鲜花”喻指诗歌，“花园”喻指设拉子。（译者注）

④ 某人：指阿布·伯克尔·本·萨德·本·赞基。当时他是设拉子的统治者，阿塔巴克·法尔斯王朝第六代国王。（译者注）

赛义德[①]曾把阿努什拉旺称颂，
我则为颂扬萨德显露才能。
欧麦尔[②]之后的阿布·伯克尔君王，
公正而明智，且有崇高信仰。
他是尊者之首，众人的头领，
世界啊！请把他的正义称颂。
谁若要在动乱中寻求避难，
只能找到这一处世外桃园。
幸福啊！如同来到麦加禁寺[③]，
人们沿着各条线路前来会聚[④]。
忧痛者无不得到他的慰抚，
在他身边能清除一切悲苦。
他乐善好施，待人宽厚为怀，
真主啊！请满足他的期待。
他年高德劭——如冠冕齐天，
他虚怀若谷——似额贴地面。
位尊者态度谦逊值得赞颂，
行乞者做小伏低出于本性。
下贱者卑贱，被视为平常，

① 赛义德：在这里指穆罕默德。阿努力什拉旺（631–579）是波斯萨珊王朝时的著名国王。（译者注）

② 指欧麦尔·哈塔伯，伊斯兰教历史上的第二代正统哈里发。参见第 11 页注②。（译者、编者合注）

③ 禁寺：指麦加的大清真寺。寺中有“克尔白”天房，为穆斯林的礼拜朝向和朝觐之地。（译者注）

④ 此“别特”原文是阿拉伯文。（译者注）

尊贵者恭谨，才受主称赏。
无人不知他的高风亮节，
对他的赞誉传遍全世界。
在迄今为止的世界史中，
没有谁超过他的瑰意琦行。
在他的领地没有怨愤叹声，
弱小不会受到强暴的欺凌。
无人见过如此地择善而行，
即使法里东[①]也未施此德政。
他的王座象征着正义坚强，
弱者攀附上它便倍增力量。
世界得到他的羽翼庇护，
扎尔[②]再也不畏惧鲁斯坦姆。
多少年来人民都命运多舛[③]，
苍天折磨得他们长吁短叹。
贤王啊！由于你的正义良善，
人们对时代不再诅咒愤怨。
在你的治理下已国泰民安，
在你之后谁还能解人民忧烦？

---

① 法里东：传说的贤明国王，曾战胜暴君佐哈克。（译者注）

② 扎尔：传说中著名勇士鲁斯坦姆的父亲，由于他一出生就有满头的苍苍白发，故被唤作“扎尔”，意即“白发老人”。在这里“扎尔”喻指老人，“鲁斯坦姆”喻指青年人。（译者注）

③ 成吉思汗之孙蒙哥汗即位之后，派其弟旭烈兀汗进行第三次西征，于 1252 年开始入侵伊朗。蒙古大军所到之处大肆屠城、纵火焚烧、草菅人命，种种兵灾惨不忍睹，故诗人写出这样的诗句。（译者、编者合注）

由于你，天下才隆盛昌明，
萨迪也因此而福运亨通。
正像日月常年在天空运行，
我这赞歌也将存在永恒。
当国王学习先贤的嘉言懿行，
就能享有流芳千古的声名。
由于你笃行王道，关心民瘼，
已经把历代君王远远超过。
亚历山大因建造铜墙石壁，
才阻挡住叶朱芝[①]的侵袭。
人们看到现时的繁荣昌盛，
无不高歌礼赞，交口称颂。
你是慷慨的海洋，乐善的矿山，
人们把你的存在，视为靠山。
在我这本书的窄小的场地，
包含不下国王的丰功伟绩。
萨迪若把这一切详细讲述，
还能写出另外一本厚书。
不知该怎样感谢你的惠赐，
还是为你祈福而双手高举。
但愿天神助你祚永运隆，
但愿天下稳固，帝位永恒。

① 叶朱芝：据波斯诗人内扎米《亚历山大纪》记载，传说亚历山大看到一个名叫“叶朱芝”的野蛮民族常把人民骚扰得不得安宁，于是便帮助他们建造了一堵坚固的城墙，以阻挡“叶朱芝”的侵袭。参见第3页注①。（译者、编者合注）

你的吉星正闪耀在高空，
它如火球能把敌人消熔。
愿你生活幸福，永无悲伤！
愿忧虑尘埃永不落你心上！
如若忧愁侵入帝王心间，
便会遇事无主，人心涣散。
愿你心情舒畅，国家昌盛，
你爱民众拥戴，社稷稳定。
愿你体魄如信仰一样坚强，
愿敌人无计可施，只有失望。
祝愿你受主佑护，心舒意畅，
心灵信仰坚定，国富民强。
祈愿创世主对你展露慈颜，
此外，无须我再赘述多言。
祈愿至伟的主赐福予你，
助你积德行善，宽仁厚慈。
萨德·赞基[①]的业绩没有泯灭，
他贤德的后代在继承帝业。
不必惊异——当躯体埋入地底，
而纯正的精神却留在后裔。
真主啊！请对这贤王的坟墓，
慷慨地洒下慈悲的雨露。
假若你在怀念着萨德·赞基，

---

① 萨德·赞基（1202—1231）为阿布·伯克尔·本·萨德·赞基的父亲。姓名中的“本”，意为“某某之子”。（译者注）

请祈苍天为萨德·阿布·伯克尔[①]助力。

## 颂扬萨德·本·阿布·伯克尔·本·萨德

他[②]有勃勃的朝气，纯净的心地，
有青年的壮志，老年的深思。
他饱学博识，德行高尚，
他智慧聪明，年富力强。
多么幸运啊，时代母亲！
你养育的儿子何等英俊！
他慷慨的施舍，羞煞了大海，
他的崇高王位使昴星[③]变矮。
举国上下无不仰望着你，
侯王们也因你而扬眉吐气。
往往几颗小珠并存于珠贝，
贝中若只有一个才最珍贵。
你便像那价值连城的明珠，
你的珠光荣耀了整个王族。
主啊！愿他受到你的恩宠，
而永远避开那邪恶的眼睛。

---

① 萨德·布·伯克尔：即阿布·伯克尔·本·萨德·赞基（1226—1269）。本书中的“进谏”或“谏言”都是写给他的。（译者注）

② 他：指阿布·伯克尔。（译者注）

③ 昴星：一个星团的名称，由数百个密集的小星组成，其中有七颗较为明亮，亦称“金牛宫七星”。（译者注）

主啊！请使他负有举世盛名，
世人都遵从他的命令。
使他永远保持正义和圣明。
将此世和彼世的功业完成。
使仇敌不会给他带来烦闷，
使愁思不来缠扰他的欢心。
天空之树结出如此的圣果——
父亲贤明，儿子声名赫赫。
谁若对这个王族忘恩负义，
就该把他的家族视为仇敌。

## 为阿布·伯克尔·萨德国王祈祷

愿他的正义常在，信仰坚诚，
愿他社稷永存，国力强盛。
王的慈爱大地也难包容，
语言怎能表达感念之情。
主啊！这个普慈子民的国王，
总把众人的疾苦放在心上。
愿他永远对子民厚慈深爱，
愿他永远对主虔诚感戴。
愿期望之树为他结出硕果，
愿他永葆健康，面带光泽。

## 对自己的要求

萨迪啊！不要使人感到莫测，
而应保持坚贞如一的美德。
熟知旅店[①]，再让国王操控，
你大胆诤谏，为使国王耳聪。
何必要用九个天庭的圣座，
来供格兹里·阿尔斯兰[②]享乐？
不应颂他：以尊贵之足登上天国，
而该劝他：虔诚之额贴紧地面。

## 向阿布·伯克尔·萨德国王进谏

若欲走上正道并不甚难，
只须把脸贴向主的门槛。
若欲卑谦地跪拜在主的门前，
就须摘自己头上所戴的御冠。
对威严尊贵的主要至诚感戴，

---

① 旅店：指人世间。伊斯兰教惯常把世间比喻为“旅店”“客栈”，把世人比喻为“过客”。（编者注）

② 格兹里·阿尔斯兰：全名为格兹里·阿尔斯兰·本·阿耶勒德伽兹，阿塞拜疆阿塔别康王朝国王（1195—1202年在位）。他曾隶属于塞尔柱王朝，被授予“艾米尔之首”的称号，后来争得了独立。此“别特”源于当时著名诗人扎希尔·法里雅比的诗句：“九个天庭的圣座屈身匍伏，以亲吻格兹里·阿尔斯兰的御足。”（译者注）

该像达尔维什[①]在豪富门前徘徊。
当诚心敬主时，应脱下兖服，
就像虔心的贫僧呼唤真主：
“真主啊！你具有无上的恩威，
你最能把可怜的贫僧抚慰。
我不是国王，也不是统帅，
而是在你门前的乞丐。
我辛劳一天，也一无所获，
只有靠你的慷慨施舍。
祈请你使我有施惠的能力，
否则，我对他人还有什么裨益？”
每夜，你应像贫僧那样祷祝虔诚，
白天，你可实行统治发号施令。
你的额头若紧贴主的门槛，
强汉们便将聚向你的宫苑。
在仆民的面前，你是一国之尊，
而在主的面前，你同样是仆民。

① 达尔维什：通常被译作“托钵僧”，但伊斯兰教无僧。“达尔维什”意为伊斯兰教中的苏菲苦行者。（译者注）

گفت شاها غلام فرمانم
هرچه حکم تو بنده آنم

بابلایے صولجان دنبال ماه
حال کویان مشدی تاحال کاه

# 第一章　论正义、经略和智慧

## 故事一　骑猎豹的人

据说有一个坚诚的教徒，
练就一双洞察世界的慧目。
一天他怀着虔心骑着猎豹，
以蛇为鞭，沿着大路奔跑。
一个行人说道："啊！主的信徒，
请为我阐明你何以如此行路？
你是怎样把野兽驯顺？
如何在戒指刻上你的美名？
答道："豹、蛇、象、鹫可驯得温和，
请不要对此感到惊愕。
你若按主指明的大道行进，
它们也就在你面前温顺。

### 谏言

当统治者顺从真主的指令，
主也就保佑他的国度安宁。

至善的主会对你慈爱恩宠，
它怎能把你交到仇敌手中？

### 经历

有个人从鲁德巴尔草原[①]，
骑着猎豹直奔我的面前。
猛兽把我吓得全身战栗，
两只脚不能向前挪移。
他笑着把手放在唇边说：
“萨迪啊！不要对此感到惊愕！
只要沿着正道向前走去，
不要停止，定能达到目的。
谆谆劝诫使人心明眼亮，
萨迪的诗句还能够带来欢畅。

## 故事二　阿努什拉旺国王的临终遗言

据说阿努什拉旺临终时，
曾经这样劝诫胡尔牟兹[②]：
“你要对贫苦的人们怜爱体恤，
不要只顾自己的享乐安逸。
你若只知自己逸乐荒淫，

① 鲁德巴尔草原：位于现在伊朗的吉兰省内。（译者注）

② 胡尔牟兹：指胡尔牟兹四世（579–590 年在位）。他是萨珊王朝著名国王阿努什拉旺（531–579 年在位）之子。（译者注）

国土中便无人畅意舒心。
假若牧童昏睡，野狼乱闯——
此事不会受到智者赞赏。
去吧！去抚慰贫穷的人们，
加冕的王位须依靠着子民。
假若国王是树，子民便是根，
孩子啊！树若无根，便难生存。
不要对子民的心肆意摧残，
这无异于把自己的“根”砍断。
假若你欲步上通天之路，
就须虔敬真主，畏惧真主。
对于明智者道理十分简单，
人们都渴求幸福，畏惧灾难。
国王若能怀有这两种心情，
人们便愿生活在他的国中。
若想做到对众人博爱普慈，
就须首先请求主对你厚赐。
不要以能欺压百姓而得意，
而应担心这是在危害社稷。
假若国王没有崇高的德性，
国家便不会有一刻的安宁。
只有虔诚谨慎，才会欢畅，
而你若放诞无羁，定会灭亡。
不要为扩充疆域东征西讨，
这样会使子民们怨声载道。
要警戒放纵横行之人，

要警戒心不畏主之人。
若把繁荣的国家变得凄凉，
会使人民的期待变成失望。
暴戾只能使你的声名狼藉，
先贤的这个教诲应当牢记。
不要恣意杀戮无辜的子民，
他们正是国王的坚强后盾。
对待农民应当慈爱抚慰，
心情欢畅才能工作加倍。
普慈的王从来不恶待子民，
而应当宽厚慷慨善待他人。

## 故事三　霍斯鲁国王的临终遗言

听说在霍斯鲁[①]临死的时候，
对儿子沙尔维耶这样劝诱：
“你应时时刻刻想到仆民，
为他们降下仁慈的甘霖，
只要你不拒绝对人民善待，
人民自然会把你衷心爱戴。
人们会设法逃脱暴君的欺压
并将他的罪行公诸于天下。

① 霍斯鲁：指萨珊王朝的霍斯鲁·帕尔维兹国王（即霍斯鲁二世），是著名国王盖巴德之子。沙尔维兹是霍斯鲁·帕尔维兹的儿子。他于628年在伊朗东部统治了约半年时间，后被霍拉桑贵族谋杀。（译者注）

不应行恶肃杀，贪酷暴戾，
这无异于削弱王座的根基。
虽然持剑的强敌会造成灾难，
但更可怕的是老妪的哀怨。
须知哪怕一个孀妇的油灯，
也能把一座城市化为灰烬。
在世间最珍贵的应是什么？
在王土之中人人康宁欢乐。
人们在国王辞别世界之际
但愿人们都哭向他的墓地。
人活一世，善恶都随己愿，
何不行善，以使美名流传。
应当让畏主者管理民众，
只有这样王土才能繁荣。
贪酷暴虐，会危害社稷，
不能为你而使百姓苦凄。
权柄交给酷暴最为危险，
子民会向真主诉苦祈愿。
行善不会得到恶的报应，
行恶只能危害百姓性命。
对恶人不能只靠苦口说服，
而应把他的存在连根拔除。
对暴官酷吏不能纵容姑息，
而应割下他们肥膘的外皮。
见到恶狼应当抢先杀死，
而不是等到它吃羊之时。

## 故事四　商人的怨言

当手持弓箭的强盗俘虏了商人，
商人的话语讲得多么言简意深：
“盗徒如此横行无忌，为所欲为——
哪管面前是群娇女，还是军队。”

### 谏言

当国王折磨了商旅的心，
有如关闭军民的幸福之门。
当国王的恶名四处传播，
贤士们谁还愿从那里经过？
你应厚待远来的信使和商人，
他们会把你的美名带向各地。
假若你能对商人款待热情，
你的宏慈博爱定会遐迩闻名。
假若你仗势欺生，虐待来者，
便是给自己的国家制造灾祸。
如施予羁旅的外乡人以慈善，
他们便会到处传扬你的善愿。
对于外宾和旅行者要宽仁厚待，
但也要警惕他们对国家的危害。
对于外来者的情况要谨慎区分，
因为披着友谊外衣的也有敌人。
假若外域人有意挑起异端，

应把他驱逐出境，不必惩办。
你不要因此而满面怒容，
他们的行为出于敌人本性。
假若肇事者祖辈都在法尔斯[①]生活，
就不要遣送它到萨那[②]、罗马[③]或索格拉伯[④]。
而应当立即将他逮捕法办，
以免他继续破坏社会治安。
常言道："假若社会动乱，国人逃亡，
社稷还怎样存在久长？"
应为同侪故友笼罩福荫，
不该把情谊视为过眼烟云。
对于侍奉你多年的年迈臣仆，
不要忘记继续给他们俸禄。
即使他们年迈体衰不能尽职，
也应该慷慨地把慈恩厚施。

---

① 法尔斯：位于伊朗西南部，当时正是阿布·伯克尔·萨德国王统治的领地。（译者注）

② 萨那：也门城市名，盛产红宝石。历史上一直是也门的政治、文化中心。（译者注）

③ 罗马：即东罗马，指拜占庭帝国统治过的色雷斯、小亚细亚一带。（编者注）

④ 索格拉伯：波斯语对"斯拉夫"一词的音译，指波斯边界以北斯拉夫人居住的广大地区。（编者注）

## 故事五　沙普尔的书信

听说，沙普尔[①]一声未吭——
当霍斯鲁一笔勾销他的年俸。
他已年迈无力，疾病缠身，
于是写给国王一封书信：
“啊！闻名世界的正义之王，
我虽已去，但愿皇恩依然浩荡。
我的生命是为你而耗尽，
待到老年却被你赶出宫门。”

### 谏言

一旦大政委托给豪富掌管，
两手空空的穷人不再畏惧苏丹。
穷汉虽然藏头缩颈，不能管事，
却常常牢骚满腹，叫苦不止。
当发现官吏不能尽职尽责，
就须派人监督他们的工作。
而若督察和恶吏勾结一起，
就要撤职查办，毫不客气。
应对畏惧真主者委以重任，

① 沙普尔：据传沙普尔还在霍斯鲁·帕尔维兹（591—628）是王子时就做他的侍仆。沙普尔擅工绘画，曾帮助霍斯鲁找到情人希琳，并帮助他取得王位，即霍斯鲁二世。（译者注）

不能以是否敬畏你作为标准。
为官者所应敬畏的是真主，
而不该怕撤职查办，获罪受诛。
对任命者要长期考查，认真权衡，
至少做到在百名中筛选一名。
为防备两个好友心怀不善，
不要把他们往一处派遣。
他们会互相包庇，狼狈为奸——
一个做盗贼，一个来遮掩。
单个盗贼往往胆弱心虚，
在商旅中很像正人君子。
当你卸免了某侍臣的职权，
不久便应对他的过错宥免。
应去奋力实现期待者的心愿，
这胜过解开千个俘虏的锁链。
哪怕他从文书的木杆上滑落①，
仍可让他攀缘理想的绳索。
国王对臣仆应当既威严又正义，
就像父亲对儿子既慈祥又严厉。
有时痛打，以使他痛改前非，
有时慈爱，揩去他眼角热泪。
你若软弱，会助长敌人气焰，
你若暴躁，臣仆则心惊胆战。
应在刚劲中掺和进温柔，

① 从文书的木杆上滑落：指被解除职务。（译者注）

就像先行放血，再愈合伤口[①]。
你应乐善好施，宽宏大量，
主赐惠予你，你则要对仆民恩赏。
在尘世间，谁能长生不死？
有人却可使美名流芳于世。
应去开河、建桥、兴办旅店，
这样，死后就能把芳名流传[②]。
谁的果树若一生也不结果实，
他便不能给世人留下记忆。
假若他生前不能积善积德，
死后无人为他诵“阿勒哈姆德”[③]。
你若欲使美名万代流传，
就应遵循先王的嘉言懿范。
要想知道死后是否仍有威望，
只须看看人们如何看待先王。
有的追求功名，有的逸乐游荡，
他们无论谁也不能逃脱死亡。
然而一个因功业而流芳千秋，

① 放血：也叫“刮痧”，一种古老的医疗方法。即先从某个血管中放出些血，再用药物敷在伤口上，使之愈合。（译者注）

② 伊斯兰教认为有七种人在死后精神不朽：1，智者；2，开凿运河者；3，钻井者；4，修建清真寺的人；5，能够经常诵读《古兰经》的人；6，生有孝子的人（以便自己死后，有儿子为他祈祷）；7、乐善好施者。诗中的“开河、建桥、兴办旅店”都是指对民有利的福利事业。做这些事情，可以使人的精神不朽。（译者注）

③ 阿勒哈姆德：指在逝者坟前念诵《古兰经》“开端章”。（编者注）

一个却由于恶行而万年遗臭。
不要偏听偏信错把某人治罪，
而应衡情度理，深思其中是非。
不必总把他人的过失记在心上，
而应满足他要求回护的愿望。
只要不是屡教不改，十恶不赦，
当他求说，就可原谅他的过错。
事前应苦口婆心，给他规劝，
罪人不听劝诫，再将他投狱。
假如他不接受告诫和劝阻，
只好把“恶劣之树”连根拔除[①]。
不要一听犯罪便满腔怒火，
处罚罪人时应冷静思索。
不要把巴达赫尚[②]的红宝石摔碎，
因为粘合后的碎片不再珍贵。

## 故事六　一个旅行者擢升为宰相后，遭到前相诽谤

从阿曼海走来一个旅行者，
他遍历山川荒原，江海湖泊。
他到过塔吉克、罗马、阿拉伯和土耳其，

① 恶劣之树：根据《古兰经》说法：“一句恶言，恰似一棵恶劣的树，不被从大地连根拔去，绝没有一点安全。”参阅《古兰经》14 章 26 节。（译者注）

② 巴达赫尚：现为阿富汗的一城市名，当时在这一带盛产红宝石。（译者注）

向世间学习了广博的知识。
他走南闯北，识广见多，
他到处旅行，能言善说。
他的身材魁伟，像棵大树，
但却一贫如洗，万分困苦。
他的衣服缀的补丁有两百个，
贫穷困苦如把他心胸烧灼。
他来到海边的一座城镇，
那里的国王有博大的胸襟。
他所追求的是获得好名声，
对达尔维什表示深深的崇敬。
国王下令款待这位远方的客人，
让他去澡堂，洗去仆仆的风尘。
旅行者把额头贴向门限，
双手交叉胸前把国王颂赞。
他走上宫殿，祝愿国王祚永运隆，
说："我期待王土昌盛繁荣！"
国王问："你来自什么地方？
对于敝国有什么印象？
不论善事丑事，凡所见所闻，
请都说出，品格端方的圣人！"
回答说："陛下啊！万民之王！
愿主护佑你，使贵国富强！
我走遍全国，没见到一户，
因为遭受灾难而悲愁凄苦。

酒店都因停业而破烂不堪，
没见到一个跌跌撞撞的醉汉。
不容许对他人欺凌压迫，
便是国王最优秀的品德。”
他侃侃而谈，话语犹如珠玑，
国王欢快得欲把黄金赐予。
他的滔滔辩才赢得国王欢心，
因此把他唤来，赐他厚恩。
国王惠赐他金银宝物，
询问他世系、出身、家在何处。
他一一回答国王的询问，
他比常人得到更多的慈恩。
国王不禁在心中暗自思忖，
应当将高级官位给他委任。
又想此事宜缓而不宜急躁，
以前因草率行事被人讥笑。
要先考察他的聪明才智，
提升的根据是能力学识。
谁若贸然行事举措失当，
日后难免不后悔悲伤。
应像法官深思后才说出意见，
在学者面前才不会羞赧。
箭搭弓弦先要瞄准鹄的，
一旦利箭离弦悔恨莫及。
即使像优素福那样贤明高尚，

也是历经多年才受到景仰[①]。
考察了解若不花费较长时间，
难以把一个人的心地看穿。
当国王对他的品行了如指掌——
他信仰坚诚，心明眼亮。
他品德端正，头脑清醒，
他讲话沉稳，待人真诚——
国王立即将他擢升为宰相，
向他投去无比信任的眼光。
他充分施展自己的博学才能，
他令行禁止，人们无不钦敬。
于是国王把圣谕发向全国，
不能非难他，使他手足无措。
从此诟谇谣诼销声匿迹，
再也听不到诽谤他的言语。
嫉妒者也只好哑言无话，
痛苦得如同小麦受到碾压。
他有条不紊，善理国事，
他使得社稷安宁，国王满意。
他的品德之光照亮了社稷，

① 优素福：先知叶尔古白最宠爱之妻所生之子，因遭嫉恨，被众兄长扔进一口枯井之中。后被路过商队救出，辗转来到埃及。他在埃及生活四十年，做过宰相侍从，被投进监牢。后来受到埃及法老的赏识，前后擢升他担任财政大臣、宰相等职。参阅《旧约 · 创世纪》37–50 章和《古兰经 · 优素福章》；参见第 376 页注①。（编者注）

却使前任宰相惆怅忧郁。
前任宰相看他十全十美，
找不到任何空隙可被诋毁。
信义和邪念如同毡垫和蚂蚁——
蚂蚁穿不透毡垫，无论用多大气力。
国王有两个艳婢媚如艳阳，
她们总是偎依在他的身旁。
她们宛若仙女袅娜娇俊，
就像经天的日月——举世难寻。
世上没有谁能美过她们——
除非镜中才能见到她们化身。
明智宰相美妙的言语使人心痴迷，
吸引住两个身姿如黄杨的美女。
看到他的品行高雅，态度和善，
都愿同他亲厚相交，缱绻缠绵。
他总是落落大方，待人谦和，
从来不奸巧短视，举止委琐。
他对两个娇女也产生好感，
看到她们的婉容，便意畅心欢。
前任宰相看到正有机会可乘，
便心怀叵测地向国王奏明：
“不知那新宰相出于怎样的目的，
待人接物不愿遵循王朝的伦理。
我听说他与婢女眉来眼去，
他只知整日的娱乐淫逸。
流浪汉历来都是随心所欲，

并不是悬念着国王和社稷。
把王国交给这样的伪君子，
岂能不使朝廷信誉扫地。
老臣永世不忘国王的惠赐，
看到伤风败俗，怎能哑言不语？
我从来不说未经三思的话语——
以使你不对我半信半疑。
我有一个亲信曾经听到，
宰相将一个美婢搂入怀抱。
我把真实情况向国王透露，
任凭你检验，看正确与否？”
应当认清伪善者的面容，
不能祈愿恶人幸运长生。
小人激起恶意中伤的火星，
烈火便炽烧在君子的心中。
星星之火可酿成熊熊烈焰，
它能把繁茂的古树点燃。
国王闻讯后立刻怒气填膺，
有如釜中之水滚滚沸腾。
愤怒之手欲绞杀这“流浪汉”，
冷静之气却平息他的怒焰。
“暗杀残害算不得豪杰英雄，
既然正义在手更应当冷静。
既已予恩惠，便不应处办，
哪怕中一矢，也不回一箭。
既然你欲使他死于非命，

何必当初给他优厚的赐赠。
难道你不了解他的本领?
难道你不该宣召他进宫?
当对某人的罪行尚未查清,
不该听信政敌而对他判刑。”
对智者的教诲应深深铭记,
国王该把秘密装在心底:
“聪明人啊！心儿是‘秘密’的监牢,
秘密不出口，谁也难知晓！”
于是国王对大臣偷偷监视,
发现他的举止并非睿智。
果然见他向一娈童抛一眼神,
那少年也对他微笑吟吟。
只有当两人互知心曲,
才能不待开口已解心意。
大臣对娈童百看不厌,
如患渴症，欲把底格里斯河水饮干。
国王以为怀疑得到证实,
心中充满对大臣的怒气。
他心怀善意，考虑得出周全,
对大臣说:“啊！你的美名被人诵传。
我深知你十分聪睿英明,
对你的治国权术真心服膺。
我以为你精明而理智,
哪知道你轻浮而无耻。
这样的高位对你并不适合,

错误不在于你，而在于我。
谁知我器重者有邪恶本性——
虽身在宫中，却对我不忠。”
那位博学的大臣立即跪拜，
对圣明的霍斯鲁[①]这样表白：
“我忠心耿耿，纯洁无辜，
邪心恶念从不来侵入。
我从不曾产生邪祟的意念，
那些纯属对我的辱诟谣传。”
国王说：“我所说的话语，
你的政敌都提供了证据。
前宰相已经对朕善语诤谏，
你也可尽其所能进行申辩。”
他微笑着把手指放在唇上，
毫不惊奇，认为一切正常：
“这是由于前宰相对我妒忌，
才对我到处散布谣言蜚语。
因为我，霍斯鲁王才把他降职，
从那时起，他也就视我为敌。
国王既是十分聪睿明智，
不会不知他对我是多么敌视。
他不会尊崇我，而甘于卑贱，
直至末世他也不会对我友善。
我愿为陛下讲述一则故事，

① 霍斯鲁：原是传说中的一位国王的名字。波斯诗人往往用它代指国王。（译者注）

若能认真听取，或许有益。”

## 故事七　梦见伊卜利斯恶魔

不记得哪本书这样写着：
有个人梦见伊卜利斯恶魔[①]。
他似松挺秀，如天仙妩媚，
容颜像太阳放射着光辉。
那人一见他，十分惊讶：“竟是你！
即使天仙也比不上你娇丽！
为什么你的容貌美如秋月，
在世间却被说得丑似黑夜？
人们认为你可怖而丑恶，
只配在浴室的壁上镌刻。”
这时恶魔开始伤心地哀哭，
诉说自己的命运如何凄苦：
“幸运者啊！我并非这样丑陋，
只是画笔握在仇敌之手。
自从我被他们赶出天堂[②]，
也就更加被丑化了形象。”

---

① 伊卜利斯：恶魔之名，即撒旦。参见第199页注②。（译者注）

② 赶出天堂：此处借用阿丹、哈娃的典故。根据《旧约》和《古兰经》传说，上帝创造阿丹、哈娃之后，让他们无忧无虑地住在伊甸园，后来二人被撒旦唆使，违背上帝的禁令，偷食禁果，因而被上帝逐出天堂，贬至人间。参阅《古兰经》第7章19–25节。（编者注）

## 继续前面旅行者的故事

“虽然我光明正大，享有美名，
但却不会得到心恶者的称颂。
前宰相认为我剥夺了他的声誉，
我则该警惕他的阴谋诡计。
我并不考虑国王是否恼怒，
我既无罪，有什么不敢谈吐。
如果商人弄虚作假，减轻砝码，
定然担心官员对天平进行检查。
而我的话语并无任何差错，
何必害怕世人的诟谇谣诼？”
他的大胆妄为使国王吃惊，
于是对他这样质问：
“依靠见人行事，巧啭簧舌，
决不能解脱自己的罪责。
朕并未听到你宿敌的话语，
难道看不到你眼神的诡秘？
上上下下这么多人来往于宫中，
为何眼睛总是盯着娈童？”
他对国王的诘问一笑了之，
他说：“观点正确何必隐匿？
祝愿国家富强，正义得胜，
请把我的意见细细聆听！
难道你没有看到流浪的穷汉，
对于富人怎样的嫉羡？

我早已把青春的妙龄度过，
不再耗费时光去嬉游淫乐。
当我看到容貌端丽的少年，
心中不禁为失去的年华遗憾。
我的容貌曾像鲜花般娇媚，
我的体魄有如水晶石健美。
而今却体瘦如纺锤，发白如棉絮，
被包上裹尸布将是我的结局。
我曾有像暗夜般的一头黑发，
身材魁伟就是大袍也难容下。
两排灿烂的明珠[①]嵌在口里，
但现在我说话时请看这牙——
它如古老的城墙业已坍塌。
看到它们怎能不嗟叹唏嘘？
我由此想到韶光已逝去。
美好的岁月已一去不返，
生命即将来到最后一天。”
他的话语就像一串明珠，
除非智者，谁也不能说出。
国王觑一眼在场的贤士大臣：
“谁还能有比这更精辟的议论？
看一眼娈童有什么关系？
只要有正当理由，充足论据。
朕若不理智、谨慎小心，

① 两排灿烂的明珠：指牙齿。（译者注）

偏信一面之词，将痛苦万分。
如果慌里慌张举刀便挥，
难免不咬后悔的手背。
应警惕他人的歪风邪意，
若轻信其言，定后悔莫及。
不要轻率地将罪犯处死，
而应当先把他关进监狱。
对品德端方者应加官晋爵，
对唧唧的小人则给予训诫。”
他的御旨充满睿智、聪明，
他谢世之后，仍流传美名。
国王既对主有坚诚的信心，
主也就能护佑他治国治民。

## 颂赞

从未听说谁能把这付诸实行，
除非他如阿布·伯克尔·萨德圣明。
国王啊！你是天堂中的一株大树，
全年都用福荫遮护着国土。
我期待能降临福运吉星，
头上罩有侯玛[①]福鸟的翅影。
智者说：“侯玛怎能带来福运？
若求幸福，应躲进这片福荫。”

① 侯玛：神话传说中的吉祥之鸟，它的羽翼之影遮罩到谁的头上，谁就能得到幸福。（译者注）

主啊！请对我施恩赐福，
用福荫把人们头顶遮护。
我为得到幸福而虔诚祈祷。
主啊！请用福荫将我笼罩。

## 哲理

假若既有权势，又有钱财，
对于人们的喧闹就该忍耐。
傲世不凡只会丧失耐心，
王冠不应当属于这种人。
烽火四起时，应施用王威，
怒火冲天时，该发挥智慧。
冷静使人有清醒的理智，
恼怒只会使人理智丧失。
愤怒会像曾杀出的伏兵，
不顾公平合理和敬畏神灵。
愤怒如同恶魔，如此丑陋，
会把天使吓得纷纷逃走。

## 谏言

不该饮水时，就不要饮水，
该判死罪时，就要判死罪。
假若按照教义该处死某人，
啊！就不应对他表示怜悯。
但却应宽宥他的近亲远戚，
不要连累他们蒙受冤屈。

一个人即使犯有深重的罪孽，
为什么要处罚他的儿女妻妾？
即使你身强力大，握有重兵，
也不要侵入敌国凛然逞凶。
顽敌将躲进坚固的堡垒，
你只能对无辜的百姓逞威。
你应探访被关押的犯人，
或许其中有无辜的良民。
假若商人在你的国土上去世，
不应对他的财产肆意侵蚀。
应当为他的故去抛洒热泪，
并对他的亲眷表示抚慰：
“他已不幸悲惨地死在异乡，
钱财又被歹徒们一抢而光。”
应当想想那些丧父的孤儿——
怎样平息他们哀痛的叹息。
即使五十年间都择善而行，
但一次行恶能毁掉一生美名。
积福行善者为使美名长留，
从不把平民的财产掠为己有。
既然国王占有着整个大地，
何必去学乞丐们请求赈济。
慷慨之人宁肯贫穷至死，
也不靠穷汉钱财填饱肚子。

## 故事八　俭朴的国王

据说有一位国王正直、慈善，
缝制长袍时用衬里当作面。
有人劝说：“王啊！你应睿智——
长袍的面该用锦缎缝制。”
回答道：“这样才朴素舒适，
朕实在厌恶豪华奢侈。
朕之所以征收贡赋税款，
绝不是为装饰王座、冠冕。
假若身着女人的华服锦衣，
怎么能够英勇地抵御顽敌？
朕也有成百的欲望和贪求，
但国库并不属于我私人所有。
殷实的库藏应作军队的后盾，
绝不该用它滥购丝绸脂粉。”

### 谏言

不要指望军队满意国王——
假若没有能力保卫边疆。
当敌人抢夺了农民的毛驴，
国王还有脸把“什一税”[①]索取？
国王不管毛驴，只顾自己享乐，

① 什一税：指把收成的十分之一上交给国家的财税制度。（译者注）

难道他能保得住王冠、宝座？
子民如同一株茂盛的果树，
欲结硕果就须细心地培护。
不要去糟蹋果实，砍伐树根——
这无异蹂躏自身的蠢人。
应宽宏大量，而不欺凌弱小，
不要去学同蚁争食的劣鸟。
人所凭藉的应是能力和命运，
不该去折磨地位低下的人。
当你看到有谁颓丧失意，
应予帮助，使他不呼天抢地。
若靠怀柔政策能获得土地，
而不必依恃血腥的暴力。
国王不可以鲁勇征服世界，
兵刃只能带来遍地污血。

## 故事九　加姆希德国王的墓志铭

据说贤明公正的加姆希德[①]，
曾下令在泉边的石上这样镌刻：

---

① 加姆希德：传说中的国王。他曾统治三百年之久，在位期间扩展疆域，开发荒原，确定“新年”（相当于公历3月21日）。在他之前到处是饥荒、瘟疫、恐怖、愁苦……他继位后，消灭了疾病和饥荒，世界欣欣向荣。关于他的传说故事，琐罗亚斯德教（即“祆教”或“拜火教”）古经《阿维斯塔》和菲尔多西《列王记》中都有记载。（译者注）

“多少人曾经站在这泉边喟叹！
但是转瞬间便一一离开人间。
即使依靠强力把世界征服，
死后也不能将它带往坟墓。”
不要折磨败局已定的敌人，
因为他们已经幽怨如焚。
行善而饶恕敌人的性命，
胜过暴怒之下血染青锋。

## 故事十　达拉国王和牧人

据说尊贵威武的达拉国王[①]，
一天，出外打猎迷失了方向。
这时有个牧人奔向他这里，
引起光荣的达拉的警惕。
寻思道：“难道他要前来挑衅？”
于是便搭弓射箭向他瞄准。
他将御弓的皮弦用力拉圆，
只一刹那就能使来者归天。
牧人说：“啊！伊朗和图兰的国王！
愿王长寿幸福，事业兴旺。

① 达拉国王：指波斯帝国阿契美尼德王朝第三代皇帝大流士（前 522– 前 486）。伊朗克尔曼沙汗省有一处摩崖石刻《贝希斯敦铭文》，用古波斯、埃兰、巴比伦三种楔形文字记载了大流士即位之后平定各地叛乱的事迹，是一份极为珍贵的文化古迹和文明遗产。（编者注）

我是国王忠实的放马人，
为他在草原上放牧马群。”
神情紧张的国王恢复常态，
笑着说道：“你这可气的祸胎！
大概苏鲁斯[①]天使在护佑你，
否则箭矢会射进你的身躯。”
草原上的牧马人微笑着说：
“若不对恩主规劝于理不合。
国王若连敌友也不能分清，
很难对他的御旨击节称颂。
作为身居高位的王公族长，
应当对下属了如指掌。
你曾经多少次地把我召见，
向我详细询问马匹和草原。
现在我来热情地欢迎你，
你竟分辨不出善意和恶意。
尊贵的国王啊！战马成千匹，
每一匹的特点我都熟悉。
我对于放牧有很高的才学，
你也应当对自己的马群了解。”
达拉听完牧马人的忠告，
认为他说得在理，做得也好。
牧人走后，国王羞愧地自言自语：
“应把这些规劝牢记心里。

① 苏鲁斯：天使的名字。（译者注）

国王的智慧若比不上牧马人，
治理国家怎能够有条不紊？”

### 谏言

你的卧室似乎修建在土星，
怎能听到子民的嗟叹之声。
你在眠床上睡得如此香甜，
竟然听不到苦难者的呼唤！
你下属的暴虐使人们哀怨，
他们的劣迹被看作你的罪愆。
不要骂狗撕破了客商的衣襟，
责任在于带狗的愚蠢的农民。

### 对自己的要求

萨迪啊！讲话不必有所畏惧，
宝剑在手就该争取胜利。
既然你一不受贿，二不媚上，
就应敢于述说真情实况。
贪得无厌者必然抛弃真理，
放弃贪欲后才能心口如一。

## 故事十一　乞丐和富豪

据说在伊拉克有一位富豪，
看到一个乞丐在廊下说道：
“既然你也有求于他人，

就应对他的企求施恩。
既然你竭力避免哀痛忧伤，
也应去协助他人脱离愁网。”

### 谏言

苦难者正义的骚乱，
能把在位的国王推翻。
当你在凉爽的房间歇晌，
行人却躲不开炎炎骄阳。
假若不接受正义的申诉，
人们便会转向普慈的真主。

## 故事十二　阿齐兹哈里发卖掉钻石赈济灾民的故事

有个伟人品德端方，信心纯净，
他对伊本·阿布杜勒·阿齐兹[①]真诚赞颂。
阿齐兹有一个钻石戒指，
珠宝商难以估量它的价值。
这戒指能放出灿灿光芒，
据说黑夜也能被它照亮。
不料那年发生罕见的大旱，
人们似满月的面庞瘦成了新月弯弯。

---

① 伊本·阿布杜勒·阿齐兹：指阿布·哈法斯·欧麦尔·本·阿布杜勒·阿齐兹·本·穆尔旺，伍玛亚王朝哈里发（720–722 年在位），因其公正、仁慈而被誉为“伊斯兰教历史上的第五任正统哈里发”。（编者注）

看到人们因饥饿而无力支撑，
他的心情也就难以平静。
假若人们都在饮吞鸩毒，
谁还能忍心用蜜水下肚？
于是他下令卖掉那颗钻石，
用这钱将穷人和孤儿赈济。
只一个星期便分完了钱财——
全部施舍给贫僧、穷人和乞丐。
于是有人开始对他责难说：
“如此珍贵的宝石难以复得！”
我听说，他这时泪如雨下，
泪珠有如蜡泪流满面颊。
他说：“国王若忘记人民喜忧，
无论怎样装扮也显得丑陋。
我可以戴没有钻石的戒指，
却不忍目睹人们哀怨的悲戚。”

## 哲理

只要能为众人带来幸福，
自己少些装饰也将心舒。
当人们都过着凄苦的生活，
高贵的人便没有闲情逸乐。
国王若无所事事，淫乐嬉游，
贱民便睡不安稳，满腹怨愁。
国王若深夜难寐，为民为国，
贫民便丰衣足食，充满欢乐。

### 颂赞

感谢真主！使他具备多么高尚的品德！
他就是阿塔别克·阿布·伯克尔·本·萨德。
在法尔斯人们不会发生骚动，
除非看到美女的丽姿娇容。

## 故事十三　一首情诗

在昨夜欢乐的晚会上，
人们把我下面的诗句吟唱：
“我款搂紧挽着如月的美女，
心情无比欢快，无忧无虑。
见她睡意蒙眬，似醒似睡。
说：‘在你面前，丝杉也要羞愧。
请睁开你惺忪的眼睛——
如玫瑰微笑，似夜莺啭鸣。
迷人美女啊！你怎入眠？
来啊！请用红酒注满杯盏！’
她边说边睁开钟情的睡眼：
‘我在安睡，怎倒引起骚乱？’”

### 颂赞

由于苏丹[1]的统治公正贤明，

---

① 苏丹：历史上一些伊斯兰教国家统治者采用的称号，相当于我们所说的“国王”或“皇帝”。在这里指阿塔别尼·阿布·伯克尔·萨德。（译者注）

۳۳۵

从无聚众闹事，抢劫行凶。

## 故事十四　塔卡列和智者

我要把已故国王塔卡列[①]赞美，
他继承了先王赞基的帝位。
他在位时禁止人与人之间相欺，
仅此一点就超过先王们的功绩。
一天，他对贤士们这样表明：
为了不白白虚度一生。
今后每日祷祝，蛰居一隅，
以探索这五天生命[②]的意义。
我对地位、财产、御座都不看重，
只求离世时有如达尔维什。”
聪慧博学的智者听到这些，
顿时恼怒：“住口吧！塔卡列！
教理应当用于为教民服务，
不一定要跪拜，穿教服，持念珠。
我即使安坐在宝座上，
也可如达尔维什品德高尚。
你应当保持意洁心诚，
不要夸夸其谈，目使颐令。
是否遵守教义应根据实践，

① 塔卡列：萨德·本·赞基·本·萨勒卡尔的弟弟，1114–1195 年在位。（译者注）
② 五天生命：指生命十分短促。（译者注）

而不看重没有行动的空谈。
凡是品行高尚的圣贤，
长袍下面便似衬着僧衫。”

## 故事十五　罗马皇帝和学者

据说有一位罗马皇帝，
向一位善良的学者诉泣：
“在强敌面前我已无可抵御，
现只剩下这城堡和城池。
为爱子幸福我已殚精竭虑，
只求我死后，他能称王称帝。
现在强大的仇敌在虎视眈眈，
我的努力将化作灰烬飞烟。
用什么办法治愈我的疾病，
以便解除我身心的忧痛。”
回答道：“不必烦忧！
生命的价值并不在于长寿。
你已留下足够的遗产，
你辞世自有他人掌管。
何必管他是聪睿，还是愚笨，
他定会为自己的事情挂心。”

### 谏言

不值得为夺取江山忧烦闷郁，
刚以利剑夺得，却又撒手而去。

在世上的五天不要逸乐荒淫，
应当及早为自己的后世操心。
盖巴德[①]、法里东、佐哈克[②]和加姆，
你所知道的所有君主。
哪一个还有自己的领土？
真正永恒的只有伟大的主。
他们有谁不想万寿无疆？
但是不曾有谁永葆健康。
他们难道没留下财宝金银？
但去世不久便化为烟尘。
而若谁在世时积下福荫，
他就会世代被人感恩。
谁若让人唾骂，遗臭万年，
可对他说：“何必来到世界？”
谁若想收获甜美的果实，
就须把慷慨的树苗培育。
你应尽量地行善积福，
以便明天能够载入善行簿。
只有对他人善待慈祥，
才会赢得更高的声望。

---

① 盖巴德：指萨珊王朝阿努什拉旺国王。（译者注）

② 佐哈克：传说中的暴君。在他的肩头长着两条毒蛇。这两条毒蛇必须用人的脑子来喂养，为此佐哈克每天要杀掉一个年轻人。后为卡维铁匠所领导的人民暴动所推翻。（译者注）

而若拾人剩物应觉羞涩，
不劳动者便得不到收获——
他便没有面粉去烘面包，
只能后悔得把手背乱咬。
当人们都在收获庄稼时，
你会因没有播种而后悔莫及。

## 故事十六　隐士和暴君

在沙姆[1]的山区有个智者，
在山洞里过着隐居生活。
他安居于黑黝黝的山洞，
保持清心寡欲，甘愿苦行。
听说“胡大多斯提”[2]是他的名字，
虽生在尘世，心灵却似天使。
多少大人物前来把他探望，
他却从来不将他们拜访。
他纯净高洁，克制着欲念，
无所贪求，只需有口饱饭。
当他饥肠辘辘的时候，
便卑贱地辗转于村头。
这明智老人所在的地区，

① 沙姆：古代地名，指叙利亚一带，有时专指大马士革。参见第13页注⑤。（译者、编者合注）

② 胡大朵斯提：波斯语，意为“真主的朋友”。（译者注）

有个统治者十分残酷暴戾。
他对于弱者残暴逞凶，
无人能忍受他的欺凌。
他残民以逞，暴虐贪酷，
世间无人不把眉头紧蹙。
有些人因不堪压迫而逃亡，
把他的恶名向四方传扬。
留下的人们都贫穷潦倒，
他们诅咒赃官怨声载道。
人们受到恣意的折磨，
唇边流露不出一丝欢乐。
暴君经常探望胡大多斯提，
智者却两眼紧闭，疾首蹙额。
暴君启口道："啊，老寿星！
不要对我如此地厌憎。
可知道，我对你有一片情谊，
为什么你却把我视为仇敌？
我不认为自己堪称头领，
却总该比达尔维什更受尊崇。
即使我比不上他们的美德，
也请一视同仁地看待我。"
虔诚的智者听到这些话，
嗔怒道："国王啊，该清醒啦！
你为人民带来痛苦烦忧，
我岂能与残暴官吏结为朋友？
既然你视我的朋友如仇敌，

还怎能从我这里得到情谊？
我对你绝无任何友情，
还由于你对主毫不畏敬。
不必痴情地亲吻我的手，
而应把我所爱的人视为挚友。
即使剥掉胡大多斯提的皮，
他也绝不去爱朋友的仇敌。
我惊奇，那残酷的人竟会安眠，
人们一想到他就会忧烦。
对于世界不要暴戾强横，
因为世界并非凝滞不动。
不要恃强而欺凌弱者，
或许他会变强，你却变弱。
不要认为敌人弱小可欺，
我看到，组成高山的恰是土石。
难道你没有看到成群的虫蚁，
能把凶猛的雄狮打翻在地？
一根发丝难道不比丝线易断？
但合成多股却能坚如铁链。
不要盘剥得人民寻死觅活，
失去人民你便会衰微破落。
赢得朋友胜过积聚财富，
宁让国库空虚，也不能让人民受苦。
对于任何人都不要恣意折磨，
因为你也难免不潦倒落魄。”

## 劝诫

弱者啊！遇到强者应忍辱退让，
终有一天你也会由弱变强。
面对强暴须树勃勃雄心，
强人的拳头终会败给有心人。
受难的干唇应当皲然含笑，
残暴者的牙齿定会被拔掉。

## 谏言

当清晨的鼓声把主人唤醒，
怎知更夫[①]从寅夜熬到天明。
商旅关心的是运载的货物，
并不同情驴背的负重之苦。
我常把跌倒在地的人扶起，
你为何对摔倒者置之不理?
为使我的谈话扼要生动，
我有一个故事讲给你听。

## 老友为饥民心忧如焚

大马士革发生过一次灾荒，
饥饿使得恋人把情思遗忘。
悭吝的苍天不来浇灌椰枣树，

① 更夫：古代伊朗也像中国一样，夜间有更夫巡逻，不同的是在中国是打更，在伊朗是敲鼓。（译者注）

也不向禾苗抛洒一滴雨露。
潺潺的小溪已干涸见底，
孤儿的眼里落下泪滴。
若从天窗见到轻烟飘逸，
那是孀妇在哀声叹息。
达尔维什找不到树叶充饥，
大力士体弱得卧地不起。
林木都已枯槁，花园也已凋零，
飞蝗吃光原野，人们便食蝗虫。
那年我同一位老友邂逅，
他瘦弱得皮包骨头。
他有权有势，高官厚禄，
有钱谷万千，财帛无数。
我问："朋友啊！你廉正敬主，
怎么落得如此困境清苦？"
他嗔怒道："你怎么不明事理，
提出了这样荒诞的问题？
现在世界何处不陷于贫饥，
举目所瞩到处是饿殍遍地。
苍天不向大地降一滴雨，
人们的叹息也达不到天际。"
我说道："你何必如此清苦，
你并不乏解毒的药物。
你不会像他人因饥贫而死，
你有钱粮，鸥鸟怎惧暴雨？"
他像法官那样威严蹙额，

像智者训教愚人般地说：
“朋友啊！假若有人落进水里，
岸边的同伴怎能置之不理？
我并非因贫饥而骨瘦如柴，
是忧念饥民使我致成羸瘵。
才智之士不愿看到任何伤痕，
不论伤的是自己，还是他人。
由于我不忍看饥民的惨景，
我强健的身躯弱不禁风。
当陪伴在恹恹的病人身旁，
即使身体健壮，也不会心畅。
当我看到达尔维什无以饱肚，
即使佳肴也如同毒物。
当亲朋好友陷入了囹圄
我怎能在花园中欢歌嬉戏？”

## 故事十七　火灾中的庆幸者

人们不堪痛苦时便放大火，
据说某夜巴格达被烧掉半个。
有个人在烟尘中感念真主：
“火舌并没吞噬到我的店铺。”
有个旅行者说道：“啊！你怎么，
脑子里只装着自己的事。
哪怕看到全城都付之一炬，
你只要自家安全也会窃喜。”

## 哲理

当看到人们都在把腰带勒紧，
除非贪酷者，谁能吃下美味食品？
当达尔维什正在经受苦难，
富人怎能吃得下一口糕点？
莫说护卫病人者都身体健壮，
看到病人痛苦，他也内心忧伤。
旅行者都不会快步到达终点——
如若疲惫的朋友落在后面。
国王的心也会负着重载——
假若他的驴子在泥泞中驮着荆柴。
谁若正处在祚永运隆之日，
刚一启口便知他正悠然得意。

## 谏言

喜笑颜开来自心情的欢娱，
若播种荆棘便得不到茉莉。
你可知波斯的霍斯鲁王们[①]，
对待百姓都十分乖僻残忍。
再也见不到他们的凛凛威风，
再也见不到他们的残民以逞。
史册记载下他们的暴戾，
他们不复存在，世界却仍屹立。

① 霍斯鲁王们：这里泛指国王。（译者注）

心善者会在终审日获得幸福，
苍天的福荫会把他们庇护。
谁像良善、正义的霍斯鲁王[①]，
真主便会赐给他福祉恩赏。
而当世界变得萧条和衰败，
便会导致暴虐的国王倒台。
明君总是惴惴地敬畏真主，
暴君却常常惹得真主大怒。
伟人总是虔诚地向主感谢，
忘恩负义的人终会被消灭。
难道你没有诵读过经书？
欲得到厚惠，须感念真主。
为使自己的地位和财产永恒，
必须虔敬地把真主赞颂。
假如滥用王权，恣意横行，
终会垮台，依靠行乞为生。
国王若高枕无忧，闲适淫乐，
只会使强大的社稷变得衰弱。
不要为区区小事而折磨子民，
国王应如牧人，子民则是羊群。
国王若残民以逞，骄奢淫荡，
便不是牧人，而无异于恶狼。
他若品行邪恶，暴虐凶残，

① 霍斯鲁王：指萨珊王朝的霍斯鲁一世，即阿努什拉旺国王（531–579），伊朗史书中称他为“正义的国王”。（译者注）

便只会把百姓恣意作践。
人民将因此而忍饥号寒，
他的恶名则要遗臭万年。
品行卑劣只会遭人唾骂，
善待百姓才能得到赞夸。

## 故事十八　两个王子

据说在西部边界之外，
有个国王生一对双胞胎。
他们容貌俊秀，威武剽悍，
都能带兵打仗，智勇双全
父亲看他们爱在疆场上驰骋。
又都强悍无畏，好斗善争。
于是把疆土分为两半
分别由两个儿子掌管。
之后父亲便辞别了世界，
宝贵的生命从此完结。
死亡剪断了他的理想之绳，
他的思想再不能付诸实行。
国中无数的军队和财产，
从此便由两个国王分管。
他们都想使国家变得强盛，
但采取的办法各不相同。
一个正义，为使美名彪炳千古，
一个暴戾，整日盘算聚敛财富。

一个好善乐施，慷慨赐赠，
能够怜贫惜老，抚慰游僧。
虽然财库枯竭，却优待军队，
军队能和他一起同享欢快。
人们对他的欢呼声，犹如雷鸣，
就像阿布·伯克尔·萨德那样英明。
国王明智宏慈，心胸广阔，
愿他期望的枝条结出硕果。
他亦是扬名遐迩的勇士，
品格高尚，能够逢凶化吉。
不论贵族，还是平民，他都善待，
为他的赞歌从清晨唱到暮霭。
在这个国度卡伦具有善愿，
国王慈蔼，达尔维什能够饱餐。
在国家中，没有人会有悲伤，
不会让荆棘刺在花瓣上。
各地头领无不对国王钦敬，
纷纷谒见，听取他的诏令。
另一位国王却滥施王威，
无限增加对农民的赋税。
他不只对达尔维什心怀恶意，
而且还把他们视为仇敌。
他十分贪婪商人的财富。
更使得穷人们苦上加苦。
他非常悭吝，只知聚敛钱财，
他不曾对人有一丝善待。

为搜金括银不惜施计行骗，
再无心养兵，而把军队遣散。
商人们纷纷交口相传：
这是黑暗之国，一片黑暗。
从此商人不再踏上交易之路，
田野变得荒凉，奴婢更加悲苦。
他的酷政，导致众叛亲离，
却给予了敌人进犯之机。
苍天彻底摧毁了他的根基，
国土上驰骋着敌人的战骑。
同他的合约，有谁还能坚守？
向谁去征税，农民若都逃走？
这个昏王从不曾做过善事，
人们纷纷诅咒他不得好死。
他把进谏都当作耳旁风，
结果才使命运遭到不幸。
智者劝他要对子民慈善，
而与不仁不义之事绝缘。
他却心怀异志，阴险刻毒，
仍旧待人刻薄，寡恩冷酷。
两人一个背负骂名，一个芳名永继，
恶的行为不会得到善的结局。

## 故事十九　锯树的人

有个人骑在枝头上锯树干，

忽然被果园的主人看见。
主人斥责他："怎能这样做事——
最后遭殃的不是我，而是你！"

## 谏言

不该不听有益的劝说，
不能依恃强力欺负病弱。
不要以为乞丐贫贱位卑，
或许将来会如国王高贵。
你若想成为明天的伟人，
就不要轻视今天的敌人。
你的王位终将一去不返，
你应当给予乞丐以爱怜。
不要随意欺凌那些弱者，
当他摔倒在地，你该羞涩。
在高贵者眼里，你毫无德性。
你最终会被贫弱者战胜。
伟人的福运来源于智慧，
他们能机警地夺得王位。
若不想迷路，就须紧跟圣贤，
若想走上正道，请听萨迪的进谏。
不要说"王位也不过如此，
国王未必有达尔维什那样的闲适，"
轻装的人才能健步如飞，
聪明的人注意增长智慧。
穷人整日为面包奔波，

帝王则是把世界争夺。
当乞丐吃到一顿晚餐，
睡觉也会像国王香甜。
欢乐和忧愁充满了一生，
随着死亡一切也就平静。
不论你头戴华贵王冠，
还是欠下累累的债款；
不论你高傲得能摸到土星，
还是卑贱得被关进牢笼；
当死神在人们身上驰骋，
并不管他们属于哪一种。

## 故事二十　一个军官的自述

据说有个头颅在某个地方，
对虔诚的教徒这样讲：
“我曾是个光荣的军官，
头上戴着高贵的冠冕。
苍天佑助我取得胜利，
凭借武力把伊拉克占据。
我期望将克尔曼[①]管辖，
却不幸败在克尔曼麾下。”

① 克尔曼：伊朗东南部的一个省。（译者注）

## 谏言

不要对于箴言充耳不闻
要认真吸取前人的教训。
对性善者人们不会恶待，
待人以德者也定会得到爱。
见到坏蛋就应人人喊打，
就像毒蝎难以进入住家。
假若你沾不上富豪的光，
宝珠和石头对你是一样。
善良的朋友啊！恕我直言：
财富蕴藏于铜、铁、石头里面。
羞辱地活着还不如死去，
他的价值还比不上顽石。
并非任何人都比野兽强，
比起恶人来，野兽更善良。
作为人总应比野兽更文明，
不该像野兽那样残害百姓。
假若人只知道睡觉、吃饭，
优于牲畜的还有哪一点?
假若骑着劣驽驰入歧途，
不如索性徒步走上正路。
谁若不播种良善的种子，
便收获不到吉祥的果实。
我一生中从来不曾听到：
坏人居然能够得到好报。

## 故事二十一　恶人的下场

一个巡警不慎落进井里，
他作的恶凶狮也望尘莫及。
恶人从来不会有善愿，
一旦落魄，才感到可怜。
他整夜都凄惨地高喊救命，
一个人趁机赶来投石下井。
说："见到遇难者你从不肯营救，
今天你怎发出救命的恳求？
既然你把不仁的种子撒播，
现在你只能收获这种恶果。
有谁会来拯救你的生命？
你曾使多少人呻吟苦痛！
你在路上为我们设置陷阱，
到头来你自己却落入其中。"

### 哲理

不论贵族，还是平民，都分两类：
一类择善而行，另一类暴戾愚昧。
一类给饥渴的人以施舍，
另一类使人们备受折磨。
你若行恶，不会求得善报，
从柽柳枝上，采撷不到葡萄。
啊！你若播下的是大麦种子，

不要企图收获到小麦颗粒。
假若你把埃及香枞树[①]培育，
决不会尝到香甜的果实。
椰枣不会长在夹竹桃树枝，
种什么种子便结什么果实。

## 故事二十二　哈加芝暴君

据说有个禀赋十分善良的人，
对于哈加芝·优素夫[②]不够驯顺。
于是哈加芝向执行官下令：
将那智勇者推上刑垫[③]，砍头示众。
由于暴君没有杀他的理由，
只好满脸嗔怒，眉头紧皱。
那个虔诚的教徒哭而复笑，
残暴的君王对此莫名其妙。
当看到他忽而大笑，忽而哭泣，
便问他："这哭和笑有什么含义？"
答道："我为这世道而哭泣，
我留下了四个孤苦的孩子。
我笑这圣洁的苍天的明智，

---

① 香枞树：这种树有毒，且不结果实。（译者注）

② 哈加芝·优素夫（650—714），倭马亚王朝任命的伊拉克总督，历史上著名的暴君。他对伊拉克人民十分残暴，尤以对什叶派信徒为甚。（译者、编者合注）

③ 刑垫：一种皮制的垫，古代时，刽子手在这种垫子上对犯人处死或施刑。（译者注）

我从未折磨他人，而是受害而死。”
某人进谏道：“啊，驰名的君主！
请陛下把这无辜的人宽恕。
人民都关注着他的生死，
杀害他违背人民的意志。
请对他待之以宽厚和仁慈，
给他的孩子们悲悯和怜恤。”
听说国王不听谏言，把他杀掉，
执行命令的军官却逃之夭夭。
有个圣贤那夜梦见了他，
向他慰问致意，他则回答：
“我被杀死不过用一瞬间，
他却直到终审日都受磨难。”

## 谏言

被冤死者的叹息能使你恐惧，
他们心中的哀歌能让人战栗。
只有心地纯洁，夜间才能安睡，
苍天啊！请消除他的一切伤悲。
伊卜利斯[①]不会有好的报应，
种子罪恶，果实不会是善行。
即使对于仇敌也不要挑衅，
它会使你罩上羞辱的面巾。

---

① 伊卜利斯：即撒旦，为罪恶之源。传说所有天使无不对真主笃诚敬奉，只有伊卜利斯例外，他并欺骗亚当和夏娃，使他们偷吃智慧果。（译者注）

不要向愚鲁的勇士怒吼，
不要对小孩子挥动拳头。

## 故事二十三　某人的慈训

某人谆谆教诫自己的孩子，
让他把慈训在心中牢记。
“孩子啊！不要对弱小恣意欺压，
因为强大也会向弱小转化。
你这蠢狼不要那么凶残，
难道不怕被猎豹撕成碎片？
我也曾凭借膂力欺侮弱小者，
他们的心灵受到我的折磨。
由于我吃到武夫们的乱拳，
才不把贫弱者折磨非难。

### 谏言

当你在夜间不能安寝入寐，
不要因此去打扰你的长辈。
应当分担你手下人的苦痛，
并对崇高的苍天予以畏敬。
这些训诫逆耳但利于行，
正像良药苦口却能治病。

## 故事二十四　患了线虫病的国王

听说有个国王患上了线虫病[①]，
体态似梭子般瘦骨伶仃。
由于他身体孱弱，奄奄一息，
因而对臣民健康顿生妒意。
正像棋盘上的国王徒有其名，
难免身陷困境，不如一名士兵。
有个大臣匍伏在国王面前，
他首先祝愿国王福寿万年。
随后说道："城中有个人非常幸运，
没有人像他那样对真主笃信。
由于他行道向来都十分端正，
且心地善良，祈愿总能成功。
不管求他解决怎样的难题，
他总能立即化险为夷，令人满意。
不妨请他代陛下向真主祈恩，
他的祈求或许能使陛下祛病健身。"
国王于是下令把那长者传呼，
期待那信徒给他带来幸福。

① 线虫病：这是在波斯湾沿岸地区流行的一种皮肤病。这种病开始时脚肿大，之后从肉里钻出一种像线那样细的蛆虫。若把线虫露在皮肤外的部分掐断，留在肉里的部分仍能继续生长、繁殖。当地采取的治疗方法是：把蛆虫钻出来的部分用小细棍卷住。蛆虫钻出多少，用小细棍卷住多少，直到蛆虫全部钻出。(译者注)

不久侍臣们请来年迈穷汉，
他身体强健，身着破旧衣衫。
国王道：“智者啊！请替我祈祷真主，
我已如一根针，被线儿完全束缚。”
老人听到此话，便屈身跪告，
并且毫无畏惧地高声说道：
“真主对行善的人一向倍加慈善，
你若慷慨施恩，主定然爱怜。
我为你祈祷究竟有何作用？
当你的臣民挣扎在水火之中。
你既从未对百姓实施仁政，
也就难以奢求主的宽容。
你应当首先忏悔自己的罪孽，
谢赫[①]才会为你祈求主的谅解。
谢赫的祷告对你能有什么益处，
假如被你折磨者不能把你饶恕？”
当伊朗国王听完此言，
不再愠怒，却感到羞惭。
国王心情沉重地自言自语：
“我何必忧烦？长者说得有理。”
于是发布实行大赦的圣谕：
把所有囚徒释放出监狱。
博学的老者做完两次祷祝，
便把恳求的双手伸向真主：

① 谢赫：苏菲长老。（编者注）

"啊！愿苍天的光辉普照大地，
把战争动乱变为太平盛世！"
达尔维什的祈祷还没有结束，
国王已精神爽快，痼疾全除，
腿上已不见线虫病的踪影，
国王高兴得就像孔雀开屏。
于是赐他珠宝以作报答，
他却把这一切摔在地下。
真理决不能让谬误遮罩，
财物应从衣襟中全部抖掉。
劝道："你只要不再欺压百姓，
也就不会再患有线虫病。
跌过筋斗就该站稳双脚，
以避免再一次踉跄摔倒。"
应把萨迪的箴言牢记：
"跌倒之后要昂然站起。"

## 谏言

孩子啊！世界并不是永恒，
不要期待它会对你忠诚。
随着逝去的朝朝夕夕，
哪还有所罗门[①]宝座的遗迹？

---

① 所罗门：大卫王之子，古代以色列国王（公元前970–930年在位）。其在位时期是以色列历史上的鼎盛时期。曾重征民役，大修宫殿。传说他智慧过人，办事公道。据《旧约》记载：两名妇女争夺一婴儿，讼于他的庭前，两者都自称是婴儿的生母。所罗门佯令将婴儿劈为两半，一人一半。这时一妇女欣然同意，另一妇女则拼死反对，甚至愿意把婴儿判给对方。所罗门遂将婴儿判给后者。（译者、编者合注）

虽然古迹都已无影无踪，
但智慧和仁义却世代传诵。
能够夺得幸福马球的人，
必定为人民的康宁操心。
他能与人民分享所获钱财，
并不只是敛聚，传给后代。

## 故事二十五　埃及亲王临终前的感叹

据说埃及有个年老的亲王，
死亡的战马来到他的病床。
他满面的红光已经失去，
有如夕阳，余晖即将消逝。
御医也只好任其走向死亡之路，
人世间并不存在起死回生的药物。
御座和王位都将化作尘埃，
世界上只有真主才能常在。
在他死亡之前的那个夜晚，
如下的话语嘟囔在他的唇边：
“在埃及我获得最高的荣誉，
而最后他仍是这样的结局。
我不能吃掉所占有的世界，
却像穷人们一样同它告别。”

### 劝诫

一切钱财只要是自己所挣，

就可恣意享用或慨然馈赠。
若把积下的资财遗留世间，
只能造成自己无穷的遗憾。
当在折磨生命的病床安睡，
总是一只手伸出，另一只缩回。
两只手的姿态各不相同，
惊愕更阻住舌头的转动。
广施厚赐之手会向外伸
贪酷暴虐之手则要缩进。
现在应争分夺秒，拔除针刺，
散漫放荡，只会等来寿衣。
日月星辰虽仍熠熠放光，
仰卧墓穴却见不到微亮。

## 故事二十六　地势险要的国家

格兹里·阿尔萨兰[1]的国中有座坚堡，
它就像阿勒万德山峰[2]那样崇高。
这里不担心敌人，用不着武器，
因为山路像幼女的卷发崎岖。
这里有罕见的别墅花园，
就像鸟蛋嵌绿宝石托盘。
据说从远方来了一个客人，

① 格兹里·阿尔斯兰：阿塞拜疆阿塔别康王朝国王，最后被伊斯玛依仪派敢死队刺死。参阅第23页注②。（译者注）

② 阿勒万德：位于伊朗哈马丹南部山峰，海拔2726米。（译者注）

要为国王带来外地的佳音。
他走遍世界，深知道理；
他知识广博，多才多艺。
他品德高尚，聪明睿智；
他话语滔滔，富于哲理。
格兹里问："你一定识广见多，
如此险要的地势可曾见过？"
他含笑答道："地方倒是很美，
但是算不上坚固的堡垒。
从前不是也有强大的国王，
瞬息间便被战败而遭灭亡？
在你之后，也会有另外的国王，
把你期望之树的果实品尝。"

## 谏言

你应将先王的历史回顾，
不该把思想紧紧地束缚。
生活不应局限在一个角隅——
这不能多增加一个帕士兹[①]。
假若对一切都悲观失望，
便只会寄托于真主的赐赏。
世界对于智者像一堆垃圾，
从不死守在一个地方安居。"

① 帕士兹：古代钱币名，就像我国的"分"。（译者注）

## 故事二十七 “疯子”与国王

传说从前伊朗有一个“疯子”，
对国王说：“啊，加姆[①]的后裔！
假如加姆不把王位后传，
你有什么可能戴上王冠？
即使你得到卡伦[②]的财产，
死时也带不走一个铜板。”

## 故事二十八 王子登基之后

由于阿里波·阿尔斯兰[③]去世，
他的儿子[④]便因此加冕登基。
父王被从宝座上抬向墓地，
从此再不能跨着坐骑射击。
一天看到儿子骑在马上，
那明智的狂人便这样讲：
“真是啊！王朝在每况日下，
父亲一去，儿子便骑上大马。
现今世界总是无常变幻，

① 加姆：即加姆希德，古代传说中的国王，这里泛指国王。（译者注）
② 卡伦：古代传说中家财万贯，却又十分悭吝的人。参见第 7 页注②。（译者注）
③ 阿里波·阿尔斯兰：塞尔柱王朝的著名国王，1063–1072 年在位。（译者注）
④ 他的儿子：指加交勒丁·玛利克沙国王，1072–1092 年在位。（译者注）

它背信弃义，不能长治久安。
当时代把老人推向墓地，
便有幼儿在摇篮中养育。
不应心系世界，它像陌生人一样，
有如流浪戏班，每天更换地方。
不要同这美女戏嬉逸乐，
她的丈夫，每天都换一个。
今年你应在自己的领地宽仁善待，
明年这块领地会有新人主宰。”

## 故事二十九　贤哲为吉·戈巴德的祈祷

有个贤德为吉·戈巴德[①]祈祷，
祝愿他的业绩永不泯消。
有个大臣吹毛求疵地说道：
“可笑啊！智者可不认为能够做到。
你说波斯国王中有谁如此？
从法里东、佐哈克和加姆[②]算起。
他们哪个的王位能够永恒？
聪慧的人都认为没有可能。
他们谁不希望千秋不泯？
可是又有谁的业绩尚存？”

---

① 吉·戈巴德：古代传说中的国王，为基扬尼王朝的开国元勋，统治一百年之久。（译者注）

② 法里东、佐哈克和加姆：都是古代传说中的国王。可参阅前注。（译者注）

睿智的哲人这样回答说：
“智者当然并没有说错。
但我不是祈愿他们长生不死，
也不期待他给我什么恩赐。
不过希望他能对主虔敬，
且能从谏如流，端正品行。
这样的帝王当离开尘世，
到了天国也会长生不死。
因此他的业绩并未泯灭，
不过从尘世转移到天界。
死亡算什么？只要品德高尚，
无论地界或天界都能称王。
谁若统领军队，有权有势，
并且钱财无数，生活优裕；
只要能积德行善，普慈万民，
不论何时何地，他都会感到欢欣。
而若他对待黎民暴戾残酷，
在五天的生命中飞扬跋扈；
定将像法老[①]那样遗臭万年，
国王只是做到进坟墓之前。”

① 法老：古埃及国王的称号。据《旧约·出埃及记》记载：由于埃及法老残酷苦待以色列人，穆萨便率领以色列人同法老进行坚决的斗争，并带领他们出走埃及，渡过红海，来到西奈半岛定居。（编者注）

# 故事三十　打残毛驴的故事

据说以前在古尔[1]地区，
有个国王掠来一群毛驴。
驴子驮着重物却无草吃，
没过两三天便纷纷倒毙。
这个无赖居然成为豪富，
他从不顾及贫民的疾苦。
人人皆知他的损人利己——
竟把垃圾、尿盆倒给邻居。
据说一天暴君欲去打猎，
于是走出城门，来到郊野。
他纵马扬鞭，追赶猎物，
离近猎物，却远离侍奴。
他不知道自己到了哪里，
夜已来临，欲找村落歇息。
附近村庄有一个老人，
他对主虔敬，品德超群。
他对儿子说："啊！要安分守己，
清晨不要将驴子赶到城里。
这个国王是个无耻之徒，
代替他宝座的应是棺木。
他就像魔鬼那样暴虐残酷，

① 古尔：在今阿富汗地区。（译者注）

人们只有向苍天倾诉哀苦。
全国到处都是死气沉沉，
人民没有一丝愉快欢欣。
无人不诅咒这罪恶的暴君，
不把他遣送火狱不解其恨。”
孩子说：“我要踏上艰险征途，
幸运啊！我用不着徒步走路。
请为我想想办法，出出主意，
你远比我有智谋心计。”
父亲说：“你若听我的计谋，
就去找来一块坚硬的石头。
用石块狠命击打无辜的毛驴，
打伤它的腰背，打残它的胫蹄。
以使这无耻的罪恶君主，
休想用这头驴子驮负重物。
黑兹尔先知之所以凿毁航船，
为了不使暴君把它抢占[①]。

① 黑兹尔：穆萨曾奉真主之命向一位贤者求道，这位贤者要求穆萨无论遇到什么情况，都不可急于发问，而须耐心忍受。穆萨答应之后，跟贤者同行，期间经历一些事情，穆萨总是不能忍耐、急于责问。其中有一次乘船，贤者一经登船就把船凿出一个洞。穆萨不能理解和忍耐，便质问道：“难道你想淹死全船的人吗？”由于穆萨屡次违背诺言，贤者最后决定同他分别。临别之时，贤者给穆萨解释说：“那条船原本属于在海里谋生的几个穷人，但前面有一个国王要强征一切民船。我故意在船上凿了一个洞，使它有缺陷，而不致被国王强征。”《古兰经》中没有提到这位贤者的名字，但经注学家们都主张其名应为“黑兹尔”。参阅《古兰经》第 18 章 60–82 节。（译者、编者合注）

在海上劫掠船只的国王，
千年万载都会臭名远扬。
呸！如此的国王及其统治，
永远被人唾骂，直至终审日。”
儿子听完父亲的话语，
立即顺从父亲的旨意。
他用石头击打毛驴的腿，
使可怜的毛驴变成残废。
“你可以出发了，”父亲讲，
“到你要去的任何地方。”
之后便在门前伏地跪倒，
向真主笃诚地连声祷告：
“愿苍天给我以慈悲怜悯，
而彻底消灭可恶的暴君。
对他的死我若不能目睹，
就是躺在墓中也不瞑目。
即便孕妇怀的是条毒蛇，
也比人形的魔鬼强得多。
妇女远远强过罪恶的男人，
野犬胜过残害人民的暴君。
假若以虐待他人为生，
还不如去做一个娈童。”
国王默默地把话听完，
之后拴好马匹，伏鞍睡眠。
他整整一夜都没有合眼，
遥望着星空，思绪万端。

当清晨传来夜莺的啭鸣，
才结束一夜的心神不定。
骑士们整夜都把他寻找，
天亮后才发现马蹄踪迹。
当远远地看到国王的马匹，
他们便纷纷下马奔向那里。
见到国王，人们都扑膝跪倒，
黑压压一片，有如大海涨潮。
一位近臣来到国王面前，
他白天向国王献策，夜晚与国王陪伴，
他说：“不知昨夜农民以何招待？
我们整夜没有合眼，难耐焦急。”
国王不敢向他高声讲述，
所听到的责骂何等恶毒。
只是慢慢地低下头颅，
把心中的秘密向他倾诉：
“人们招待我的不是烤鸡，
而是对我谩骂和讽刺。”
大臣们欢聚一堂，举行酒宴，
人人酣饮淋漓，杯满酒干。
正当他征歌逐舞，舒心畅意，
却猛然把昨天那老农想起。
他下令立即捉拿那个农民，
并带到堂前，进行审讯。
暴君把宝剑从剑鞘中抽出，
可怜的老人哪还有活路？

农民抬起绝望的头来，对国王讲：
“死亡不该只降临我的头上。
这样骂你的不止我一个，
国王啊！你带来多少灾祸？
为什么只对我发泄怒火？
背后谁不咒你十恶不赦？
当你对人民残忍成性，
不要希图能流传美名。
假如你不想听到辱骂声，
今后就不要再残民以逞。
对待人民不应暴虐残酷，
不要将无辜的良民杀戮。
你若使我再继续生活五日，
便会再增加两天享受于世。
恶待百姓的暴君终将死亡，
人们对他的咒骂永世传扬。
你应洗耳恭听人们的进谏，
否则，终会有后悔的一天。
我不知你怎能在夜间安眠——
当百姓被你折磨得无比忧烦。
不要对曲意逢迎洋洋得意，
不要看中人们的逢场作戏。
在集会上你听到的是万岁声，
织机后面老妪却正诅咒不停。”
明亮的宝剑在他的头上晃动，
命运之矢正瞄准他的老命。

他有如正用刀削的竹笔，
任凭刀子试验自己的锋利。
国王似乎从昏醉中苏醒，
就像听到天使的训诫声：
“请不要对这老人狂虐凶残，
你杀戮的人已有成千上万。”
他长时间地用手捧着头，
经过思索决定对老人宽宥。
他亲自为老人解开绳扣，
拥抱着亲吻老人的额头。
国王给予老人宽厚仁慈，
老人从期望的枝头采到果实。
正直的人总是福运亨通，
这个故事到处被人们传诵。

## 谏言

应当向聪睿者学习良善，
而不去学习蠢人的凶残。
从敌人那里能得知自己的缺陷，
在朋友眼里你总非常完善。
赞扬之语对你并非有益，
谩骂的话常含有一定真理。
蜜糖虽甜却不能祛除痼疾，
良药虽苦却可将病人医治。
责骂虽然使你蹙额苦恼，
却比亲友们的奉承要好。

没有这样对你耐心规劝——
你若是聪明人，只需一言。

## 故事三十一　哈里发和美女的故事

当马蒙[①]登上哈里发宝座，
他买了个如明月的绝色。
她媚如朝阳，似花娇娆，
她能歌善舞，聪敏才高。
她的手指甲鲜亮艳红，
有如用恋人的血染成。
她的浓眉弯弯使人迷惘，
犹如彩虹衬着美丽娇阳。
夜间，这个美女见到马蒙，
拒绝他把自己搂入怀中。
此事惹得娇女满腔怒火，
她欲把头劈开如双子星座。
说："快用利剑将我杀掉，
请不要同我搂搂抱抱。"
问道："怎样才能使你快乐？
为什么你如此地厌恶我？"
回答说："我宁愿被你斩首，
也不愿嗅到你的口臭。
刀斩或箭射都能死得痛快，

① 马蒙：哈伦·拉什德之子，阿巴斯帝国哈里发（813–833 年在位）。（译者注）

而你的嘴臭却是慢性残害。”
幸运的统治者听到这种话语，
立即老羞成怒，心情又很闷郁。
他整夜难以入眠辗转反侧，
第二天便找来聪睿的智者。
在国内他的医术最为高明，
哈里发向他讲述了前后过程。
他虽然心里讨厌哈里发，
但医治得他芬芳如奇葩。
此后他同艳婢十分亲厚，
说：“她指出我的缺点，堪称挚友。”

## 谏言

我认为这样的人最有情谊——
说：“注意！陷阱就在那里。”
对误入歧途者应大声喝道：
“你罪孽深重该遵循正道。”
若人们不向你当面指出缺点，
你会愚蠢地把缺点视为优点。
不要认为蜂蜜才是高级饮食，
必要时也须吃墨牵牛子树脂[①]。
有个药商说得有多好：
“若欲治病就请吃苦药。”
假若你想喝有益的饮料，

① 墨牵牛子树脂：是一种泻药。（译者注）

请拿去萨迪劝诫的苦药。
它已被智慧的筛子滤过。
同味美香甜的蜜糖掺和。

## 故事三十二　视死如归的穷汉

据说有个穷人虽品格良善，
却引起国王的恼怒忧烦。
虽然他的话语道理清明，
却个性很强，执拗任性。
国王握有生杀权力，
于是下令把他关进监狱。
他的朋友偷偷婉言相劝：
“你不应该总是固执己见。”
答道：“我只能服从真理，
一小时的监禁①，有何畏惧？”
人们秘密传诵他的话语，
最后吹到国王的耳朵里。
笑着说：“真是想得出奇，
殊不知他将死在监狱。”
御侍为穷人带来这个消息，
穷人道：“请转告国王，啊！御侍！
我并不因此而痛苦抑郁——

---

① 一小时的监禁：喻指时间短暂，人生若比喻为“五天”，受到的监禁就像一小时那样的短暂。（译者注）

世界的存在不过一个小时。
我不因受到垂青而高兴——
也不因判罪杀头而苦痛。
你有权有势，任你钱财万贯，
我手无寸金，甘愿受苦受难。
但是谁也要迈进死亡之墓，
瞬息间，都会平等相处。
在这五天中，不要酷虐残暴，
以免被人民的怒火焚烧。
生前积累的财富不要过多，
你的不义会激起人民怒火！
你在生前假若多有善行，
人们决不去指骂你的坟冢。
假若你的品行恶劣包藏祸心，
人们当然会责骂你的人品。
强横的暴君终会从世界离开，
墓穴之土怎可能不把他掩埋？”
暴君听完这话，异常愤怒，
下令把他的舌头从颈后抽出。
这个坚持真理的穷人听此御旨，
说：“对此命令我毫不惊惧。
对口中无舌并不烦忧，
我无言之中也知缘由。
虽然我十分贫穷又受迫害，
若最终幸福又何必悲哀？”

喜庆婚礼转瞬或成丧事，
悲伤之后或有福运结局。

## 故事三十三　贫困的拳师

有个拳师生活异常悲惨，
每日既无晚餐也无早点。
作为补贴他常背沙运泥，
靠着打拳简直生活难继。
饥饿使他生活十分狼狈，
心绪也因此而愁苦伤悲。
有时想同残酷的世界挑战，
因悲惨的命运而愁眉苦脸。
当看到他人生活十分甜蜜，
自己却只有苦水咽进嗓子。
他为自己的不幸哭诉说：
“哪还有比这更苦的生活！
别人吃蜜糖、烤羊和熏鸡，
我却只用烤饼和葱作饭食。
平心而论，世界太不公道，
我赤身裸体，猫却身穿皮袄。
我的拳击生活何其悲惨，
实现我的心愿何其困难！
难道苍天有意将我耍弄，
将苦难的尘埃撒在行程？”

听说有一天挖掘泥土，
发现一块腐烂的颌骨。
颌上的肌肉已烂在土里，
也脱落了似珍珠的牙齿。
无言的口似乎揭开秘密：
“先生啊！贫困致死有何可惧！
这口还不是将埋入黄土！
不论以前享福，还是吃苦。
请不要整日杞人忧天，
没有我们它照样运转。
当出现这种忧虑的时候，
应尽快解开烦忧的结扣。
啊！当你无可奈何，一筹莫展，
应当忍住痛苦，莫寻短见。
假如一个人肩负愁苦的重担，
而另一个人地位高达九天之巅。
两人情况虽然如此异样，
却哪一个也逃不脱死亡。”

### 谏言

死后便不再有欢乐和忧愁，
但有人流传美名，有人万年遗臭。
不要作威作福，应直行善之路，
幸福的人啊！请慨然施舍财物。
不要看重财物、王位和领地，
它们永远存在，即使没有你。

世界总是按自己的规律发展，
国王只需把是否遵循正道忧念。
不要认为只有王位才重要，
处于相同地位的还有正道。
离开世界之前应普施行善，
萨迪则布施如珠玑的语言。

## 故事三十四　一个暴君的故事

据说有一个残暴的君主，
他的罪行简直罄竹难书。
他的酷虐白天也如黑夜，
到夜晚时人们不敢安睡。
他使善良的人们陷入灾难，
夜间他们便祈求于苍天。
成批的人来谒见当时的教长，
向他哭诉乖戾狠毒的国王。
“不胜钦敬的智慧老人啊！
请训诫这青年敬畏主吧！”
回答道：“主的名字十分神圣，
不能向暴君提及它的圣名。
假若看到谁已背离正道，
先生啊！很难再把它训导。
应当避免同卑劣的人论理，
就像不能把种子播在碱地。
不接受真理者，便是你的敌人，

他使你烦忧，得到也折磨他自身。”

## 谏言

国王啊！你总是正道上行进！
这坚定了那正直人[①]的信心。
我要说：啊，善良的霍斯鲁王[②]！
应当在真主面前把你赞扬。
国王啊！你不仅悦色和颜，
而且心地也十分慈善。
幸运者啊！主正像一枚图章，
只能印在蜡上，而不是石上。
不必惊奇——若把暴君喻为盗贼，
而我却是夜间巡逻的警卫。
你护卫着真理和正义，
祈愿真主永远庇护你。
子民之所以得到你的宽厚仁慈，
正是由于真主给了你惠助。
要坚持不懈地生善助人，
即使他人对你未发善心。
虽然人们都在“广场”拼搏，
击打慷慨之球的却并不多。
依恃争斗未必能进入天堂，
天门只向品行高洁者开放。

① 正直人：在这里指萨迪。（译者注）

② 霍斯鲁王：此处代指国王。（译者注）

愿你心明眼亮，多施善待！
愿你步履坚定，步步高升！
愿你生活快乐，走在正道，
愿你的祈祷，都能够生效。
对付敌人，应当巧用计谋，
若能安抚，胜过同它拼斗。
人的力量若还不能胜敌，
钱财也能阻止它的侵袭。
你若担心会遭敌人损伤，
就用善行之符加了阻挡。
铺铁蒺藜①，不如抛金撒银，
善行能把敌人的利牙磨钝。
对于得胜者，该竭诚巷迎，
另刺伤他的手，而予亲吻。
表面上要同强敌建立友谊，
其实是要伺机剥掉他的皮。
正同鲁斯坦姆采取了计策，
才把阿斯凡迪亚尔②俘虏。
对于战争，能避开时就避开，
正像雨水，如果过多便会成灾。
面对强敌，别把眉头紧皱，

① 铁蒺藜：在古代战争中，常常在敌堡周围，或必经要道上，撒上铁蒺藜，以限制敌人的活动。（译者注）

② 鲁斯坦姆和阿斯凡迪亚尔：都是古代传说中的英雄，他们武艺都很高强，多次交锋，不分胜负。最后鲁斯坦姆用计取胜。（译者注）

与其胆怯，不如结为朋友。
如果亲友不多，还要到处树敌，
会使亲者苦痛，仇敌神气。
如果敌强我弱，不要交战，
没有必要用拳头去击打针尖。
如果你强大，而敌人弱小，
把它战胜，并不值得骄傲。
即使你有大象的体魄，雄狮般的勇猛，
在我看来，战争仍旧不如和平。
只有当所有计谋都无效用，
再挥舞钢剑，才合理合情。
敌人欲和，可以同它谈判，
敌人挑衅，也敢与之交战。
如果敌人首先退离战场，
你的威望将会千倍增长。
敌人若首先跨上战争的鞍鞯，
终审日时，战争之罪与你无关。
与你为敌，你要敢与对战，
面对仇敌，不该心慈手软。
若给卑鄙的仇敌以友善，
只会使它更加骄纵傲慢。
唯用战马驰骋，勇士奋战，
才能铲除歹人们的恶端。
只要善言相劝尚能行通，
就别轻易动武，怒火填膺。
当敌人已经投降，低头认输，

你就别再怀恨，而应平息狂怒。
对敌人的求饶，可宽大处理，
但须看它是否有阴谋诡计。
切勿一口拒绝老人的规劝，
老年人都有丰富的经验。
假如老年人献智，青年人挥剑，
就是铜墙铁壁，也能够攻陷。
青年人虽然能够战巨象、斗雄狮，
却未必能识破敌人的狡计。
激战时，不要想如何逃跑，
因为谁胜谁负尚未分晓。
但当看到军队已开始溃散，
就应该设法将生命保全。
若已离开战场，那就赶快逃匿，
而若陷入敌阵，就应改换敌军外衣。
如果我军过千，敌兵只二百余，
那么夜晚便是我们活动的大地。
假若是在黑夜行军赶路，
就须小心，别中敌人的埋伏。
安营扎寨要选择适当的地点——
到达敌军营房，约有一天时间。
即使敌人正占着上风，也不要气馁——
要敢把阿富拉希伯[①]的脑袋击碎。
可知，当敌人赶了一天的路程，

① 阿富拉希伯：传说中伊朗的敌国——图兰的一位国王。（译者注）

原有的力气便会消耗殆尽。
这时，你已养精蓄锐，敌却十分疲惫，
敌人因为愚蠢，处境便很不利。
敌阵将会崩溃，旗偃鼓息，
它的伤口很难再缝合一起。
不要只顾追赶败退之敌，
而同自己的战友们远离。
战场的烟尘，似滚滚乌云，
包围着你的，是各种兵刃。
掀起战争，是为抢掠财产，
以便使国王的库房盈满。
军队首先要保卫好国王，
它的重要高于厮杀战场。
士兵能有一次敢打敢拼，
就会使自己的威名大震。
第二次，便能临危而不惧，
即使面对着的是叶朱芝[①]。
要及早把武士的手亲吻，
不要等到敌军已击鼓叫阵。
和平时期，应注意抚慰军人，
危难关头，这才能冲锋陷阵。
要保障疆土不受敌国侵犯，
就需军队，而养兵则要金钱。

① 叶朱芝：《古兰经》中记载的一个野蛮民族的名称。参见第 3 页注①；参阅《古兰经》第 18 章 94–98 节和第 21 章 96 节。（译者、编者合注）

如若国王想要压倒敌人，
就须善待军队，稳定军心。
军队如缺乏装备和军饷，
就别指望它会血染战场。
平时，如果对它厚爱恩宠，
危难时，便可知它的作用。
对于军队，如果吝惜金钱，
军队也就懒于挥刀舞剑。
如若军饷不足，装备不精，
怎能抖擞上阵，作战勇猛。
敌人来犯，该派勇士抵御，
狮子侵袭，就派雄狮搏击。
要启用见多识广者做高参，
老狼捕猎有丰富的经验。
可怕的并不是舞剑的青年，
而是老年人的过谋深算。
阅历广博的人富于远见，
他们睿智聪慧，计多善变。
有为青年，若想干番事业，
就别拒绝老年人的劝诫。
为了使国家安定而繁荣，
委以重任者，不能太年轻。
谁若无丰富的战争经验，
谁就不宜做高级指挥官。
对于智者不要态度鲁莽，
正如铁砧不该以拳碰撞。

不论抚慰子民，或领兵作战，
都不应视为儿戏，看得太简单。
你若不想遭到失败的命运，
就不要任命毫无经验的人。
猎犬从不惧斑豹的勇猛，
雄狮却避开同狐狸交锋。
舒适环境中培育出的青年，
会害怕开赴前线，与敌交战。
不论角力、狩猎、马球、射箭——
都能磨砺意志，锻炼勇敢。
若整日养尊处优，逸乐嬉戏，
一旦烽火点燃，心便会恐惧。
若靠两个人帮助，才能爬上马鞍，
就是稚童，也能够把他打翻。
对怯阵逃跑者，应就地处死，
即使敌军没有把他击毙。
持剑的武士，还比不上娈童——
他若在阵前像女人那样落魄失魂。

## 故事三十五　当儿子出征时，古尔金的嘱咐

当儿子背上雕弓和箭壶，
古尔金[①]这样谆谆地嘱咐：
“别像女人那样临阵脱逃，

① 古尔金：古代传说中的勇士。（译者注）

而遭到勇士们嘲讽讥笑。
骑士若只顾自身保全，
就会因此而使他遭难。
战斗时，切忌一味莽撞鲁勇，
以免误陷敌军的包围圈中。
对战友，要充满厚感深情——
能够患难同当，生死与共。
即使避开了敌箭，仍而感到羞辱——
假若自己的战友被敌人俘获。
但当看到战友们已各自逃命，
这时自己也该夺路求生。

## 谏言

啊！你是东征西讨的君主——
手下既有文官，又有武将。
他们都夺得了名望的马球——
一个武艺高强，一个足智多谋。
谁若无才握笔，无力挥剑，
即使命归西天，也不遗憾。
应倍加尊崇智士和武士，
偏爱歌女，会对作战不利。
若整日淫逸荒嬉，饮宴狂欢，
一旦敌军侵袭，便难以应战。
若满朝文武，只知消闲遣兴，
社稷便会在他们手中丧送。
不要害怕恶人挑起战争，

对他念的和平经，更勿惊恐。
敌人往往白天祈祷和平，
而趁暗夜，突然发起进攻。
身穿甲胄睡觉的战士讲：
“软床是女人安睡的地方。
手持利剑的勇士身在军旅帐，
怎能像家中女人脱光上床？”
要秘密备战，以应付事迹——
谁知何时敌军突然开战。
明智的军队，随时保持警惕，
夜间巡逻队，胜过铜墙铁壁。
恶人之间，彼此不怀善意，
他们没有明智，缺少信义。
假若他们互相交流秘密，
那是他们各自怀有各自利益。
应离间出一个——暗施巧计，
而消灭另一个——竭尽全力。
假如敌人执意动用武力，
那就以剑对剑，血染兵器。
同敌人的敌人，应结友谊，
使敌人有朝一日身陷囹圄。
如果敌人内部分崩离析，
你可刀剑入鞘，暂且憩息。
苍狼之间咬架，值得心欢，
因为这样，羊群就能安全。
当敌人和敌人争战不休，

你和朋友就能高枕无忧。
当你正握着战斗的剑柄，
要暗中留有和平的大门。
军队若瓦解，盔甲有何用?
不如战争时，暗地寻和平。
若能对勇士们设法安抚，
他们便会在你脚下匍伏。
假如把敌人的军官生俘，
立即处死，万万不可延误。
当敌人失自己的头头，
就从我们的手中逃走。
不要杀失魂落魄的战俘，
他们将来可做你的奴仆。
假如谁残暴地对待战俘，
时代也就必会将他惩处。
你既对奴隶们狠毒残忍，
奴隶们也终会把你拘禁。
谁服从你，你便择善而从，
这样，他人都会对你遵从。
你若暗暗给他十次欢娱，
会远胜过给他百次打击。
敌人亲信如向你献殷勤，
千万别被欺蒙，定要小心。
即使他同你有依依深情，
因与你为敌，而内心苦痛。
也别轻信他的花言巧语，

可能毒药已经搀进蜜里。
某人若没有受到敌人伤害，
是因把朋友向敌人出卖。
心虚的人怕珠链被人偷去——
不戴在颈上，却总放在袋里。
军队若有意对国王背叛，
国王要尽速把统帅更换。
对国王的恩德不懂感激，
这种人有可能背信弃义。
不要轻信他的信誓旦旦，
要派人暗暗地将他窥探。
从此以后，不再把他接见，
而是开始物色新的人选。
应重重打击被围困之敌，
还要设法打开敌国监狱。
被困的奴隶将用牙作战——
用牙把暴君的喉管咬断。
因为土地从敌人手中解放，
人民的生活会更安乐欢畅。
一旦再次拉开战争帷幕，
人民将把敌人逼向死路。
假若市民暗中与你为敌，
城门就没必要紧紧关闭。
别只说敌人正持剑攻城，
还要看到城里有人做内应。
敌人在战斗中，会施用诡计，

你要有破敌策略，注意保密。
不要向任何人泄露机密，
或许你的亲信就是奸细。

## 故事三十六　亚历山大的策略

当亚历山大[①]挥师向东方，
却把军帐大门开向西方。
如当他进袭扎别里斯坦[②]，
便是喧嚣于左，而攻右边。

### 谏言

了解你意图的若只有你自己，
即使充满智谋，也该哭泣。
想让世界通行你的御玺，
就多施恩，而少发怒树敌。
能以善赏多施解决问题，
何必剑拔弩张，动用武力。
既然你不愿心中存有忧痛，
就该尽力解脱他人的忧痛。
不要仅仅依恃军队的武力，

---

① 亚历山大：即亚历山大大帝（公元前356—前323），马其顿国王菲利之子。他继位之后，于公元前336年开始东征，先后征服波斯帝国、埃及和印度西北印度河流域地区，建立了庞大的亚历山大帝国。（译者、编者合注）

② 扎别里斯坦：古代地名，位于现在伊朗的东北部。（译者注）

还应把卑弱的人紧紧团聚。
卑弱者们的祷祝和祈求，
胜过矫健武士们的拳头。
如若达尔维什都能赶来助威，
能把强大的法里东击溃。

# 第二章　论善行

## 劝诫

你若明智就该养性修身，
身躯将亡，善果则会永存。
假如亵渎神灵，不学无术，
徒有一副空壳，价值却无。
有的人葬时骨心平静——
因他使百姓幸福、安宁。
切勿只顾自己淫逸奢华，
而对他人却一毛不拔。
趁你在世，应乐善好施，
否则死后，亲人贪婪财产。
若不想心中会惴惴不安，
便要时刻把流浪者惦念。
今日你应赶快开仓广施，
明日你不再会掌管钥匙。
携带旅途的干粮[①]要靠自己，

① 旅途的干粮：旅途，喻指从此世到彼世的路途；干粮，喻指善事。善事做得愈多，“干粮”便会带得愈多，到彼世后也就愈幸福。参见第23页注①。（译者注）

不能依恃妻子儿女的情意。
只有在此世积德行善，
才有彼世的福运可言。
应靠自己解除自身忧伤，
谁能去挠我后背的痛痒。
今天若把一切都紧攥在手里，
明天会咬手背——后悔莫及。
只有像达尔维什那样穿戴俭朴，
才有可能虔诚地信仰真主。
不要拒绝对乞儿的善举，
将来或许你也沿门讨乞。
富人难免不会潦倒贫困，
他们该对穷人慈悲怜悯。
对于贫民应当赈济施舍，
谁能保证你将来不会窘迫。
应当使贫困者的心欢娱，
日后你也难免困苦贫饥。
难道你就不会登门求人？
切勿驱赶来乞怜的穷人。
对于孤儿应当慈爱，
掸掉他们身上的尘埃。
可知他们多么可怜孤苦——
无根的树苗怎能长成大树？
在含辛茹苦的孤儿面前，
不要去热吻爱子的脸蛋。
孤儿哭泣时，有谁来拭泪？

孤儿忧愤时，有谁来抚慰？
不要听而不闻他的哭泣，
哭声能震颤御座的根基。
应为他擦拭眼里的泪珠，
该为他洗涤脸上的灰土。
由于孤儿失去了父母，
你便有责任将他庇护。

### 经历

我的头上也曾戴过冠冕，
当时我的父亲尚在人间。
哪怕有个苍蝇落在我身上，
也会有几个人心头忧伤。
而今即使敌人掳我而去，
没有哪个朋友出面干预。
我深知孤儿生活的艰辛，
正因为我儿时便失去父亲。

## 故事一　孤儿脚上的棘刺

某人挑出孤儿脚上的棘刺，
被托进霍坚[1]城法官的梦里：
此人在花园里边散步边说：

---

① 霍坚：也译为“苦盏”，位于锡尔河沿岸的一座城市，现为塔吉克斯坦粟特州首府。（译者、编者合注）

“这棘刺能为我开放出怎样的花朵？”

### 谏言

要尽自己的能力给人恩赏，
你的慈爱布施会受到景仰。
予人惠赐切勿傲气十足：
“我最尊贵，你们都是奴仆。”
莫说：“命运之矢将他射倒，
即使时代之剑确已出鞘。
只要成千次地祈求福运，
真主定会降下仁慈的甘霖。
那时人们将期待你的恩惠，
而你则无需乞求他人的慈悲。
慷慨不仅是贵人们的品德，
先知们也都主张行善施舍。

## 故事二　不信仰伊斯兰教的老人

听说哈利里[①]经营的客栈，
没有人来光顾已有七天。
他为人善良，常无心进餐，
除非有人光顾这个客栈。
他走出大门环视四方，
向着远方的田野眺望。

① 哈利里：先知易卜拉欣的别名，意为“真主的挚友”。参见第3页注③。（译者注）

来人走路似柳枝摇摆——
他已白发苍苍，年迈体衰。
他表示欢迎——意切辞恳，
邀他来做客——待之如宾。
说道："啊！尊贵的！欢迎，欢迎！
我这里备有盐和烤饼①。"
客人应答之后进到店里，
向易卜拉欣表示谢意。
"挚友"客栈的伙计们，
把贫贱老人视为嘉宾。
席上摆满了美味佳馔，
人们围坐在一起就餐。
当大家祈祷把真主感念，
唯独老人却不发一言。
说道："啊！年迈的老人！
为什么对主不表示虔信？
难道为这应当在就餐时，
仰天呼唤真主的名字？"
答道："每餐之前祈祷上苍，
并不是拜火教②的主张。"

---

① 盐和烤饼：在中亚、中东地区，人们习惯用"烤饼和盐"来比喻形容两个人亲密无间的关系。这里是客气话。（译者、编者合注）

② 拜火教：亦称祆教、火祆教，伊朗古代宗教。传说由琐罗亚斯德于公元前六七世纪创立，因而亦称琐罗亚斯德教。教义主张"两宗三际"之说，认为这个世界由善、恶两位神明统治，光明代表善神，黑暗代表恶神。此教崇拜光明，如火、日、月等，因而被称为"拜火教"。南北朝时期，此教曾传至中国，唐朝时在长安建有寺院。（译者、编者合注）

智慧的先知[1]立刻得知：
老人已被拜火教腐蚀。
于是像异教徒那样把他驱走，
说："洁净同污秽不能合流。"
苏鲁士[2]奉主之命突然赶到：
"啊！哈利里！"他发怒地骂道：
"主已养育他近百年之久，
为何你却随意把他驱走？
难道他在'火'前扑膝下跪，
你就该把慷慨之手缩回？"

## 谏言

不要把善的大门关闭，
人们说："不应虚与委蛇。"
智者对《古兰经》这样诠释：
知识和礼仪不能被面包代替。
先知已把宗教带给世界，
但是教义和教法由谁诠释？
智者是否把它廉价出卖，
你应愉快地将它购买。

---

① 先知：这里指易卜拉欣。(译者注)

② 苏鲁士：传递真主启示的一个天使。(译者注)

## 故事三　智者和骗子

一个伶牙俐齿的人来见智者，
说：“我如沉进泥水潦倒落魄。
一个小人借给我十迪拉姆[①]，
使我心上压着百曼[②]的重负。
我心中忧愤，整夜难眠，
似有鬼影整日伴我身边。
这件事使我积郁愁肠，
似用利刀在割我的心房。
难道自从他降生在世，
真主就给了他这十个硬币？
他竟然不知起码的教义，
没有读过经书的一个字。
每天太阳刚一爬出大山，
他就滚来死死同我纠缠。
有谁能慷慨地施舍我金银，
使我能摆脱他的无情残忍？
旷达的老人总是择善而行，
即刻把两个迪纳尔[③]馈赠。
他以花言巧语骗得了金钱，

① 迪拉姆：伊朗古代银币的名称。（译者注）
② 曼：伊朗古代重量单位。（译者注）
③ 迪纳尔：伊朗古代金币的名称。（译者注）

走出大门后喜地欢天。
某人说："先生啊！你还不知道他是谁？
他若死去，不会有人落泪。
从没真话，说能为雄狮备鞍，
不能以兵卒代替士相作战。"
智者厉声喝道："不要胡说！
不着你多嘴，注意听着：
我想他若为人敦厚笃实，
这钱便能维护他的面子。
而若他是虚伪的无耻之徒，
也会回首三思，渐渐醒悟。
他虽刁猾奸险，胡言乱语，
并不能妨碍我躬行仁义。"
慷慨施舍是君子的美德，
宽仁大度者能行善祛恶。
应谛听智者的良言善语，
该遵循仁者的琦行瑰意。
假若你通情达理，聪明智慧，
就该洗耳恭听萨迪的教诲。
他很少夸赞美女的艳容，
连珠妙语只为启迪心灵。

## 故事四　乐善好施的青年

某人留下十万迪纳尔的财产，
他的后代睿智聪明、好施乐善。

他不像守财奴似的悭吝，
而是慷慨豁达、赈济贫民。
达尔维什纷纷到他这里围聚，
行旅者也投奔他的客店歇息。
他和客人都十分畅意舒心，
并不学父亲只是储金蓄银。
有人因此骂他：“你太挥金如土，
一下子散尽钱财便无后路。
收获一次谷物需时一年，
付之一炬不为英雄好汉。
听说有个圣徒十分明智，
训诫儿子说：‘啊！我的孩子！
懂得聚财，才能对亲友款待，
也才有钱对贫民慈悯施财。’
儿子知事明理，远见卓识，
赞扬他的父亲十分明智：
‘贫困时，他能努力变得富裕，
富裕时，在他心中又有算计。’
一个农妇这样训导女儿说：
‘温饱时要能积蓄，以防饥饿。
清水要随时装满坛坛罐罐，
以防有一天突然井枯河干。’
彼世的食粮要靠此世积攒，
黄金的威力能将魔爪摧断。
当贫困时，不要登亲友之门，
当富足时，他们会把你欢迎。

因为当你窘困而躬身跪拜，
他人会漠然视之不予理睬。
黄金能蒙蔽魔鬼的眼睛[①]，
阴谋反而使它自投陷阱。
贫困时，不要让美女销魂，
哪有谁看得起一个穷人？
手持黄金能够消灭白魔[②]，
空空两手只能无可奈何。
不必向亲友们广施钱财，
却该警惕仇敌的侵袭破坏。
应当把财物都入库深藏，
到需要时再取出分派用场。
乞丐不会因你的惠与而富有，
我担心你却会因博施而消瘦。”
悭吝能把人们引向贪酷无情，
慷慨者对此心情难以平静。
他压抑着心头的一腔怒焰，
痛斥道：“停止你的一派胡言。
现在我赖以生活的家产，
父亲说都是自祖辈下传。
他们省吃俭用日日积攒，

① 传说魔鬼被金子迷住，用计骗了所罗门的刻有六芒星的金印，替代所罗门统治了几日，后来受到应有的惩罚。（译者注）

② 据伊朗古代传说：英雄鲁斯坦姆曾闯过“七关”，“白魔”是闯“七关”时消灭的一个魔鬼的名字。在菲尔多西的史诗《列王记》中记载有此事。（译者注）

最后却空着两手离开世间。
父亲传给了我这批家财，
并希望再由我传给后代。
现在财物由众人共同享有，
这胜过将来被强盗掠走。
分光吃净欢快地生活，
会比留给他人强得多。
当聪明的智者与世辞别，
委琐的小人却仍留世界。
今日的善行是来世的福祉，
若不能舍命求善就该叹息。
应当慷慨博施、积福行善，
打通彼世路障要靠金钱。”
他施惠众人，扶危济贫，
世上数他最慈厚宽恩。
他的豁达大度被人称颂：
“他是在正道上飞步疾行！”
赞者却因愧疚而羞红面颊：
“我的所作所为怎不能像他？
不该自己不去尽心尽力，
却只祈求真主给予惠赐。”

## 哲理

有信仰的人总是行善施惠，
并能对自身过错进行忏悔。
博学的智者虽整夜祈祷，

待到天明却伏跪到暗角。
只有为人民幸福殚精竭虑，
时运之球才能从世界攫取。

### 经历

对萨迪的仁义之辞可不理会，
却应倾听苏哈拉瓦尔迪[1]的教诲。
一次，当我们正在海上行船，
希哈伯大师说出两句警言：
一句是“不要为自己着想”，
另一句是“不要悲观失望”。
听说他曾暗地抛洒泪滴——
当看到经书中绘写出火狱。
火狱的恐怖使他夜不能寝，
待到清晨他这样启示人们：
“我甘愿遭受火狱的折磨——
若能把众人的痛苦解脱。”

## 故事五　善心的丈夫

有位主妇向丈夫抱怨：
“我不再光顾那个食品店。
为买小麦我到那里采购，
他却以大麦当小麦出售。

---

① 苏哈拉瓦尔迪：12—13 世纪时期著名的伊朗学者，萨迪的老师。（译者注）

店铺已有一个星期无人光临，
只有成群的苍蝇飞出飞进。”
善心的丈夫好言劝慰她，
说道：“啊！火气不要太大。
老板有求于我们才开此店，
给他些好处也是理所当然。
心地良善者应当慷慨宽厚，
他人倒地时，该上前援救。
原谅他吧！真主教民，
专门光顾被冷落的店门。
躬行仁义使人接近真主，
崇信阿里[①]者该豁达大度。”

## 故事六　敬拜真主的老人

有位老人前往希贾兹[②]，
每走一步都跪拜两次。
他是这样的虔敬真主——
荆棘刺脚也全然不顾。
但他最后却被魔鬼蛊惑，
鬼迷心窍使他手足无措。

---

① 阿里：即阿里·本·艾比塔里布，伊斯兰教历史上的第四代正统哈里发。见第11页注⑤。（译者注）

② 希贾兹：亦译作“汉志”，阿拉伯半岛从延布、麦地那到吉达、麦加、塔以夫一带红海沿岸地区。（译者、编者合注）

迷人的恶魔将陷阱暗设，
说：“步上此路对你最合适。”
独自默祷的愚蠢之举，
使他混淆了虔敬和叛逆。
为使镜面明净，池水清湛，
必须不辞劳苦清除污染。
真主若不给他慈悲荫庇，
迷惘会使他同正道背离。
哈提芙[①]仙女在他耳边轻吟：
“啊！但愿伴随着你的记是福运。
不要认为你已对主虔敬，
其实并未向主献上真诚。
哪怕只对一个人慈怜慰恤，
也胜过向苍天叩拜千次。”

## 故事七　进行斋戒的苏丹

一个女人对护卫苏丹的丈夫说：
“啊！但愿你去索回你的应得——
苏丹筵席上的佳馔珍馐，
你的孩子也该有权享受。”
答道：“苏丹昨晚开始斋戒，
御膳房的锅灶今已冷却。”
那个女人愧疚得低下了头，

① 哈提芙：仙女的名字。她能吟善唱，听得到人间的低声絮语。（译者注）

说道：“贫困使我气闷烦忧。
苏丹既然能够自持把斋，
他的开斋定使孩子们欢欣。”

### 哲理

斋戒是为让人们择善而行，
强于为积累家资省吃俭用。
斋戒应视为人们的义务，
节食正是为把饥贫慰抚。
否则何必整日不吃不喝，
而要克勤克俭忍饥挨饿？

## 故事八　代人受罚的善心人

某人虽清贫如洗，却乐于助人，
他的财力同其施舍很不相称。
愿慈善者的财库永不竭尽，
愿卑琐者的福运永不降临。
谁若品德高尚、宽仁慈厚，
便不会攫来钱财，留为己有。
正像当山洪暴发的时候，
高山顶上却无积水滞留。
行善施舍如果自不量力，
终会陷于进退维谷之地。
某人曾写信给一个善心者：
“啊！你慷慨善良、心胸开阔。

我因欠人几个迪拉姆债款，
便被判处徒刑，抛入牢监。”
在他眼里一切都无价值，
在他手里却无一个帕士兹[①]。
于是他前去找到债权人，
说：“啊！愿你能以善待人。
请别再揪着他的衣领不放，
他若逃债，保证金由我承当。”
之后，他到监牢对犯人说：
“起来！快快从这里逃脱！”
犯人好似那笼中的小鸟，
笼门一开启，便立即飞掉。
他就像那清晨的和风，
绝不在一个地方久停。
慨然助人者做出了担保：
若交不出欠金，甘愿坐牢。
贫困使他只能代人入狱，
以让出笼的小鸟不再回返。”
据说他在狱中被关多时，
既不呻吟，也没有怨艾。
他心情如潮，夜不能眠，
某圣徒路过他的牢监：
“我不认为你会见财动心，
怎么竟会关入大牢之门？”
说道：“啊！福运亨通的友伴！

① 帕士兹：古代钱币名，相当于我国的“分”。（译者注）

他人的钱财我怎会拐骗？
只因一狱中人满腹牢骚，
为释放他，我才代他入牢。
当别人戴枷锁，独我安逸——
我的心情怎么能够欢娱？”
虽然这善心人辞世而去，
但他的美名却流芳百世。

### 哲理

臭名昭彰者虽生实亡，
美名流传者死又何妨？
芳名能人口皆碑，永不消逝，
即使肉体死掉，又有何妨？

## 故事九　救犬的人

有条家犬跑到荒郊野地，
由于干渴，它已奄奄一息。
有个善士，拿帽子代替水桶，
解下缠头巾，用来作井绳。
他打来水，帮助家犬饮过，
使半死的家犬重又复活。
先知[1]得知此事后便说：
“真主将宽恕他的罪恶。”

① 先知：指伊斯兰教的圣人穆罕默德·穆斯塔法。（译者注）

## 劝诫

假若你高居官位，治国施政，
就应当广布恩德，体恤百姓。
既然真主连丧家犬也会挂牵，
对善良的教民就更慈爱无边。
你应尽其所能行善施恩，
真主从不紧闭善的大门。
靠自身努力所得的一克拉黄金酬劳，
远胜过他人恩赐的一袋金元宝。
搬动重物应该量力而行，
蚂蚁难把蝗虫大腿拖动。
啊！幸福之人！此世积下阴骘，
真主会在彼世赐给你福祉。
他人潦倒之时，若能伸手相助，
自己倒地之日，也就不会被俘。
对于奴仆们不要气使颐令——
自己也难免不会俯首听命。
为使宝座永远如山巩固，
就不要对贫僧横眉竖目。
权力和地位常有起落升降，
棋盘上的兵卒也能升变为象[①]。

---

① 兵变为象：这里指国际象棋的游戏规则。“兵”从原位初次走动，可以直走一格或二格，以后每次只能直走一格，不许后退。“兵”的吃子方式是斜进一格。“兵”通过“直进斜吃”的方式到达对方底线之后，可立即升为“后”、“车”、“马”、“象”中的一种，这叫做“兵的升变”。（译者、编者合注）

聪睿的智者曾经这样劝说：
“仇恨的种子不要向人撒播。
即使麦垛可能受到一些损失，
人们来拾麦穗也应当默许。
施惠济贫不要委琐小气，
哪怕心中并不十分乐意。
曾有多少统治者落下宝座，
而卑贱者却得到主的惠泽。
不要使臣仆的心悲戚破碎，
或许你也会落入他那地位。”

## 故事十　贫僧和富商

一个贫僧哀怨自己的穷困，
阔佬盛气凌人更使人愤懑。
狠心的富人不赏一个当克[①]，
却常常对他大发无名之火。
他因受到欺压而心头闷郁，
却又百思不解，说：“多么惊奇！
富人为什么也双眉紧皱，
他能有何忧苦压在心头？”
冷酷的富人命令仆役：
“赶走达尔维什，不要客气。”
据说由于富人不对真主感恩，

① 当克：伊朗古代钱币名，6当克合1迪纳尔。（译者注）

从此家境便逐渐变得贫困。
世界的主宰[①]抹掉他的尊严，
从此他的命运便开始逆转。
他穷的像个光秃秃的大蒜，
失去了所有的牲畜和财产。
真主降旨让他落魄贫苦，
如魔术师能够变有为无。
他的境况与过去迥然不同，
原来殷实的生活已成幻梦。
真主的奴仆[②]因品行端正，
受人景仰终于成为富翁。
当看到贫僧的财富剧增，
潦倒的穷苦人击掌欢腾。
一天，有个乞丐敲门乞怜，
他饥渴交加，步履维艰。
明智的主人命令奴仆：
“应当让来者心满意足。”
当来者接到恩赐的烤饼，
竟不由自主地大叫一声。
他忧容满脸，戚然心碎，
顺着面颊滚落下泪水。
宽厚善良的主人上前敬问：
“你受到谁的欺负如此伤心？”

① 世界的主宰：指真主。（译者注）
② 真主的奴仆：这里指贫僧。（译者注）

答道："可知我如此痛心疾首，
是因曾把不幸的贫僧赶走。
我有过成片房屋，千顷地产，
我有过成群奴仆，万贯金钱；
但是我却没有对那穷人施恩，
不知他正在哪里乞求怜悯？"
主人笑道："先生啊！不应暴戾！
冷酷寡恩同时代潮流相背逆。
那个富商性情凶恶而乖张，
他狂傲不羁，把头仰到天上。
我便是那天被赶走的乞丐，
同他易位正是命运的安排。
苍天向我降落下甘霖，
洗却我忧容上的灰尘。
智慧的真主把此门关闭，
定会仁慈地把彼门开启。
它使多少饿汉足食丰衣，
而使多少富翁一贫如洗。

## 故事十一　沙博里[①]和一只蚂蚁

你若欲保持幸福和安康，
就应当品德高尚而豪爽。
沙博里从店铺买来小麦，

① 沙博里：全名为阿布·达拉尔·达拉夫·沙博里，为九世纪的苏菲主义大师。（译者注）

为运回家，装进一个口袋。
他忽然发现袋里有只蚂蚁，
便立即在麦粒中刨来刨去。
出于怜悯使他整夜难眠，
待到清晨他感慨地喟叹：
“心神若被小小蚁虫迷惘，
这种‘君子’并不清明大方。”

## 劝诫

应消释你那愁烦的心神，
对时代的不公不必愤懑。
高洁的菲尔多西[①]道出真理，
该向他的坟茔深深地致意：
“不要伤害搬移重物的蚁虫——
生命多美好啊！而它便是个小生命！”
你若不对无辜的人们滥施暴力，
也就不会像蚁虫那样被踩在脚底。
不要把卑贱的生活忘记，
应当使卑微者舒心畅意。
请看蜡烛——由于将飞蛾火焚，
却也在众人面前燃尽全身。
或许你比一些人高出一头，
但也会有其他人胜你一筹。

① 菲尔多西：全名为哈基姆·阿布尔·卡西姆·菲尔多西·图西（940—1020），波斯著名诗人，史诗巨作《列王记》为其代表作。（译者注）

孩子啊！捕捉野兽须靠陷阱，
争取人心则要依恃善行。
善待能够捆缚敌人的脖颈，
刀剑难以砍断慈索善绳。
若以慈祥和善对待仇敌，
即可消除他的嫉恨心理。
切勿干坏事！性善不结恶果，
而恶种则开不出善的花朵。
假若对待朋友粗暴无理，
他怎会视你为至交知己。
而若对待敌人亲近友善，
化敌为友之日将会不远。

## 故事十二　牧童和羊的故事

在路上我遇见一个牧童，
一只绵羊牵在他的手中。
我说道："羊能尾随你跑，
只因你有绳索和颈套。"
他把羊的颈带和绳结解开，
绵羊便东拐西弯速度加快；
但仍在人的近旁寸步不离，
因他边走边喂干草和麦粒。
当他不再喂羊，玩兴已尽，
便对我说道："啊！博学之人！
羊随我而来并不因有麻绳，

我能将羊牵动靠的是善行。
盛怒之象不向赶象人进攻，
是因曾蒙受赶象人的恩宠。”

### 劝诫

善心的人啊！请将恶汉安抚！
驯化的野犬能够把你卫护。
用乳酪去填满它的嘴巴，
两天便能磨钝它的尖牙。

## 故事十三　一只瘸腿的狐狸

旅人看到一只瘸腿的狐狸，
不知它如何欣享主的赐予：
“它将如何来维持生活，
四肢不全怎把食物获得？”
行旅的达尔维什激动地讲述：
曾见狮子将一只豺狼擒住。
不幸的猎物被狮子狼吞虎咽，
残食便足够狐狸一顿饱餐。
次日类似之事再次发生，
苍天又把食物备好惠送。
这一切都是旅人亲眼目睹，
它的生存全部依恃造物主：
“我何不如蚁虫蛰居一隅，
即使巨象不也是徒有力气？”

他手托腮颊开始陷入沉思，
怎样理解真主的暗中惠赐？
当人羸弱得只剩皮包骨头，
谁来关照——不论是过客，还是亲友？
当他欲摆脱懦弱和痴呆，
有个声音似从墙外传来：
“聪明人啊！应如狮子般凶猛！
切勿像跛足狐狸寸步难行。
奋进吧！应使自己成为雄狮，
而不要去学吃剩食的狐狸。”

## 劝诫

应当像狮子那样勇猛强健，
残废之狐还比不上一只家犬。
应同他人共享自己的猎物，
而不该用他人的剩食饱肚。
生活要依靠自己的膂力，
决定命运的是自身的努力。
该去做堂堂须眉奋战勇进，
不去学粉脂娈童依赖他人。
年轻人啊！应救助老迈的行旅，
而不该未老先衰：“请助我一臂之力！”
真主啊！请给你的奴仆厚惠——
当他为人们的幸福鞠躬尽瘁。
应对高尚的君子以善待，
不对卑微的小人予理睬。

谁为主的子民大行善举，
他在两界[1]之中定有福气。

## 经历

听说在罗马有个清幽村镇，
村里有一位圣徒睿智学深。
我相约了几个贫寒游客，
决定结伴拜访那位智者。
当他吻过每个人的手背和脸颊，
便庄重而安详地席地坐下。
他虽有万贯家财、成群役仆，
但因不做善事，却似无果之木。
他虽举止端方，待人和善，
却不让厨房升起炊烟。
他整整一夜都不安寝入眠，
我们也不吃不喝，将主颂赞。
清晨时起床洗漱打开门户
谁知仍是继续昨夜的祷祝。
有位青年品行朴素而纯正，
也和我们一起去拜谒圣徒。
当我们说："请吻吧！"他却道：
"对于穷汉干粮比吻更加重要。
与其用手把我的靴鞋抚摸，
不如给块烤饼，以鞋击我头颅。"

① 两界：即两个世界——此世和彼世。参见第 2 页注①。（译者注）

### 哲理

关心他人应胜过关心自己，
彻夜工作时要能尽扫倦意。
不要学那些鞑靼的哨兵——
全都无精打采，面色阴冷。
应有慷慨之举，爽侠秉性，
只说不做就像震天鼓声。
只有在彼世的复活之日，
是善是恶便能一眼视之。
珠玑之言，人们定洗耳恭听，
连篇废话，都会当作耳旁风。

## 故事十四　慷慨的哈提姆

据说当哈提姆[①]在世时，
有一匹色如黑烟的飞骑。
它疾骤如晨风，长啸似鸣雷，
而若骧腾，闪电也只能尾随。
它好像滚向平川的山洪，
它有如卷起漩涡的狂风。
当它的飞蹄踏到荒山砾漠——
碎石滚动似仲春冰雹降落。
哈提姆受到国人交口称誉，

---

① 哈提姆：阿拉伯半岛塔伊部落首领，以慷慨著称。（译者注）

这些赞词也报知罗马皇帝：
“哈提姆的慷慨无人匹敌，
他的骧骑也是天下第一：
它飞驰荒原有如海船远航——
雄鹰也难以追踪它的去向。”
皇帝闻后对聪慧的宰相说：
“以讹传讹者理应感到羞涩。
我欲向哈提姆索求良骑，
他若果真慷慨便会赠予。
我看他是否真如人们传诵——
他如拒绝便如鼓音徒有虚名。”
他派遣一名聪明的使者，
另又挑选十人将他辅佐。
当他们来到哈提姆家歇息，
如干渴的人见到清澈小溪。
哈提姆杀马烧肉张席设筵，
款待之后又馈赠财物金钱。
客人们整夜熟睡直至清晨，
第二天才告知为何事登门。
哈提姆闻后怅然生悲，
后悔得用牙齿咬紧手背。
说：“啊！享有盛名的才智之士，
你的要求为何不早些告知？
我那匹‘杜里杜里[1]’千里良驹，

[1] 杜里杜里：穆罕默德曾骑乘的骡子。参见第 11 页注④。（译者注）

昨晚已烧制成肉串美食。
由于我得知山洪和暴雨，
已淹没放牧马群的草地；
虽左思右想，却并无他法，
为了宴筵，唯有杀掉爱马。
并不为慷慨豪侠，淳厚高尚，
只怕官人们睡觉时辘辘饥肠。
应将这件蠢事披露世上，
再不要把我的美名传扬。”
愿以金钱、战马、锦衣相赠者，
并非位高，而因有高洁品德。
使者带回罗马实据真情，
皇帝称赞哈提姆的德行。

## 故事十五　哈提姆和一位军官

上面只是哈提姆的一个事例，
他还有更加令人赞叹的事迹。
不知此事何时开始流传，
说道：在也门曾有一位军官——
他福生有基，并享有盛名，
没有谁比他更择善而从。
可把他比作普施的祥云——
他广施迪拉姆如降甘霖。
但当谁向他提及哈提姆，
便出于妒心，立即老羞成怒：

“这些话难道不是无稽之谈？
他既无领地，也非富商军官。”
据说一次国王大摆宴筵，
人们载歌载舞，鼓乐喧天。
颂赞哈提姆之门刚一开启，
人们便同声附和，击节称誉。
妒心会把朋友视为仇敌，
嫉恨使他竟想派人行刺：
“只要哈提姆活在世上，
我的美名便不能传扬。”
刺客启程上路直奔塔伊，
怀着凶心歹意刺杀志士。
路上迎来一位热情的青年，
两人关系很快就亲密无间。
那青年彬彬有礼，说话和蔼，
晚上带他进家，以贵客相待。
主人的款待能够使人惭愿，
即使恶恨也会被良善代替。
早晨青年亲吻他的脚和手，
说：“几天来我们已情深意厚。”
答道：“我不能再继续留宿，
因我还要完成重要任务。”
说：“让我们成为挚友亲朋，
至死也不悖违深厚友情。”
答道：“慷慨的人啊！请听我讲：
慷慨人的面前立有屏障。

你可知道此地有个哈提姆，
据说他品行高洁，待人诚笃。
但是也门国王欲取他的首级，
不知他们之间为何势不两立。
你若给我描绘他的样子，
这种友情才是我所期冀。”
青年笑道：“我正是哈提姆，
请你用剑割下我的头颅。
千万不要拖延到天色发白，
否则你会后悔或被伤害。”
当哈提姆任凭随意处置，
一声惊叫发自军官心底——
他晕厥在地，当起身之后，
便吻哈提姆的眼、脚和手。
他扔掉钢剑并放下箭壶，
像穷人那样把手伸出。
说：“我若触动你的一根汗毛，
不能算真正好汉，被人耻笑。”
他再次拥抱哈提姆并亲吻，
之后互相告别返回了也门。
国王从他的眉宇和眼眸，
得知枉跑一趟，并未下手。
说：“告诉我发生了什么事件，
为什么人头没有挂在鞍鞯？”
难道你遇上什么强人武士，
因为身孤力单而难与匹敌？”

青年扑膝下跪并以口吻地，
颂扬国王后又恭敬地施礼。
说道："我终于见到哈提姆，
果然气宇轩昂，仪容不俗。
他深明礼义，聪明睿智，
他气度恢弘，慷慨广施。
他的笃诚深情令我折腰，
他的厚恩善举将我撂倒。"
军官讲述完哈提姆的善举，
国王称赞这是塔伊的荣誉。
之后取一袋迪拉姆金币，
说："我这惠赐是以哈提姆的名义——
他慷慨好施，名不虚传，
他理所应当受到称赞。"

## 故事十六　一个无畏的妇女

听说当先知[①]还在世的时期，
塔伊并未接受伊斯兰教义。
先知派出军队推行教律，
成批的无辜平民都被俘去。
谁若不敬真主，品行歹恶，
便以仇恨之剑格杀不赦。
一个妇女说："哈提姆是我先父，

① 先知：这里指穆罕默德。（译者注）

不要对他的后裔肆意欺侮！
尊敬的长官啊！请将我释放——
看在豪侠仗义的先人面上。”
仁慈善良的先知下达圣谕：
“把套在她手脚的锁链开启！”
不屈的同族仍在被屠戮——
血水流成河，遍野横尸骨。
妇女便向持剑者哀声求乞：
“请把我和其他人一同刺死。
只放我一人算什么慈善——
假如我的同族仍遭劫难？
她为整个塔伊部族哀泣，
啼声径直传入先知耳底：
“应恕宥赦免这整个部族，
这样优秀部族决无歹徒！”

## 故事十七　哈提姆和一个老人

有位老人来到哈提姆库房，
请求惠予十迪拉姆[1]重的砂糖。
说：“有人把亲历之事向我讲述：
哈提姆惠赐他一袋砂糖。”
一闺中妇女说道：“不为明智——
作为老人为十迪拉姆专程求乞。

① 迪拉姆：伊朗古代重量单位，相当于 3.2–3.5 克。（译者注）

塔伊著名的贤士[①]听到此语，
微笑着答道：“啊！族中的善女！
如若无人前来向我们求助——
怎能称之为慷慨的哈提姆家族？”

## 颂赞

时代虽已多次地更迭变换，
慷慨如哈提姆者却再未出现。
阿布·伯克尔·萨德好行善举，
他既深断熟虑，又壮心不已。
愿庇护子民给你带来欢欣，
愿你的奋斗把伊斯兰推进。
愿你的正义使得家园繁荣——
罗马和希腊都只能甘拜下风。
因你具有哈提姆的善行，
也就该享有“塔伊人”的盛名。
既然书中对那位名人[②]褒扬，
你也应当被人称颂和赞赏。
哈提姆的善行是为了彪炳千古，
你的勤勉操劳则都是为了真主。
达尔维什[③]没有什么义务可以承担，
即使教诲也只有一句可言：

① 塔伊著名的贤士：指哈提姆。（译者注）

② 那位名人：指哈提姆。（译者注）

③ 达尔维什：在这里指萨迪本人。（译者注）

应当热情满怀地积德行善，
善举和萨迪诗歌将永流传。

## 故事十八　苏丹和赶驴人

有个人的驴子跌倒在泥滩，
不由得心头火起，焦虑不安。
茫茫夜色很快降临草原——
只有凄风苦雨，不见人烟。
他又气又恼，谩骂抱怨，
他呼天抢地通宵达旦。
他詈骂亲朋，也诅咒敌顽，
即使本地苏丹也不能幸免。
草原的统治者凑巧经过那里，
看他正丑态百出地怨天咒地。
听到他肆无忌惮地滥骂——
其声如吠，并不值得回答。
对其冷静思索，冷眼相看，
说：“为何他向我喷射怒焰？”
一个大臣进谏：“应施展苏丹的威风——
应该将他逮捕，立即问斩。”
但圣德的苏丹仔细观察——
发现他的驴子正在泥泞中挣扎。
于是苏丹宽宥了这可怜的穷汉，
并以和语温言来息了他的怒焰。
赐予他金银、骡马、绸缎、毛皮，

以善待恶，何等的宽厚仁慈！
有人说：“啊！你真老朽昏聩，
已被赦免死罪！”答道：“请住嘴！
我是因苦痛而怨言不止，
他则因身居高位而厚赐。”
以恶报之以恶，并不为难，
难得的是对恶报之以善。

## 故事十九　盲人复明的故事

我听说有个人倨傲不羁，
十分鄙视穷人挨门行乞。
他与世隔绝不同人们来往，
内心的热气开始变得冰凉。
有位盲人闻讯后立即赶来，
对他厉声质问，开诚相待。
连连诘问使他终于醒悟——
竟至就地而坐抱头痛哭。
盲人说：“啊！你应舒展胸怀，
今晚请来我家为你开斋！”
把他连拉带劝拖到家里，
端来丰盛的肴馔，摆开筵席。
当他看到盲人的高洁德行，
便祈祷：“真主啊！请使他复明！”
深夜几滴圣水滴进眼里，
清晨周围一切尽入眼底。

此事立即引起全城沸腾：
“一个瞎子昨夜忽然复明！”
有个官宦心肠歹恶冷酷，
瞎子复明使他郁闷忧苦。
说：“幸运者啊！请详谈此事——
你怎样把不可能变成现实？
又怎样燃起复见世界的明烛？”
答道：“你这欺人的官宦阴险狠毒。
你已经满腹邪念，不可救药——
为何要把‘侯玛’[①] 变成夜枭？
你把所有大门统统关闭，
但幸运之门却向我开启。
你只有把正道之土亲吻，
才能成为心聪目明之人。
而若心灵之眸黯然失神，
复明的圣水就无法找寻。”
被人唾骂的官宦听到此语，
牙齿立即咬紧伤心的手指：
“我的命运之鸟被你猎去——
你的劝诫使我回心转意。”

## 劝诫

谁若不能把慷慨的“白鹰”猎获，

① 侯玛：神话中的吉祥之鸟。（译者注）

贪婪之齿便猖獗得有如老鼠[①]。
对于有火热之心的勇士，
应当格外尊重，关心备至。
要先捕捉麻雀、鸽子和鹧鸪，
才有可能在某天把侯玛捉住。
不论箭矢射到哪一个角落，
人都期待有一个猎物获得。
但射出百箭往往只一支中的，
珠贝之中并非都有珍珠藏匿。

## 故事二十　出走的孩童

一个孩童从驮轿中走出，
今晚在商队间徜徉闲游。
人们到处搜索，查遍帐篷，
终于在暗夜中见到“光明”[②]。
据说他向各个商旅问安，
并同赶骆驼的人倾心交谈：
“可知：我欲寻找亲密友好，
而人们都均同我是至交。”
应期待人们对主崇敬虔信，
而在他们之间则能心心相印。
为慰藉他人，要宁愿自己痛苦，

① 此“别特”的意思是：若没有慷慨豁达的气质，便会像老鼠那样贪婪无度。（译者注）
② 见到“光明”：指找到了孩子。（译者注）

为撷取鲜花，不应怕棘针刺肤。

## 故事二十一　不要混淆石块和宝玉

夜间当王子疾行在砾漠，
一块宝石从冠冕上掉落。
父亲对儿子说：“在黑夜里，
你怎样分辨石块和宝石？
孩子啊！你应当仔细查找——
不要把石块和宝玉混淆。”

### 哲理

流氓的品德粗陋而卑劣，
他们心冷如石，手黑似夜。
他们淳朴中混杂着凶狠，
他们多疑中包含着愚蠢。
他们兴高采烈地肩负着愚昧——
把自以为是视为聪明智慧。
只有与人为善并结为友朋，
才能体察他人的忧伤苦痛。
完全碎裂的忧苦的心儿，
如同被棘刺划破的花儿。
为了共同的理想而齐心协力，
该为同一个目标集思广益。
假若有谁对你疑虑重重，
你怎样判断他对主虔诚？

为了能冲破知识的门禁，
应首先关闭其他的大门。
多少人生活艰辛，痛苦备尝，
却能够大摇大摆地走进天堂。
假如王子正被监禁狱中，
亲吻其手才叫理智聪明。
因为他终会从狱中释放，
他为王时，你便会扶摇直上。
秋天时，不要把花木焚毁，
一旦春来，仍会百花吐蕊。

## 故事二十二　父亲和儿子

有个人千方百计节省每个铜板，
总是想方设法把金钱藏匿。
似乎一钱不花才有欢乐，
不予施舍便能升入天国。
他白天黑夜都被金钱包围，
金钱严密囚禁了这个吝啬鬼。
一天，儿子暗中探查到秘密——
得知父亲把金钱藏在了哪里。
他肆意挥霍掘出的金银，
并以石块代之，偷偷埋进。
年轻人今日施金，明日馈银，
把金钱挥之如土，不剩一文。
当儿子将帽子寄卖到市场，

父亲才发现竟被命运欺诳。
父亲气急败坏，要死要活，
儿子抚琴吹笛，欢声唱歌。
父亲整夜不寐，泪流满面，
儿子清晨早起，笑语不断：
“父亲啊！金钱就是为了花用，
若把它藏匿，同石头有何不同？”

## 哲理

黄金原本混杂于石头之中，
开采之后，始供人们花用。
若黄金落入贪心人手里，
兄弟啊！同石块有何相异？
假如妻子儿女需要抚养——
便都会诅咒他快快死亡。
假如近亲远邻需要接济——
也会咒他从房顶上摔死。
悭吝鬼藏匿起金钱银币，
宝物被贴符咒埋入地底。
黄金长年都被藏之不用，
毒蛇得以在上面盘踞不动。
当死亡之神将他猝然击倒，
人们便会瓜分净尽他的财宝。
金银须用，不该学蚂蚁积蓄——
当人死后，终会被蛆虫吞噬。
这些都是萨迪的规劝之语，

假若认为可行，请照此办理。
对这些告诫如能不置若罔闻，
沿此而进，你定能获得福运。

## 故事二十三　一当克的善果

一个贫困的老人伸手行乞，
某青年把一当克放他手里。
苍天突然启示降罪给青年，
苏丹宣谕把他拉到刑场问斩。
挤在人群中的老人亲眼看见——
正被刽子手押往刑场的青年。
突厥士兵持刀巡逻大街小巷，
人们喧闹着在门前房顶观赏。
老人因得到过青年的慈恩，
便对可怜的施主善心恻隐。
他高声哭喊道：“世界永存！
苏丹将死！他的美名也会毁损！”
持剑的突厥兵听到喊声，
彼此面面相觑，束手发愣。
倏尔尘嚣四起，兵士拥上，
没头没脑地打老人耳光。
早有传令兵飞驰回御殿，
向苏丹禀报这突然事件。
青年突然得救，老人却遭捆绑，
推推搡搡被拉去面见国王。

苏丹威严端坐，面带怒容：
“你为何诅咒我早早驾崩？
我的嘉言懿行有目共睹，
为何视我为敌，咒我亡故？”
老人神情自然，毫不畏惧：
“啊！我是王上的驯服奴隶。
‘苏丹将死’是我的一句谎言——
王不会死，只是想救活青年。”
国王听完叙述后顿消怒火，
即刻下达御旨把老人宽赦。
可怜青年终于获释，完全松绑——
步履虽踉跄，却可走四方。
某人问道；“你既被判处死刑，
什么原因使你再获新生？”
青年这样回答：“啊！聪明人！
一当克虽少，却可避免监禁。”

## 哲理

当在富裕时播种下种子，
是为困窘时能收获果实。
既然途中出现了祸殃灾异，
就有穆萨的魔杖将它消弭①。

---

① 穆萨的魔杖：传说穆萨带领以色列人出埃及的时候，与法老派来的追兵头目欧基·翁格交战，用手杖打断其小腿，从而将他打倒击毙。此外他的手杖还能千变万化，可变成巨蟒，可使河水变成血水，可制造蛙、虱、蝇、瘟、疮、雹、蝗灾，可使海水分开或合拢等。穆萨依靠它战胜了埃及法老。(译者、编者合注)

还是穆斯塔法[①]说得正确：
“乐善好施是祛灾的秘诀。”

### 颂赞

在这阿布·伯克尔·萨德的国土，
已没有任何敌人可以立足。
啊！你可勇敢地夺取世界，
世界定将为你带来欢悦。
在你周围的人们无不欢乐，
国中之花受不到荆棘折磨。
你是苍天笼罩大地的影子，
你是真主普慈众生的天使。
你的高贵鲜为人知，有何烦恼——
“前定之夜”[②]所传的天经几人知晓？

## 故事二十四　终审日那天的祈祷

有人梦见终审日的情景——
阳光灼热得能熔化黄铜。
人人喧嚣着向苍天敬祈，
群情激奋，无人能够自已。

---

① 穆斯塔法：即伊斯兰教的先知穆罕默德。（译者注）

② 前定之夜：即“盖德尔夜”，亦叫“高贵的夜晚”，传说这是真主向穆罕默德传授天经之夜。据说该夜诵经一次胜过平日一千次。所以身体强健者，往往诵经通宵达旦。这一夜曾先后定在伊斯兰教历九月十九、二十一、二十三、二十七日。许多伊斯兰教学者倾向于把“前定之夜”定在九月二十七日。（译者注）

有个人躲避在荫影之中，
并把天堂饰物挂在项颈。
某人求告：“啊！你与众不同，
我想听听你将如何祈请？”
答道：“愿在我家门旁有个葡萄架，
善良的人们都来憩息在藤下。”
此人听到回答，受到启示，
开始向至仁的真主这样敬祈：
“真主啊！请惠赐你所有的奴仆——
使他们生活安定，意畅心舒！”

## 颂赞

设拉子之王[①]为什么欢娱？
只有我能够诠释这个谜——
他能够为子民尽心尽力，
而子民则得以乐业安居。
慷慨豁达之人犹如果树，
而凡人则好似山中林木。
为烧柴人们斧劈败枝枯干，
但是有谁舍得把果树砍断？
果树不仅结出丰硕的果实，
而且繁枝密叶还可以蔽日。

① 设拉子之王：指阿布·伯克尔·萨德。（译者注）

### 劝诫

虽然我主张应当择善而行，
却不是对任何人都要非善勿动。
对恶待人民者应报之以恶待，
拔除断鸟羽毛实属应该。
对于同尊长交战的敌手，
不要向他提供棍棒和石头。
若是荆棘应该连根芟夷，
若是果木则须精心培育。
当谁对于幼弱宽厚慈爱，
人们也会对他尊敬爱待。
不能容忍暴虐者的罪行，
恕宥恶者遭难的是百姓。
应去熄灭暴君的生命之灯，
否则不能消除人民的忧痛。
对于劫盗者的怜悯仁慈，
无异于刺伤行旅者的手臂。
对嗜杀成性的人该处以死刑，
正义表现在对恶棍的严惩。

## 故事二十五　捅黄蜂窝

有个人忧念自己的房舍，
说："黄蜂在顶篷上做了个窝。"

妻子说："同它们共处有何妨?
不要迫使它们浪迹他乡。"
一天，博学的丈夫去捅蜂窝，
他愚蠢的妻子却不幸被蜇。
妻子疼得高叫着跑来跑去，
丈夫趁机道出隽永的哲理：
"妻子啊！你不让杀死黄蜂——
可它却为人们带来苦痛。"

## 谏言

假若对行恶者以善心宥宽，
他们的恶行便会有增无减。
若对他们的淫威置之不问，
其利剑也将威胁你的生存。
对野犬无人以宾客相待，
都只是扔给它剩肉一块。
有位老人说得多么精彩：
"应该让骡马将重物运载。"
受宠的猫儿会吃掉白鸽，
养肥的狼子会咬死优素福[1]。
更夫若性善不惩罚盗贼，
人们会怕盗而不敢入睡。
当竹制长矛在战场生威——

① 优素福：这里泛指一般人。(译者注)

要比园中之竹价高万倍。
并非谁都急需财富金钱，
有的人更需要教诲规劝。
如果地基打得并不坚牢，
建房太高就有可能坍倒。

## 故事二十六　挑选坐骑

牧民巴赫拉姆[①]说过一句话——
当他从烈性的枣红马上摔下：
“今后要从马群中挑选坐骑——
即使桀骜也不会离群逃逸。”

### 谏言

孩子！要及早修筑底格里斯河堤，
一旦山洪暴发将为时晚矣。
当恶狼落入陷阱切勿怜悯，
你不杀它，它便吃掉羊群。
不要因恶魔跪拜便予轻信，
它本性歹毒，不会发起善心。
不应给歹恶之徒高位和良机——

① 巴赫拉姆（421–438），伊朗萨珊王朝著名国王。喜好打猎，尤其野驴，故被称为巴赫拉姆·古尔，古尔意为“野驴”。（译者注）

该把仇敌打入地牢，魔鬼装进瓶里[1]。
当蛇头已用石块猛击，
不该再说："最好用木棍打死。"
要笔杆的若对百姓不仁不义，
最好用剑把那握笔之手砍去。
统治者所定之法有利歹恶，
无异于把你推进熊熊烈火。
不要说："国家由执政者做主。"
这些话不能使受难者心服。
萨迪劝人要慷慨、深思、远虑，
萨德则把这进谏付诸实施。

① 把魔鬼装进瓶里：《一千零一夜》中的一个脍炙人口的故事：有一位老渔夫出海打捞到一只沉重的瓶子，不料拧开瓶塞却释放出一只巨大的魔鬼。渔夫略施巧计，与魔鬼对话说："我不相信你这么巨大的体形，居然能被装进这么狭小的瓶身之内！"魔鬼果然上当，说："我再钻进瓶子里去，给你亲眼看看。"魔鬼钻进瓶子里之后，老渔夫迅速拧上瓶塞，再次把那只瓶子扔进了大海里。渔夫把这个故事告诉了人们，并告诫世人：以后无论谁捞到这只瓶子，一定要把它扔进大海，而千万不可打开瓶塞。（编者注）

# 第三章　论爱恋、痴醉和狂热

真令人兴奋啊！当热恋着她时——
不论受到创伤，还是得到医治。
向与世隔绝的国王乞怜，
犹如把希冀寄托于翘盼。
饮啜苦痛之酒，一杯接一杯——
尽管苦涩，却偏要品尝其味。
酒宴欢饮之后，人们会昏醉，
玫瑰国王之前，则有棘刺守卫。
等待并不为苦——当把她思恋，
想到与她为友——苦也似糖甜。
人若酣醉，甘愿接受情人责难，
骆驼暴怒时，会顿觉负重骤减。
她的俘虏挣脱不开枷锁，
她的猎物摆脱不开网罗。
达尔维什自认为高尚国王，
但在常人眼里却和乞丐一样。
人们怎能了解他的心思？

长生之水[①]产在黑暗之地。
在圣地[②]中建有许多拱北[③]，
“外墙”[④]因失修早已经坍毁。
似飞蛾任灯火焚烧身躯，
却不像蚕用茧包住身体。
若心中装着情人，会寻她而去，
当嘴唇干渴，便径直奔向小溪。
我决不说：不能去到水边——
虽然尼罗河岸有水肿病患。
爱她，因她如花美，似水清——
完全掠走我的耐心和平静。
醒时，迷恋她的黑痣和粉面，
睡时，梦中也对她情深款款。
我忠诚——头颅甘愿任她践踏，
我眼里——世间只存在一个她。
在情人眼里黄金不值一钱——
黄金和泥土可以等量齐观。
你的心中一旦被她占据——

① 长生之水：又称“活水”，相传为“佐勒玛特城”（黑暗之城）的一股泉水，饮后能长生不老。（译者注）

② 圣地：这里指耶路撒冷。（译者注）

③ 拱北：阿拉伯语的音译，意为“穹顶建筑”。西亚地区的清真寺多采用这种建筑形式，后专指苏菲圣徒墓。（译者注）

④ 外墙：亦称“西墙”、“哭墙”，耶路撒冷锡安山脚下的一段墙壁，为所罗门圣殿残垣，被犹太教徒视为圣地，因而常在此处诵经、祈祷、许愿、举行男丁成人之礼。（译者、编者合注）

便厌烦同其他人在一起。
当眸子把她请入自己家室，
闭合两眼，她便关进你心里。
你不会因害羞而思虑重重，
也不能见不到她，却保持耐性。
她若需要生命——你能立即交出，
当她抽出宝剑——任其砍下头颅。
爱情像把基础建在空气——
使人神魂颠倒，难于驾驭。
禁欲苦修者令人惊奇——
甘愿淹没在词义的海里。
可放弃生命——当对情人热恋，
不必贪婪世界——但须口袋有钱。
为了真理——不惜离群索居，
当迷上酾客[①]哪管美酒洒地。
不应胡乱开给病人药物——
若还不知到底病在何处。
“阿丹的后裔”向真主供认：
“难道我不是主？”“决不否认。”[②]

① 酾客：波斯语，音译为“萨吉”，意为在“斟酒人”。王公贵族宴饮之时，负责斟酒、陪饮的职务，多由年轻貌美的青年担任，在苏菲文学中，喻指苏菲长老。（译者、编者合注）

② 这几句原文都是阿拉伯文。典出《古兰经》第7章172节。译文如下：“当时，你们的主从阿丹的子孙的脊背中取出的他们的后裔，并使他们供认。主说：‘难道我不是你们的主吗？’他们说：‘怎么不是呢？我们已经作证了。’”“阿丹”即是《圣经》中的“亚当”。（译者、编者合注）

信仰狂热者犹如领兵将官——
他走路卷烟尘，叹息似火焰。
一声吼叫，能使山塌地陷，
一声浩叹，能使全城骚乱。
像风，无影无踪，敏捷轻盈，
像石，不言不语，默默祷诵。
晨时，当用清水擦洗泪眼，
一天的生活，便由此开端。
天马星虽从夜空被赶走，
嘶叫声却仍在清晨羁留。
日夜都在狂热之海滚翻，
白天却忘记黑夜的忧烦。
貌美才能使人富于魅力——
却无人知道这是由谁赋予？[①]
睿智者从不在脸上标明，
愚蠢者却总是徒具其形。
而只有遗忘地界和天界，
故有可能赐饮琼浆玉液。

## 故事一　乞儿和公主

据说从前有个乞丐之子，
竟对公主滋生缠绵情意。

① 此句诗文典出《古兰经》第3章6节："你们在子宫里的时候，他（真主）随意地以形状赋予你们。"（译者注）

他的相思纯属异想天开，
赍志难遂使他郁闷满怀。
为赛马球，广场须设标记[①]，
马的旁侧，应有大象护立[②]。
他心中悲郁，秘密深藏心里，
他涌流泪水，致使尘土和成泥。
他的情敌了解到他的情思，
便对他说：“不准你徘徊此地。”
刚离去，却又想起情人花容，
再回转，于她近旁搭起帐篷。
侍卫走来把他打倒在地：
“难道不知帐篷不准架在这里？”
他虽离去，内心却难平静，
为见情人，完全失去耐性。
有如苍蝇对糕点的贪婪——
刚被赶走，却又立即回返。
人们说他：“啊！疯痴的无赖！
你就真愿挨木棒和石块？”
答道：“她的折磨，我甘愿承受；
一个人不该去抱怨朋友。
现在我呼吸着情爱的气息，
不管她把我看作友还是敌。
我宁愿把她耐心地盼等，

① 标记：波斯古代赛马球时，往往以标杆固定球场。（译者注）

② 这句指下国际象棋。（译者注）

否则，我的心绪难以平静。
耐性尽消，却又不能争吵，
不能驻留，却又无力远逃。
请不要说：‘别去接近王宫。’
为架帐篷，我愿以头作钉。
灯蛾为情人献身心甘情愿——
它为何不在暗处苟延残喘？”
问道：“你不会被曲棍击伤？”
答道：“我愿是球，在她足旁。”
问道：“她若以剑来索你的首级？”
答道：“为了她，我在所不惜——
不管对我会有怎样的结局，
戴上王冠，还是被刀砍斧劈。
请不要责怪我缺乏耐心，
爱情已把耐心消磨净尽。
我若像叶尔古白，哭成白色眼珠[①]，
便再没有希望见到优素福。”
谁若对另一人产生爱情，
心中无时不在焦躁苦痛。
一天，青年亲吻她的马镫，

---

① 典出《古兰经》第12章84节：“他不理睬他们，他说：‘哀哉优素福！’他因悲伤而两眼发白，他是压住性子的。”这里，“他”指优素福之父叶尔古白。“他们”指优素福的兄长们。经书记载：因叶尔古白特别宠爱小儿子优素福，兄长出于嫉妒，把他骗至郊野，推进井里。然后在他的衬衫上涂上血污，假说是狼吃了。因此父亲叶尔古白思念爱子，十分悲伤，致使两眼哭瞎。参见第38页注①。（译者注）

她拨转开马头，满面怒容。
青年笑道："不要扭转马头——
国王不该拒绝子民的请求。
你的存在使我微不足道，
当想起你，我便感到渺小。
假若我有罪愆，请不要指摘——
正是你本人，引起我的羡爱。
为吻马镫，我只想鼓足勇气，
对于后果，却并未深思熟虑。
拿笔，是为抹掉自己的名字，
迈步，是为走向自己的目的。
将我杀害只需媚眼之箭，
何必非要手中握着利剑。
对你的情爱之火，一旦点燃——
像燎原大火，哪管草的湿干。"

## 故事二　对舞女的劝导

伴随着乐师弹奏的曲调，
一位婀娜玉女跳起舞蹈。
正当她因狂热地蹁跹旋转，
烛火却将她的衣裙焚燃。
她为此事十分气恼忧烦，
朋友劝道："何必心烦意乱！
朋友啊！你烧掉的只是衣裙，
而火舌曾把我的谷堆烧尽。"

### 劝诫

假如不把自己侃侃谈论，
朋友就会把你看作知心。
谁若因情人而神乱魂迷，
他就考虑不到他人和自己。

## 故事三　为信仰而逃跑的儿子

据说，有位尊长十分睿智，
儿子因狂热到郊野索居。
父亲因此吃不下，睡不着，
连声嗔骂儿子，儿子却说：
“自从挚友把我认作知己，
我就再也不同亲人联系。
挚友引导我去信奉真主，
此后我便以此判断事物。”

### 哲理

为步入正道须改变秉性——
以从过去的迷误中苏醒。
天穹下的物类各式各样——
从野兽到天使包罗万象。
但主只念及像天使的人，
却把子民看得如同畜生。
身强力壮未必会有威力，

往往贤者如醉，智者若愚。
安静时，可在角落缝僧袍，
激动时，又当众把它焚烧[①]。
待人从不粗鲁，也无情意——
并不想同他人结合在一起。
我行我素，哪怕步入迷津，
他人规劝，一概置若罔闻。
野鸭放置海中不会溺死，
火鸟[②]对于烈焰并不畏惧。
两手空空，人们只好忍耐，
荒原无垠，便无商旅往来。
恋人相爱总是避开众人目光，
苏菲[③]从不把丝带系在腰上。
圣徒虽然虔诚颂赞主上——
却从不期待被人们赞扬。
葡萄架下有荫凉和果实，
黑心肠的人也常穿起皂衣。

---

① 焚烧僧袍：往往在慷慨激昂的集会上进行，是达尔维什吸引人们的一种手段，用以表明达尔维什无畏、忘我的精神。有时把旧袍烧毁，也是为了表示对赠予新袍的感谢。（译者注）

② 火鸟：希腊神话中一种生活在火中的鸟。它能口吐火焰，并在火中孵蛋。（译者注）

③ 苏菲：伊斯兰教内的一个神秘主义派别。据说其名源于阿拉伯语“苏夫”一词，意为“羊毛”。因该派成员身着粗毛织衣，外袍不系腰带，以示俭朴，故名。苏菲派兴起于七世纪后半叶，其思想、教义既根源于部分教导慎思、内省的《古兰经》经文和先知穆罕默德毕生的躬行实践，也与古希腊新柏拉图主义、印度吠檀多哲学、中国道家思想殊途同归，因而形成一套独特的理论主张与修持方式。（译者、编者合注）

应似珠贝把头缩进身体，
而勿像海水任泡沫泛起。
凡人都会有骨骼和躯壳——
在里面装着生命和大脑。
奴婢不能听任国王买卖——
他们衣虽褴褛，生命却在。
晨露若滴滴都孕育宝珠——
其价值便不会超过玻璃珠。
应像走绳索者，放开手脚——
但迈出的步履，却须牢靠。
面对真主，应虔诚地敬仰，
直到复活日时号角吹响。
刀剑和善愿，石块和玉樽，
禁忌和爱情——都各不相容。

## 故事四　发怒的爱恋者

某人的情人在撒马尔罕，
他说：想到她比吃蜜糖还甜。
她的柔媚娇丽来自艳阳，
她的美目流盼能击败信仰。
崇高的真主啊！至尊至圣，
他的慈悲写进了《古兰经》。
青年目视前方，走向城里——
心怀情人，愿把生命献予。
情人却很冷漠，有意回避；

他便动怒，说话粗言厉语：
“啊，骄女！我把你苦苦寻觅——
不正像鸟儿落入你的网底？
若有机会再次同你相遇，
誓与为敌，用剑向你刺去。
有人劝诫他：“恼怒应平息！
现在不如想想其中道理。
我看此事难有好的结局，
生命不该昏沉沉地失去。”
爱的怨忿变为连珠骂语，
内心的苦痛则化为叹息：
“让刀剑把人杀得非伤即残，
让尸体滚在血泪和泥滩。
不论是敌人还是友朋，
手持钢剑都能致人死命。
我不能从她的住地逃离，
而应怒斥：‘败坏了我的名誉！
回答我吧，你太自尊自傲！
看来只有这样说你才好。’
不再顾及什么，我要血染钢刀——
原谅我吧！唯此难平心潮！
夜时，爱的欲火燃烧着我，
清晨，她的幽馨将我复活。
假若今天来到情人住地，
定将帐篷在她近旁架立！”
她若敢于对垒，不临阵逃脱，

就是为爱而死的萨迪也会复活。

## 故事五　干渴者的愿望

干渴者，当遗憾无水而死，
将说："幸运啊！若能在水中淹毙。"
某人会问："怪论！令人惊奇！
干渴或饱饮，在死时有何相异？"
答道："滋润干唇若用清泉，
临终时，才能感到生命甘甜。"

### 哲理

干渴者一旦落入水中，
便知水多也能攫走生命。
当爱恋者拜倒在石榴裙下，
她说："交出生命！"定答："拿吧！"
若欲步入金灿灿的天堂，
须经过火狱的阴森魔障。
播种的农夫因躬耕励耘，
当丰收后便能睡得安稳。
酒宴时，好酒者能饮芳醇，
酾客斟酒，会一巡接一巡。

## 故事六　到清真寺行乞的老人

关于人们的命运，我曾讲：
穷人会变富，乞丐能当王。

有位老人，晨时外出行乞，
来到清真寺外，请求惠赐。
某人说道：“这里不是住户，
谁会施舍？倒把我们羞辱。”
问道：“那么，谁在这里居住？
难道他对穷人从不行善积福？”
回答道：“快住口！你真糊涂！
这是真主之家，我们的主！”
他看到寺里的讲坛和吊灯，
便悲痛欲绝地高吼一声：
“太可惜，我没再多迈一步！
真遗憾，不能从大门进入！
各户居民都不把我理睬，
为何‘正义之家’也把我拒之门外？
我向这里伸出求助之手——
我想不会让我空手而走！”
听说附近住过一位老人，
他高声呼叫，以得到怜悯。
某夜，他的生命之脚陷入土中，
他的心脏只有微弱的跳动。
清晨，他的生命之油即将耗完，
有如晓时之灯，已气息奄奄。
他心情宽慰地喃喃自语：
上苍的门阍向敲击者开启。

### 劝诫

乞求者应当耐心地盼等，
炼丹士从不丧失信心。
他能从黑土中掘出黄金——
或许以前曾把紫铜埋进。
黄金因能购物才显珍贵，
否则哪比得上情人妩媚？
假如情人为你带来忧闷，
解忧驱烦者也将是情人。
祛除痛苦不靠闷闷不乐，
应寻找清水浇灭忧火。
如果你的情人举世难觅，
不该为小小的摩擦便离弃。
当向某人献出全部身心，
一旦分离便会愤怨如焚。

## 故事七　一位老人的祈愿

听说有位老人整夜未眠，
清晨，即向真主述说心愿。
有个声音突在耳旁响起：
这无谓之事不必再继续！
你如此祷告不会被接受——
哪怕哭泣或谦恭地祈求。
第二夜他仍不停地祈祷，

某圣徒了解此情后劝道：
“假如真主的大门向你关闭，
便不要做毫无希望的努力。”
他带血的泪水似雨倾下，
十分悲伤地说道：“先生啊！
虽然这里使我大失所望，
但另辟蹊径也会有阻障。
不要以为他把缰绳砍断，
我也就愚钝得不要座鞍。
祈愿者当从某门前被驱走，
却有另外大门开敞，何必烦忧！
但听说此地若无活路可寻，
其他地方就更得不到同情。”
他边说边把前额贴在地上，
他的哀叫声令人凄楚悲怆：
“即使我得不到你的怜恤，
能够庇护我的也只有你。”

## 故事八　一位老人对儿子的训诫

据说，在内沙布尔[①]有位老人，
看到儿子未做晚祷便欲入寝。
劝道：“孩子啊！别想不劳而获；
不经过辛苦，便得不到结果。

---

① 内沙布尔：地名，位于伊朗东北部呼罗珊省。（译者注）

快步之驼，若不向前移步——
它的优越，也就等同于无。
想追逐利润，就别害怕艰难，
不付出代价，哪有利润可言？”

## 故事九　对新娘的规劝

年轻的新娘向老人诉苦，
新郎不能同她和睦相处：
“和他在一起，不感到幸福，
从早到晚，心里都很忧苦。
别家的夫妻也都同住一起，
却不见有谁像我这样悲郁。
别人家，两口都和和气气，
虽为两人，心却相印一起。
我已和他相处这许多天，
从未见他有过一次笑脸。”
慈祥的老人听完她的抱怨，
凭借多年的经验好言相劝。
老人规劝新娘，态度和蔼：
“他若漂亮，何不耐心相待。
应如奴婢恭听他的吩咐，
他正是你心目中的真主。
今后再也不要提‘离走’二字——
应从你的字典中把它抹去。”

## 故事十　萨迪同情奴隶

一天，有个奴隶被卖于市，
我的心对他充满了怜恤。
“你对奴隶富于同情之心，
主人对我却无一点悲悯。”

## 故事十一　医生和病人

在木鹿[①]有个貌似天仙的医生，
他魅伟的身材有如一株青松。
谁也不了解病人痛苦的内心，
也没注意病人忧闷的眼神。
患病的异乡人这样述讲：
“同大夫一起是我的愿望。
我不担心身体是否复原，
只怕大夫不来我的枕边。”

### 哲理

有多少智勇双全的英雄，
却成为情欲手下的败兵。
当情欲对理智占了上风，

① 木鹿：地名，位于伊朗东北部呼罗珊省。（译者注）

理智便完全失去了清醒。

## 故事十二　同狮子搏斗的人

有个人有钢铁般的双手，
敢于同凶悍的狮子搏斗。
而当他刚一和狮子交锋，
便知不是对手，甘拜下风。
有人劝他："不应灰心丧气，
该用你'铁手'击它在地。"
但这可怜的人却自言自语：
"赤手空拳怎能战胜雄狮？"

### 哲理

爱情能战胜才学和理智，
正像"钢臂铁手"败于雄狮。
假若猛狮张开尖牙利爪，
在它面前，"铁手"毫无办法。
爱情一到，理智立即缄口，
有如曲棍轻易俘获马球。

## 故事十三　表兄妹间的恋事

表兄和表妹成为一对夫妻，
他们貌似艳阳，姣美秀丽。

表妹和蔼可亲，温柔缠绵，
表兄面色阴冷，执拗怠慢。
表妹柔情脉脉，像个仙姬，
表兄态度冷漠，好似岩石。
和蔼者增添自己的美丽，
冰冷者似在请真主赐死。
老人们请表兄落座入席，
说：“既不相爱，那就相离。”
笑着答道：“我给百头绵羊，
从此以后我们各奔一方。”
姑娘一听焦苦地用手抓脸：
“我受不住分离情人的熬煎。
休说羊群百只，哪怕三十万，
也难阻止我对情人的思念。
除非我能见情人的面容，
否则我的心情永不能平静。”

## 故事十四　爱恋者的心思

某人因爱恋而神魂若失，
问他：“你喜欢天堂还是火狱？”
答道：“什么也不要问我——
她爱什么，我也爱什么。”

## 故事十五　蕾莉和马杰农

有人问马杰农[1]："喂！年轻人！
何不返回部族，拜谒双亲？
难道你不再把蕾莉思念，
莫非朝秦暮楚，狂热骤减？"
马杰农听后竟泪流满面：
"先生啊！请别让我经受磨难。
在我心上，创伤已经布满，
请别再把盐巴撒在上面。
我离走是因受不住折磨，
唯一的办法是远离部落。"
问："啊！你的爱情坚定不移，
可有口信让我转达给蕾莉？"
答："请不要对她提我名字——
提及我会使她增添愁绪。"

① 马杰农：马杰农和蕾莉，是阿拉伯民间传说中的一对情侣。吉斯·阿梅里爱上了蕾莉，爱得如痴如狂，以至于人们称他为"马杰农"，意为"疯子"。蕾莉的父亲反对他们的婚姻，遂将她许配给贵族伊本·萨拉姆。后来马杰农跑到荒野同野兽住在一起，蕾莉则因与恋人分离，十分忧痛，患病而死。马杰农获悉之后立即前来奔丧，伏在情人的坟冢上挥洒热泪，悲痛而死。后来人们把他们两人合丧在一起。(译者注)

## 故事十六　马哈穆德国王的爱情

人们纷纷议论伽色尼国王[①]：
“王妃阿雅兹有什么漂亮？
这朵花儿并不芬芳娇艳，
为什么夜莺却把她爱恋？”
马哈穆德听说这种议论，
立即恼怒异常，脸色阴沉。
说：“我所爱的是她的品行，
而非婀娜体态，绝代娇容。”

## 故事十七　阿雅兹的忠心

据说当旅队通过峡谷时，
骆驼被绊，珠宝撒了一地。
苏丹示意部下自由拣取，
他自己则奔马飞驰前去。
侍臣只顾争抢宝石明珠，
都不再尽心把国王卫护。
他的身边不见任何卫士，
紧紧跟随的只有阿雅兹。

---

① 伽色尼国王：指伽色尼王朝第三代国王马哈穆德（999—1030），他十分宠爱王妃阿雅比。下一“别特”中的“花儿”即喻指阿雅兹，“夜莺”则喻指马哈穆德。（译者注）

国王回身见紧跟的是她——
越发觉得她似妩媚春花。
对她说："喂！你这美发女郎！
抢到什么？"答："我没去争抢，
而一直在追奔你的坐骑，
怎能丢掉大恩，去争小利？"

## 哲理

你若在宫中做国王近侍，
切勿疏于职守，去贪小利。
先圣从无背离教义的言行——
不断排除杂念，而把主赞颂。
你若只期待朋友的开恩，
正说明你有太重的私心。
当你把贪婪的欲望放纵，
你的心耳便再听不到福音。
真理有如殿堂金碧辉煌，
欲望好似尘土，满天飞扬。
若任凭尘土在空中弥漫，
即便圆睁眼睛也一切难辨。

## 经历

一天，我和一个法尔亚伯[①]老人，
准备沿着水路结伴西行。

① 法尔亚伯：地名，位于伊朗东北部呼罗珊省。（译者注）

我有一个迪拉姆，得以登船，
老人则因没钱，留在岸边。
船员是些煤炭似的黑人，
船长对主毫无敬畏之心。
我为老人落泪，愀然伤神，
老人不以为然，发出笑声。
老人说："孩子！别为我担忧！
当船航行，它也会将我带走。"
老人把拜毡铺放在水面，
我想："这是梦境，还是影幻？"
我因惶恐，一夜没能就寝，
直到清晨再次见到老人。
他说："幸运之友啊！你可受苦？
船带着你走，我则托靠真主。"

## 哲理

笃信真主的人总是认为：
先圣既不怕火，也不畏水。
由于幼婴不懂火的危险，
慈母才总让他避开火焰。
人们之所以对宗教信笃，
是想日夜都能受主庇护。
哈利里[①]不惧烈火的喷射，

① 哈利里：即伊斯兰教先知易卜拉欣。传说他于公元前十七八世纪年在巴比伦东部的乌尔城出生。纳姆鲁德国王曾下令烧死他，但大火过后，易卜拉欣毫发无伤。参见第3页注③。（译者、编者合注）

穆萨之篮[①]能漂流尼罗河。
幼儿敢于在水浪中击搏——
不畏底格里斯河的宽阔。
人到水中不能悠然徜徉，
在陆地则不能节制欲望。
思考全面才能神机妙算，
神秘论者只把真主颂赞。
应和明达的人讨论问题，
但是哲人不免吹毛求疵。
会问："何谓苍天？何谓大地？
人、畜和野兽的区别在哪里？"
聪慧者啊！问题提得刁钻，
若能对答，便该得到称赞。
不论陆地、海洋、山川、平原，
不论世人、精灵、恶魔、天仙——
所有这些都不能和主相比，
它们的名称都是由主赋予。
在你面前，大海掀着巨浪，
在高空，太阳放射着光芒。
但人们只看到表面现象，
不知真主才使世界这样。

① 穆萨之篮：根据宗教传说，先知穆萨出生的时期，埃及法老变本加厉地迫害以色列人，命令杀掉以色列人的男婴而存活女婴。穆萨的母亲生下穆萨之后，把穆萨裹起来放进一个涂了石漆的蒲草篮子，放到尼罗河顺流而下，这篮子最后漂流到尼罗河边的皇家后花园，穆萨被法老之女捡到并抚养长大。（编者注）

在他眼里，太阳小似砂粒，
在他看来，七海[①]如水一滴。
当至尊的真主扬起大纛，
世界便低下屈从的头颅。

## 故事十八 当村长见到国王的随从队伍

有个村长有儿子一起旅行，
途中看到国王的浩荡侍从。
卫队首领身穿锦绣长袍，
腰是素金带，手中持钢刀。
握弓的猎手膀大腰粗，
奴仆背负着沉重的箭壶。
一队身着丝绸的外套，
一队头戴华美的宫帽。
儿子看到仪仗如此壮观，
在这面前父亲何等卑贱——
他因惧怕，脸已失去血色，
急急忙忙逃到一个角落。
孩子说："你是全村的尊长，
平日发号施令，如大官模样。
怎么今日竟像魂魄丢失，
全身颤抖，好似风吹柳枝？

① 七海："七"在这里是概数，相当于我国的"九"，即"很多"的意思。"七海"指所有海洋。（译者注）

答道:“是的,村中我是长官,
但是一离开村庄,便失去尊严。”

### 哲理

即使受人敬仰的高官尊宦,
在国王面前也会心惧胆战。
啊!你因对外界一无所知,
才对自己的职位洋洋得意。
萨迪若不讲出这些故事,
故事的原委谁能够得知?

## 故事十九　萤火虫

夜间在花园里常见到萤火虫——
闪闪发光真好像小灯笼。
有人对它说:“小小萤火虫,
怎么白天见不到你的踪影?”
请看这土中生的小虫,
竟如何看待白日和光明:
“虽然我决不从园林中飞离,
但是太阳一出来我便隐匿。”

## 故事二十　颂赞国王的农民

有个农民颂赞国王萨德·赞基:
“祈苍天为陛下降下仁慈!”

赞辞为国王带来欢娱，
农民获得赐袍和金币。
他感谢真主时端详起金币[①]，
突然情绪激动，脱掉锦衣。
胸膛中像有烈火点燃，
他拔腿飞跑，奔向草原。
草原上有个好友批评他：
“你开始颂赞，怎么突然变化？
当初，在他面前你吻土地，
刹那间，怎么又匆匆逃离？”
笑道：“最初我有敬畏心理，
像风吹的柳枝全身战栗。
后来我因一心敬祷真主，
于是惧怕心理完全消除。”

## 故事二十一　当得宠的老人被捕时

在沙姆的某城突然人声喧嚣，
人们围住一个正得宠的耆老。
当他的手脚被套上枷锁，
我听到他这样向人述说：
“如果没有主上下达命令，
谁敢青天白日抓捕百姓？
应当把敌意视为情谊，

① 波斯古代的金币上都铸有国王的肖像。（译者注）

把这敌对行为看作善意。
不论赐我荣耀，还是枷锁，
我都不惜生命感恩戴德。
聪明人啊！当你重病缠身，
不该因良药味苦而拒饮。
医生所给，就应饮净，
因为医生总比病人高明。”

## 故事二十二　一个笃诚的青年

谁若向他人典押出魂灵，
能索回的只是自贱自轻。
他会完全丧失智慧、聪明，
任凭他人像擂鼓般欺凌。
他把朋友看作为抗毒素，
为朋友甘愿作敌人刀俎。
这样，朋友击打他的脑后，
仇敌的铁钉则刺他的额头。
于是他的情绪惶恐不安，
像头脑的屋顶被人踏践。
他已不在乎朋友的嘲笑，
像溺水者不畏风狂雨暴。
有如精神之足碰到岩石——
是荣是辱完全不再顾及。
入夜，打扮成天使的恶魔，
把他紧搂怀中肆意折磨。

清晨，他没有祷告的机会，
心中的秘密可倾诉给谁？
他如沉没在冰凉的水中——
到凌晨真比花岗岩还冷。
朋友对他开始进行嘲讽：
“这是你自愿沉入冷水中。”
这位笃诚的青年吼叫道：
“朋友，住口！别再热讽冷嘲！
那天使已使我魂销神迷，
这五天我很难控制自己。
不必问询我陷入的境地——
可知她已把我置于死地。
主既用土将我抟成人形，
就该使她具有美的心灵。
我若百依百顺不必惊异，
在我的眼中她善良、美丽。”

## 哲理

若不能对情人谦卑恭顺，
还不如一生都孑然孤身。
别怕无人把你葬入土坟，
死后你的精神仍会长存。
种子是否能够萌芽出土，
要看条件能否得到满足。
对你了如指掌的只有苍天，
依靠着他才能解脱你的苦难。

依靠自身寻找不到出路，
抛开自我就会对此清楚。
演奏者不会去对牲畜弹琴，
演唱者只是唱给知音的人。
蝇虫见到异性会知钟情，
人的喜怒哀乐也似蝇虫。
喧噪声不像抑扬的乐音动听，
乞丐只能随着莺啭低吟。
乞丐虽然整日叫个不停，
但是从无人去洗耳恭听。
酒鬼一旦喝得酩酊大醉，
水车声也像歌曲般甜美。
他的痛哭就像水车转动——
泪水从眼中簌簌地外涌。
对问题要能够冥思苦想，
决不能遇事就忧郁悲伤。
达尔维什切勿对酒徒指责，
他正像落水者手足无措。
演唱的歌曲我迟迟未定，
是因不知有哪些听众。
愿鸟儿能随着乐曲鼓翼，
而让天间的仙女丧失魅力。
谁若每天只知娱乐嬉戏，
魔鬼将在他的心中盘踞。
一个人一旦成为歌舞迷，
梦中听到乐音也会跳起。

花儿的妩媚靠晨风的微拂，
劈开木柴须用锐利的板斧。
世界虽然不乏香醇和乐舞，
但是盲人怎可能亲眼目睹？
每当奏起阿拉伯的乐曲，
骆驼便会随着节拍翩翩舞起。
既然骆驼都能表示欢欣，
难道人能像驴一样蠢笨？

## 故事第二十三　吹笛的青年

有位青年，唇舌十分灵巧，
笛子一吹，心如烈火燃烧。
对此父亲多次大发雷霆，
把竹笛抛进熊熊的火中。
某夜，父亲听了他的吹笛，
笛声委婉，使人魄散魂离。
父亲边说，边拭去沁出的汗滴：
“乐音似火，已把我的感情激起。”

### 哲理

可知为什么当人醉意朦胧，
就会不自觉地手足舞动？
谁对主的旨意心领神会，
便对世界万物洞幽察微。
谁若能把生命置之度外，

为挚友而死便不足为怪。
我认为人们有如在游泳，
不怕赤裸，就怕手脚不动。
该脱去名利和伪善的外衣，
在水中，全身披挂就会淹毙。
遮掩事实，不能实现愿望，
假如绳索断掉，就应接上。

## 故事二十四　同飞蛾的对话

有人对飞蛾说："啊，可怜虫！
去吧！应结交真正的友朋！
你满怀希望去热恋蜡烛——
但这路，起点、终点在何处？
你并非火蜥蜴，就别投火——
这须勇敢，还须不怕火舌。
蝙蝠见到太阳立即躲避，
蠢人才同"铁拳"比赛拳击。
你那个朋友其实是仇敌，
不为明智——若扑进她的怀里。
即使你为她贡献出生命，
也没有人赞赏你的举动。
假如乞丐去向公主求婚——
他的狂热，终会得到教训。
她的容貌威严——就像国王，
竞选她为情人——难以想象。

不要认为她对你这穷汉，
能够和蔼可亲，温柔缠绵。
正像贫困者才对你热忱，
她的热情也只献给富人。”
请看恋光的飞蛾怎样说：
“奇怪！焚毁了我，又怕什么！
爱情已深深扎根在心田——
为了她，牺牲生命也情愿。
我只能将自身投进火焰——
因脖颈正套着狂热的锁链。
在烈火还未吞噬我之前，
我可以远远躲避开光焰。
但我须从此不再有爱情——
并对她说：我是个苦行僧。
哪还顾及人们对我的讥讽——
倒在情人足下才感到高兴。
你并不理解，为何我愿献身；
我死而无憾，只愿她能长存。
我心甘情愿为情人自焚——
若我的死使她忧苦愁闷。
不要再规劝，我主意已定——
心中只想获得情人的同情。
谁若想劝说正狂恋的人，
无异于让毒蝎去善待人。
惊奇啊！何必要耗费口舌——
假若那人不听你的劝说。

可怜啊！既已失去笼头，
就不能再控制马儿慢走。
有何用——若在书信中规劝：
“孩子啊！不要把火焰迷恋！”
狂风压不住熊熊烈火，
痛打会使豹子更加凶恶。
你我对善恶有不同的观念，
对亲疏的看法也截然相反。
要抓住时机同高贵者交往，
和同类一起纯属浪费时光。
自私者才总和同类一起，
迷醉者会落入危险境地。
我的心早已被烛光掠去，
为她献出生命毫不吝惜。
忠于爱情者能胆大无畏，
只为自身者定是胆小鬼。
既然死神随时都会突袭，
我何不让情人向我赐死！
由于死亡已是命运注定——
死在爱人手中有多荣幸！
与其某日我可怜地死去，
不如今日死在情人怀里。

## 故事二十五　灯蛾和蜡烛的交谈

某夜，我通宵达旦没有合眼，

听到灯蛾和蜡烛的交谈：
“焚毁自身出于我的痴爱，
为什么你要落泪和悲哀？”
答道：“啊！我可怜的朋友！
自我没蜜[①]后，旧友随之离走。
当把我身上的蜜糖抽干，
一点火，便像法尔哈德一般。”
他一边说，一边眼泪汪汪，
纵横的泪痕布在面孔上。
说：“朋友啊！你还不懂爱情——
既没有耐心，又不很坚定。
你应当和我这火舌远离，
让我站在这里自焚身躯。
假若爱情之火把你燃烧，
请看我：也是从头燃到脚。”
但是夜晚还未完全过去，
仙女[②]便突然向蜡烛扑去。
烛光熄了，头上冒着白烟：
“爱恋就这样结束，啊！青年！
你从中所能得到的慰藉，
就是当被焚时心情欢悦。”
别再对死去的恋人哭泣，

① 蜜：由于蜂房是由蜡做成的，所以诗人把蜡烛比喻为已抽走蜜的蜂房。“旧友”喻指蜜蜂。故这里蜡烛说：“自我没蜜后，旧友随之离走。”（译者注）

② 仙女：喻指灯蛾。（译者注）

应当说："感谢真主——他已死去。"
当恋人患上疯痴的痼疾，
便会像萨迪从不考虑自己。
降落头上的若是碎石、锋镝，
即使无畏，也难以达到目的。
"记住：别去大海。"我劝告你，
"否则，浪涛可能卷你而去。"

# 第四章　论谦逊

圣洁的主既用泥土抟制了你，
主的奴仆应像泥土那样谦虚。
勿要桀骜不驯，贪得无厌，
因为你源于泥土[①]，而非火焰。
假若像烈火那样昂首傲慢[②]，
便会视他人如泥土般卑贱。
狂傲者会像魔鬼般乖戾，
谦卑者则有善良的心地。

## 故事一　一滴雨水

从云层中落下一滴雨水，

① 你源于泥土：典出《古兰经》第6章2节：真主“用泥创造了你们”。（译者注）

② 像烈火那样昂首傲慢：真主创造“阿丹”后，便对众天使说：“你们向阿丹叩头。”于是众天使便都遵旨而向阿丹叩头，唯独伊卜利斯拒绝叩头。真主问其原因，他说：“我比他优越，你用火造我，用泥造他。”真主说：“你从这里下去吧！你不该在这里自大。你出去吧！你确是卑贱的！”并下令将伊卜利斯及其跟随者都打进火狱。参阅《古兰经》第7章11–19节。（译者、编者合注）

它在大海面前十分羞愧。
它说：“我怎能同大海相比？
它广阔无边，我毫无价值。”
由于它谦卑地对待自己，
珠贝便把它孕育在怀里。
而苍天陶冶了它的性情，
使它变成明珠一举闻名。
低下能升至崇高的地位，
推开卑贱之门便是高贵。
识广学深者有谦逊美德，
繁枝垂地是因挂满硕果。

## 故事二　一个高尚的青年

有一位青年博学而高尚，
乘船来到罗马一个海港。
人们见他聪明又有才智，
便把他径直领到清真寺。
一天，寺里的阿訇对他说：
“请去铲除垃圾，扫净院落！”
这位过路人一听干这事，
立即走出大门，不再回寺。
寺院的阿訇和信徒们都想：
“这穷小子干这活还不恰当？”
一天，“司事”看到他在街头游逛，
说：“你毫无礼貌，太令人失望。

孩子啊！你真自傲而自负——
难道有谁不在为他人服务？”
诚恳的话语使青年落泪，
说：“朋友啊！谢谢你的劝慰！
我看到那里洁净而无灰尘，
可我却是一个肮脏的人。
最后毅然离开清真寺，
是因怕污染这块纯净之地。”

### 劝诫

苦行僧的修炼方法只有一个——
就是永葆清苦贫寒的生活。
若欲高风亮节必须谦虚——
达此房顶只有攀此木梯。

## 故事三　当土盆扣在巴伊兹身上

听说在新春佳节[①]的清早，
巴亚齐德[②]已在浴室洗完澡。
突然从一个楼顶倾倒下土盆，
尘土落满了他一脸一身——

---

① 新春佳节：伊朗的新春节日，是在每年伊朗太阳历的元月一日，大体相当于公历的3月21日，或我国农历的春分。（译者注）

② 全名巴亚齐德·布斯塔米（？—885），生活在九世纪的著名苏菲大师。（译者注）

弄脏了他的胡须和头巾，
他用手掸了掸头上的灰尘。
说道：“我啊！说不定会下火狱，
为这点尘土不值得生气。”[①]

## 哲理

伟人们从来不只考虑自己，
真主的信徒不该自私自利。
伟人不应依恃虚名和胡言，
不要因地位高就夸夸其谈。
谦虚能够提高自己的威望，
盛气凌人只会使名声下降。
趾高气扬只会名落孙山，
野心勃勃往往适得其反。
傲慢中找不到信仰之路，
自私自利者不会虔信真主。
你若像小人争权夺利，
必定对他人轻视贬低。
聪慧明智的人从不认为：
傲慢者必有崇高的地位。
如果你能不去追名逐利，
人们便会把你齐声赞誉。
谁若本事不大，架子不小——
只会受到才智之人的耻笑。

① 苏菲修行者认为嗔怒生气就是恶魔，所以说会下地狱。（编者注）

当你傲气十足，不可一世——
人们看你，也是不屑一视。
智者从不随意把他人讥刺，
即使他的地位远远比你低。
多少人爬到高位，却又掉下——
接替者可能就是自己部下。
我认为即便你是纯洁无瑕——
也不该对人随意指摘詈骂。
我像朝觐克尔白[①]的信士，
他却似酒鬼醉卧在酒肆。
对信仰虔诚者应当鼓励，
对酗酒闹事者却该训斥。
我完成拜功，不求有人赞许，
忏悔的大门，从未对他关闭。

## 故事四　两个忏悔者

我听人说过这样一个故事：
在尔萨（愿主祝福他）时期，
有个人徒然浪费自己的生命——
他想浑浑噩噩地虚度此生。

---

① 克尔白：阿拉伯语的音译，意为“立方形的房屋”，中国穆斯林称其为“天房”。麦加禁寺内的一座方形石殿，其殿用麦加近郊山上的灰岩石建成。在其东面外墙的壁龛里，镶有一块黑色陨石，被视为上天降下的圣物。穆斯林祈祷时都要面向“天房”。（译者注）

这个臭名昭著的无耻之徒——
魔鬼在他面前也自愧不如。
他的生活没有丝毫价值——
他不使任何人宁静安逸。
他缺少智慧，只有装腔作势——
肚里装满亵渎神灵的歪理。
由于他罪恶累累，罄竹难书，
以致玷辱自己高贵的家族。
他偏离开主划定的正道，
他从来不听智者的劝导。
人们纷纷远离他——像逢灾年，
人们向远处眺望——新月[①]快现。
他骄奢淫逸的谷堆终遭焚毁，
连一粒善行的小麦也未积累。
他淫荡、犯罪，却拒不悔过，
日夜昏天醉地，寻欢逐乐。
他的罪恶写满了记事簿，
此外，再没有什么值得记录。
听说一天尔萨到田野游玩，
回来的路上经过一个修道院。
修道士立即走出隐居室，
来到他的足前扑膝跪地。

① 新月：即形状如钩的月牙儿。按照伊斯兰教惯例，进入或结束斋月前夕，人们都要进行“看月”活动，也即以肉眼观察新月。如果观察到新月出现，第二天便进入斋月或结束斋月。（译者、编者合注）

这位被厄运缠身的罪犯，
像灯蛾飞到摇曳的烛光前。
羞愧使他感到困惑难堪，
像苦修僧得到金钱万贯。
他面带惭怍，求尔萨谅解——
不知何时白天才替代黑夜？
他悲伤至极，目如雨注——
“遗憾啊！我的生命竟然虚度。
我空掷了宝贵的生命、金钱，
而没有用它去施惠行善。
谁若像我这样无益地生活，
索性死去，死能胜过活着。
不在少年时空度时光——
到老年才不会徒然悲怆。
主啊！请对我的罪恶赦宥[①]，
惩罚会使我万分忧愁。”
愧怍使得他低垂下头，
悲哀的泪水满面横流。
在角落里，一个有罪的老人，
这时呼唤道：“请给我以同情！”
修道士昂起傲慢的头颅，
他紧皱着眉头，满脸嗔怒：
“怎么突然冒出这个倒霉鬼！

① 这句诗典出《古兰经》第38章35节：“我的主啊！求你赦宥我！”穆斯林忏悔之时常常引用此话。（译者、编者合注）

这蠢货为什么把我们尾随？
你已经枉自空度一生——
最后，将被投进炼狱中。
即便同尔萨和我并坐一起，
对消除你的罪恶能有何益？
与其走向火狱时身负重担，
不如祈祷真主把罪恶减免。
我为他人的不幸而悲怆，
但愿火刑不会降我头上。
当复活日时人们相聚一起，
主啊！不要把他和我并提！”
这时至伟的主悄然而至，
它向有福的尔萨这样启示：
“虽然修士聪慧，老人愚痴，
但是我却并不厚此薄彼。
人们都向我哀泣和悲叹——
我要让不济的时运好转。
不论谁向我哀声地乞怜——
我都不把他推出慈悯的门槛。
知耻者，正因为敬畏真主，
才能升入天堂安享清福。
复活日时，老人不应当羞惭——
或许智者下火狱，愚者却升天。
我要宽宥他的一切罪愆，
准许他升入天堂，给他恩典。
他因犯罪而痛苦地叹息，

而修士一心只考虑自己。
他不知道在至圣的主的面前，
必须谦恭，而不应固执傲慢。
对徒有外表，而内心丑陋的人，
不用钥匙，便可进入炼狱之门。
如想迈进天堂的门限，
与其自私、恭顺，不如贫困、可怜。
作为好人，就应忏悔过失，
以使真主难免接受自己。

## 劝诫

善战者不夸耀自己骁勇，
善骑者能把球控制在手中。
因对开心果要剥皮吃仁，
便有人以为：洋葱剥皮后也会有仁。
祈祷若不虔诚，有何用处？
应去忏悔过失，以求宽恕。
无论是放荡不羁的酒徒，
还是俭朴修行的清教徒。
都应当虔诚、纯洁、勤恳、朴实，
但不要超过穆斯塔法先知。
不要因为厌恶漆黑颜色，
便过分地喜爱洁白颜色。
若崇拜造物主，蹂躏主造的物，
只是一味祈祷，能有多少用处？
智者的教诲应当铭记，

萨迪的劝诫不该忘记。
虽是罪人，但能敬畏真主，
强过修士，他若只知祷祝。

## 故事五　一位身穿褴褛衣服的法学家

一位身穿褴褛衣服的法学家，
来到法院，在审判席上坐下。
法官注视着他，目光带有怒意，
礼宾官拉他的衣袖：“快站起！”
在这台上没有你的座席——
请坐下面，或在一旁站立！
并非人人都可坐在法官席——
荣誉和地位靠知识和运气。
但愿没有人再次见到你——
对你羞辱，本身便是惩治。
座位高低，应符合人的尊卑，
位低者，座位也应显示低微。
未踞高位，切勿不可一世，
没有利爪，不要凶猛如狮。”
这位衣服破烂的才智之士，
面带敌意地从座席上站起。
他无可奈何地一声叹息——
从台上走下，坐到观众席。
法学家们开始进行辩论，
各自抒己见，彼此间提问。

哗然喧闹的大门突然开启，
谁是谁非，争论得面红耳赤。
有如一群善斗的大公鸡，
用利爪尖喙纠缠在一起。
这个人像个醉汉失去理智，
那个人怒气冲冲两手捶地①。
两人绞在一起，像个死结——
他们的争执，无人能够解决。
最后一排，有个人身着破衣，
他大吼一声，好似草原雄狮。
说：“啊！既然都是先知的信士，
就该努力阐释教法和天启②。
都应以理服人，言之有据，
不该以高声吵闹，取代说理。
我愿高举智慧之棍把‘球’击打。”
他们说：“既有高见，就请讲吧！”
因他引经据典，句句在理，
当他言词滔滔，人们不语。
他能言善辩，令人瞠目结舌，
深入人心，如在宝石上铭刻。
人由表及里地剖析问题，
把错误的论点一一驳斥。
从各个角落，啧啧的赞声四起：

① 两手捶地：伊朗古代的法院、会议厅等都是席地而坐。（译者注）
② 天启：指真主的启示，这里指《古兰经》。（译者注）

“对你的才学智慧理该称誉。”
他骑着语言骏马飞速奔驰，
法官却像蠢驴陷进泥沼里。
法官解开缠头巾[①]，走下高位，
向他表示自己的尊崇和钦佩。
说：“遗憾啊！有眼不识真人——
我衷心地感谢您的光临！
您有如此渊博的知识，
可惜穿戴却如此褴褛。”
礼宾官献媚地来到他身边，
用法官的头巾往他头上缠。
他一边摆手，一边拒绝说：
“去！我不要这高傲的绳索。
我的头巾若有五十盖斯[②]长，
不比这旧头巾更令人敬仰！
人们都会尊敬地唤我毛拉[③]，
他们在我眼里却很低下。
不论金罐、陶罐，有何不同，
假如里面的水都很清澄？
我的大脑若不智慧聪明，

---

① 法官：指伊斯兰教法官，多是由宗教专职人员阿訇担任，他们头上都缠有白色的头巾。（译者注）

② 盖斯：古代的长度单位。一盖斯约合三英尺，五十盖斯约合一百五十英尺。（译者注）

③ 毛拉：原文为阿拉伯文，意为“先生”、“主人”，后来成为一些国家的穆斯林对伊斯兰教学者的尊称。（译者注）

那漂亮的缠头巾又有何用？
我何必要把头徒然缠大，
若腹内空空，不正像南瓜？
头巾和胡须不值得骄傲——
头巾如棉絮，胡须似干草！
与其巧啭舌簧，言不及义，
不如坐在一旁，哑然不语。
应根据才智确定地位高低，
勿像土星[①]——虽高傲，却不吉利。
芦苇空空，却把自身蹿高，
甘蔗一心积蓄甜的味道。
即使你有成百的奴仆相随——
我也不认为你有超人的智慧。
有个玻璃球说得多好哇——
当贪婪的傻子从地上拣起它：
'哪怕是一文钱也无人买我，
不必愚蠢得用绸巾把我包裹。'
野草哪怕和牡丹放在一起，
也不会徒然增加自身价值。
才学高低，不在于有无万贯，
驴终归是驴，即使身披锦缎。"
法学家用这滔滔的辩词，

① 土星：太阳系第六颗行星。古人误认为它是距地球最远的行星，而且最大（实际上比木星稍小些，但比地球大750倍），并因在其周围有个光环，所以人们便用它来象征高傲和不吉利。（译者注）

清除了人们对他的蔑视。
冷言冷语，能够刺痛人心，
敌人倒下，警惕也别放松。
致命一击，使敌人一蹶不振，
抓紧时机，抹掉心上的灰尘。
他的反击，使法官束手就擒——
说："这件事对我是惨痛的教训。"
法官紧紧咬着懊悔的手指，
如星的两眼向他炯炯而视。
之后，高洁的法学家毅然离去，
没有人知道他去了哪里。
高官显贵们立即举座哗然，
嚷道："哪里冒出这个无赖汉？"
法官却立即派人到处寻找，
说："谁有他这高雅的情操？"
有人说："如此的德美才高——
只在萨迪身上才能见到。
他的话，听来逆耳，但却有益——
赞颂他，需要用十万诗句。"

## 故事六　修士和王子的故事

有位王子居住甘芝[①]城里
他心地不善，好倚仗权势。

---

① 甘芝：阿塞拜疆西部城市。（译者注）

他唱着歌曲，闯进清真寺，
喝得昏醉，酒杯握在手里。
有个修士正住在寺里，
他能说会讲，心肠仁慈。
他每天都在寺里设坛讲经，
因并非学者，只有少量听众。
王子对他狂傲而不尊重，
周围的人无不感到气愤。
王子完全无视他的修行，
认为他没有资格释义讲经。
大蒜比起花香，气味更浓，
丝竹悠扬，却低于鼓声。
即使你阻止不住他这愚蠢举动，
也不能袖手旁观，无动于衷。
如若不能对他以正言教训，
也要良言劝他做人应有善心。
假如无力制止，他又不听劝告，
那就请德高信徒向主祷告。
此时有人来见隐居的修士，
边泪流满面，边呼天抢地。
“请你祈主惩治这无耻之徒，
我们无力阻止，也未能说服。
明智高洁者向主的敬祈，
将胜过七十把刀枪剑戟。”
见多识广的修士开始祷祝，
说道：“啊！统管世界的真主！

这孩子现在是多么地欢娱！
主啊！愿他一生都幸福无比！”
有人问道：“啊！可敬的修士！
你为这人祈福，是何道理？
当你为作恶的歹徒乞怜，
就是想让全城遭到灾难。”
修士富有远见，智慧聪明：
“不知我的用意，不该激动。
我不愿在他面前夸夸其谈，
却想好语劝慰他洗心革面。
不论谁，只要能改悔前非，
便能升到天堂，永世快慰。
谁贪恋饮酒①，只图五天快活——
也就等于放弃永久的欢乐。”
明智修士的这些话语，
有人如实地传达给王子。
初听，高兴得眼中泪水蓄满，
顿时，后悔的泪雨纵横满脸。
他心中燃起兴奋的火焰，
羞惭的眼睛紧盯着脚面。
他向善良的修士派去使者，
带话给修士说：“请挽救我！
烦劳您有机会能来这里，
以指正我的愚昧和无理。”

① 伊斯兰教禁止饮酒。后面王子的捣毁酒店及禁酒举动，说明他的改邪归正。（译者注）

卫队在宫门前列队欢迎，
善于规劝人者走进王宫。
他看到：这里正举行宴会，
满桌佳肴，人们醺醺欲醉。
一个半醉，一个人事不醒，
一个吟诗，酒瓶尚握手中。
一边是歌女轻柔地演唱，
一边是酾客频斟着佳酿。
在场的客人都饮得昏醉，
琴师也如竖琴半卧半睡。
侍从们一个个半闭双眼，
圆睁着眼的只剩下水仙。
阵阵的铃鼓配合着竖琴，
低迴的曲调夹杂着尖音。
王子下令，酒盅摔成碎片，
纯酒洒地，坛底只剩沉淀。
他摔掉竖琴，打碎二弦琴，
狂荡无羁地走出了宫门。
他来到酒店，砸碎酒坛，
又把酒葫芦一劈两半。
他打翻玉盅，倾尽葡萄酒，
好似杀死白鸭，鲜血外流。
酒如同婴儿须经九月孕育，
历经磨难才从坛母中出世。
像人们撕裂香麝的肚脐，
血泪从它的眼眶中外溢。

他下令把院中的石搬掉，
要把院落干净彻底打扫。
因为酒的颜色如红宝石，
洗不掉落在石上的痕迹。
不必奇怪，若阴沟不再通畅——
因为倾倒进的是这种酒浆。
此后，假若谁还当众饮酒，
人们要敲鼓似地击他的脑后。
此后，假若谁还怀抱竖琴，
便会有人揪着他的耳朵教训。
当老年人[①]在角落敬祷真主，
青年人却扬起高傲的头颅。
父亲[②]曾多次把儿子教训：
“应当行为端正，言之有信！”
父亲为惩罚他，关他禁闭，
这些措施，都没有产生效力。
信士若这样粗暴地训教：
“应快把幼稚和愚蠢抛掉！”
那位狂傲的青年不会听从，
会下令杀死这苦行的贫僧。

## 哲理

战斗的怒狮不会把盾牌放下，

① 老年人：这里指国王，后面的“青年人”指王子。（译者注）

② 父亲：这里指国王，后面的“儿子”指王子。（译者注）

面对着利剑，猎豹并不惧怕。
温柔能把仇敌的皮剥下，
粗暴却能把朋友变作仇敌。
由于铁砧总是把面孔板起，
铁锤才不客气地把它敲击。
对待艾米尔[①]态度不要生硬，
即使他粗暴，也要对他尊敬。
对人们的态度应温和、适中，
对上级和下级应有所不同。
你若软弱，下级便不服从，
你若话甜，上级也会听从。
能说善道，便能获得成功之球，
恶语伤人，最终必定吃苦头。
应向萨迪学习动听的话语，
脾气暴躁会使你接近死期。

## 故事七　愁眉苦脸会使蜂蜜变味

面带微笑者像出售蜂蜜，
能使人们的心感到甜蜜。
假若谁带着冰糖或者甘蔗，
尾随的顾客会比苍蝇还多。
即使在他的托盘里放着毒药，
也会被视为蜂蜜而吃掉。

① 艾米尔：古代用于酋长、首领、亲王、王子、公爵的尊称。(译者注)

有个小商贩总是愁眉苦脸，
在市场上，不时地长吁短叹。
一天，他走街串巷叫卖蜂蜜，
他脸色愁苦，双眉紧蹙一起。
他一边叫卖，一边走来走去，
就连苍蝇也不理睬他的蜂蜜。
直到傍晚，也未挣到一个硬币，
便坐到墙角，十分苦恼悒郁。
像逆民受到警告——满面愁容，
像犯人适逢节日——内心忧痛。
他的妻子幽默有趣地说道：
“愁眉苦脸会使蜂蜜改变味道。”

## 哲理

抛进火狱——是因秉性邪恶，
心地善良——才能踏进天国。
宁肯伏在小溪边痛饮清水，
也不在吃蜜时，看他人皱眉。
虽是酒宴，若主人苦凄着脸，
也不该去吃他的面包一片。
先生啊！不要总满面愁容，
脾气乖张，并不能摆脱厄运。
依我看：你徒有家财万贯——
若缺少萨迪的蜜语甜言。

## 故事八　圣贤与醉鬼

听说有一个虔信主的圣贤，
被一个无耻醉鬼揪住衣衫。
无赖从圣贤身后猛击一掌，
圣贤却神态平静，并不反抗。
某人说："你真不像个男子汉，
不辨是非的忍耐——令人遗憾！"
心地纯洁的圣贤这样回答：
"请不要对我说如此的话。
一心想与雄狮搏斗的好汉，[①]
不会理睬无事生非的醉汉。
若与昏醉的蠢人揪打一起，
不会受到才智之士的赞誉。
任凭他人粗暴，我却温和——
这便是智者的处世原则。"

## 故事九　被野犬咬伤的人

有个人在荒芜的田野居住，
因被野犬咬伤而十分痛楚。
他疼痛难忍，夜不能眠，
家中只有一个女孩陪伴。

---

① 雄狮：指自身的欲望和自性。（编者注）

女孩却对父亲冷言相讥：
“你怎么就没长尖锐的牙齿？”
当他撕心裂腑的疼痛消失，
便说：“小姑奶奶啊！你该懂事——
即使我的牙齿很尖，力气也大，
却不能用牙去咬，同人打架。
即使在我的脖颈上架着钢刀，
我也不会用牙齿去咬野狗的脚。
我能把卑劣的歹徒战胜，
却不能学野犬——咬人成性。”

## 故事十　善良的主人

有一个闻名世界的智者，
他的仆人十分卑劣缺德。
这个恶棍的头发弯弯曲曲，
总面带愁容，双眉紧皱一起。
他似毒蛇——牙上沾满毒汁，
他就像来自丑陋的城市。
他因害眼疾，不时流着泪水——
像葱头把人眼熏得簌簌落泪。
他烧饭时，总是闷闷不乐，
就餐时，便坐在主人旁侧。
他虽时常和主人同杯共饮，
但对主人的饥渴却不闻不问。
全都无用——不论打骂或者规劝，

家里就像被捅掉的蜂房一样杂乱。
他有时在路上倾倒垃圾，
也有时把鸡鸭赶进井里。
他惧怕的神色时挂眉间，
让他办事常常有去无还。
有人说："对于这样的奴仆——
何必还保持容忍的态度？
应当打这无耻之徒一顿，
卸掉他的职务，另买一人。
我可赠送你一个好奴隶，
而把他拍卖于奴隶市中。
应卖掉他，哪怕只值一文，
善心虽可贵，却不值一文。
善良的主人听完这劝诱，
笑着说道："啊！豁达的朋友！
虽然这小奴没有好的品质，
但我高尚的德行却应保持。
我既能忍耐他的无耻行径，
也就无视于人们的议论。
虽然忍耐开始时犹如毒汁，
但美德终能把毒汁变为蜂蜜。"

## 故事十一　玛鲁夫的故事

某人仰慕玛鲁夫·卡尔赫[①]，

① 玛鲁夫·卡尔赫：生活于八世纪著名的苏菲大师。（译者注）

总以他为榜样，待人谦虚。
听说，临终前，当他卧病在床，
有一个朋友前来把他看望。
他鬓发脱尽，面色十分憔悴，
如重物悬于发丝——已经垂危。
夜晚，当他开始临近死期，
痛苦地发出一声声叹息。
他整夜地哀号，不能安睡，
扰得其他人也难以入寐。
他的性情躁烈，心神不安——
使得人们也都心烦意乱。
当他的一声声嚎叫传出——
人们便都踏上逃走之路。
这里的居民对于玛鲁夫，
全都无能为力，无措手足。
听说，有个奴仆那夜服侍他，
当人们欲逃，便把这话讲给他：
“有一个夜晚，我十分困倦，
却须强打精神，不能睡眠。
有一刻我的睡眼合在一起，
听到人们说的零散的话语：
‘愿这卑劣的家伙不得好死！
他实在自私自利，虚伪无耻！
他看来信仰虔诚，纯洁无瑕，
实际上满腹邪念，连篇谎话。
这饭囊整日整夜昏昏入睡，

恭候的奴仆却无憩息机会。”
他把这诅咒讲给玛鲁夫听，
说：“为什么你一次也没有苏醒？”
仁慈的智者听后一言不发，
当时妻妾也在场听见这话。
其中一个对玛鲁夫说道：
“可听见穷小子发的牢骚？
去吧！告诉他们自找出路！
若满口咒语，就请去别处！
并非对所有人都要善待，
对邪恶者不能慈悲为怀。
不要让作恶者高枕无忧！
应当让他碰得头破血流！
善心人啊！不要对恶人行善，
这像蠢人把树苗种在碱滩。
对于人民应当躬行仁义，
但对坏人却勿予以体恤。
对粗鲁的人不能待之温和，
正像不能对野犬柔情抚摸。
应当爱抚忠于你的义犬，
对忘恩负义者却勿施善。
若对连水都吝啬的人恩惠，
这种惠泽也应如字写在冰水。
我从未见过有谁如此无义，
对于这样的人不应当怜恤。”

正当爱妾对奴仆们连声指摘，
这善心的老人大叫起来：
“走开！快回自己房间歇息！
你这些话简直语无伦次。
他因整夜不寐，才牢骚满腹，
现在说出来，心里也就舒服。
未尝不可听听这些骂声——
否则我心里也不会平静。”

## 劝诫

你若荣幸具有强大的膂力，
便应把病弱者的重担挑起。
假若你死于魔法和符咒，
肉体和名声均将化为乌有。
你若能把慷慨之树培育，
终将会吃到美味的果实。
只有把骄傲的冠冕抛弃，
福运才可能使头颅抬起。
骄傲者生怕别人小视自己，
岂不知决定声誉的是知识。
请看卡尔赫[1]有多少坟冢，
但只有玛鲁夫最为有名。

---

① 卡尔赫：地名，在伊拉克巴格达附近，玛鲁夫·卡尔赫葬于此地。（译者注）

## 故事十二　无赖和智者

一个无赖对于一个智者贪得无厌，
而智者并未满足他的心愿。
无赖从智者的腰间解下钱袋，
金币像泥土似的被扣出来。
乞钱的无赖跑到小巷大街，
当着众人对智者肆意污蔑：
“请看看他的心有如毒蛇，
虽穿僧袍，却像豹子凶恶。
他像小猫那样双膝跪地，
当见到猎物，便像猎犬扑去。
在家不能像在猎场驰骋，
便把阴谋在清真寺运用。
强盗常在要道抢劫旅商，
而他们的外表同百姓一样。
他把黑的白的全缝在一起，
用花言巧语把黄金收集。
他卖大麦，却拿小麦给人看，
为收集谷物，夜间外出乞怜。
别看他祈祷时年老体弱，
其后，却像青年那样跳舞、唱歌。
为什么他跳舞时可以蹦跳，
却一定要坐着来进行祈祷?

穆萨那把手杖法力无边——
虽然样子瘦黄，像根苇秆。
他既不清廉，也不博学，
想的只是用信仰去换取世界。
虽然他常身穿先知的披肩，
但黑人用钱能令他换上女衫。
宗教法规对他毫无影响，
每天睡到晌午，之后吃馕。
他肚里装满了各种食品，
像篮里的食物五花八门。
我不想再作更多的描述，
他的表现已经丑态百出。”
他无中生有地大肆污蔑，
虽毫无根据，却滔滔不绝。
一个人若是这样的无耻，
哪还会考虑他人的名誉？
有人向智者转达这话语——
虽是事实，但做法却不可取。
背后说人坏话当然不好，
之间传话挑拨离间更糟。
当有一箭射来，落在地上，
没有射中，我便不会受伤。
而你却把它拣起，跑向我——
用它狠狠地刺入我的身侧。
品行高洁的智者这样说：

“我的缺点比他说的还多。
他说我的坏话不值一提，
不到我所知的百分之一。
凭空捏造的为不实之词，
最了解我的应是我自己。
他同我的接触仅此一年，
怎了解我七十年的缺点？
对世界了如指掌的只有主，
此外，知我缺点的难再找出。
人们往往从好的方面看，
认为人不过有这些缺点。
他若在终审日时对我指控——
火狱有何可怕？我是行善一生。
假如谁对我无端地毁谤——
来吧！我倒看看他的处方！”

## 哲理

谁走在主指出的正道上，
谁就能把灾难之矢抵挡。
应当抛掉骄矜自大之冠——
而该俯首戴上真理之冕。
谦虚吧！应把虚荣之皮撕烂！
智者才能将无赖的重物承担。
工匠能用粘土制成酒坛，
谩骂却把它砸成碎片。

## 故事十三　萨里赫国王

萨里赫是沙姆的一个国王，
清晨他同奴仆到宫外游逛。
他在街衢和市场中乱窜，
按阿拉伯习俗半遮脸面。
他的思想开明，能救穷济贫——
这样的国王，只萨里赫一人。
清真寺躺着两个达尔维什，
他们精神沮丧，内心苦痛——
由于天冷，他们彻夜未眠，
像变色龙，在把太阳企盼。
他们中的一个这样说道：
“或许今天终审日已经来到！
当今国王总是不可一世，
只知吃喝玩乐，荒淫无耻。
他若和穷人都升到天国，
我会低头俯身，变块青砖。
今天我们两脚套着锁链，
身躯就须承担天堂大殿。
此世我们何曾有过快乐，
彼世也仍要过劳累生活。
萨里赫若前来天国花园，
我要用砖把他的鞋砸烂。”
萨里赫听到达尔维什的话语，

才知惠泽未达这一个角隅。
他返回后，等到太阳的眼睛——
开始慢慢闭上，进入沉沉的梦境，
便派人把两个达尔维什请来，
为表示尊敬，给以隆重招待。
为他们降下慷慨的甘霖，
为他们洗净卑微的泥尘。
历经了长期的饥寒和风雨，
他们和王公贵族坐在一起。
这两个衣不蔽体的穷汉，
如今却穿上熏香的衣衫。
其中一个悄悄讲给国王听：
“啊！全世界都对你唯命是从！
高贵者才该享受这种光荣，
而我们是奴仆，实在受宠若惊。”
国王高兴得像盛开的鲜花，
微笑着对达尔维什这样回答：
“因对侍从的傲慢我总怂恿，
才使他们不对饥苦者同情。
你也因此对我心怀恶意，
即便到天国也同我对立。
今天我把和解的大门开启，
明天请别将友好之门关闭。”

## 劝诫

如果你踏上幸福的路途，

不要忘记对达尔维什匡助。
假如今天不种下善的种子，
明天便采不到“图巴”[1]的果实。
不行善事，便不会结福运——
成功之球，依靠怜悯曲棍。
你慷慨之灯，何时才能见光明？
自私者，就像把水注入油灯中。
慷慨者有如烈火燃在胸间，
它远胜过一支蜡烛的光焰。

## 故事十四　天文学家古史雅尔

某人对于天文一窍不通，
却像喝醉了酒傲然气盛。
他远道而来，同古史雅尔[2]会见——
虽然一无所知，态度却很傲慢。
智者只是静静地闭着双眼，
半天也不向他发出一言。
直到这受冷落者告别的时刻，
才抬起头来向他这样说：
“你自以为天下事无所不知，
这就像在器皿中盛满东西。

---

① 图巴：据说是天堂中的一棵树，它的枝叶十分繁茂，能伸向天堂中的各个大厅，大厅不同，其枝所结的果实也不相同。（译者注）

② 古史雅尔：十一世纪时著名的天文学家。（译者注）

既已满足，便不想再学知识，
虚怀若谷，才会产生求知欲。”

### 劝诫

世上的人们应有萨迪的品质——
总是谦虚，不断地求知进取。

## 故事十五　奴仆的祈祷

有个奴仆竟然发起脾气，
对国王的命令置之不理。
国王因此气得勃然大怒，
命令侍卫：“砍下他的头颅！”
杀人不眨眼的凶狠的刽子手——
他的利剑，像嗜血成性之口。
听说那位奴仆忧郁地说：
“真主啊！请赦免他的罪恶。
就像亲友祝他寿高福宏，
愿他生活安逸，永留芳名！
不要因为今天把我处死，
明天却使他的敌人欢娱。”
当国王听到他这话语，
愤怒的情绪渐渐平息。
国王亲吻他的脸颊和眼睛，
主已下令放倒战旗，停息鼓声。
宽容能够转危为安，

使可怕的命运得到好转。

### 劝诫

这个故事说明：像水能灭火——
平息怒气靠语言温和。
朋友啊！对愤怒之敌须谨慎，
克制钢刀，依靠的应是柔韧。
君没见到：为防备飞矢利剑，
甲胄里衬垫着百层锦缎。

## 故事十六　达尔维什学狗叫

在虔诚贫僧藏身的废墟中，
有人听到一只黄犬的吠声。
自忖道：“哪里来的狗叫声？”
于是问：“这里没有住着达尔维什？”
他没有发现任何狗的踪影，
只见信仰神秘论的苦行僧。
他面带羞涩地准备退回——
为自己的冒昧十分懊悔。
达尔维什听到脚步的声音，
说：“哈！干嘛站在那里？请进！
聪睿的贵客啊！不要认为：
刚才狗在叫，那是我在学吠。
由于我懂得谦卑的它包含有伟大、博学、才智。
人们再低贱也要比狗强，

因此我便像狗那样叫声汪汪。”

### 哲理

如果你想将来飞黄腾达，
就须沿着谦虚的斜坡向上爬。
只有首先把自己看得低微，
才能超越他人，获得高位。
山洪虽带轰响，令人恐惧，
但它最终要从高坡直泻谷底。
露珠由于十分卑下谦虚，
才被天空垂怜，带往明星。

## 故事十七　哈帖木装聋

一伙人在一起谈天说地，
不相信哈帖木[①]是个聋子。
清晨，传来苍蝇的嗡嗡叫声，
原来它落入蜘蛛的网中。
蜘蛛沉默不语，却本性邪恶，
苍蝇视网为糖，则戴上枷锁。
谢赫[②]见此，从中受到启迪：
“贪婪者啊！难免不陷囹圄。
并非到处都有蜂蜜、蔗糖，

① 哈帖木（？—851），生于巴尔赫，是个苏菲长老，据说他是个聋子。（译者注）
② 谢赫：伊斯兰教长，或对德高望重的老人的尊称。这里指哈帖木。（译者注）

不定哪个角落，正张着罗网。”
哈帖木的一个崇拜者说道：
“虔诚的人啊！使人感到蹊跷：
你既能听到苍蝇的嗡嗡叫，
为什么我们说话却不能听到？
声音微弱的蝇声既能听清，
怎么还说自己的耳朵聋？”
哈帖木哭着说：“你很聪明！
胡言乱语，不如缄口耳聋。
谁若来和我在一起隐居，
就不会褒贬我，只会赞誉。
他们将掩饰我的缺点、过错，
倒使我的人格降低一格。
而我若不去理会这一切——
就像与他们完全隔绝。
对他们的话，我从不诘问，
他们对我，也就随意评论。
既听不到人们议论的是非，
也就可避免错误的行为。”

### 劝诫

别被赞誉的绳索拉入陷阱，
为能听到缺点，该像哈帖木装聋。
谁拒绝听取萨迪的规劝，
便不会得到幸福和康健。

## 故事十八　圣徒和窃贼

某人住在大不里士的边缘，
习惯整夜祈祷，而不睡眠。
夜里一个盗贼落入圈套——
被困在某家屋檐下，不能脱逃。
人们都被喊醒，一片喧腾，
纷纷手持棍棒，来到院中。
这时窃贼听到人声喧嚣，
深知处境危险，难于逃掉。
“抓住他”的喊叫使他惊骇，
他想：伺机逃走才是上策。
虔诚人的心软得就像蜡丸，
说：“可怜的偷儿要遭大难。”
在黑暗中他向盗贼走去，
从蹊径来到小偷那里。
说：“朋友啊！别跑！我认得你。
你蹂躏得我似脚底之泥。
有两种人可称为勇士，
但这两种人却不包括你。
一种人，敢于同强敌对战，
另一种，激战之后仍生还。
有这两种品德，才令人崇敬，
而你欺凌他人，能有何名声？
你若答应今后助人为乐，

我愿给你生路，帮你逃脱。
附近有间门窗紧闭的小屋，
那里空荡荡，没有人居住。
在那里，我们可相架在一起——
一个踩着另一个的肩翻墙而去。”
他安抚窃贼，不让他害怕，
之后把他带到自己的家。
夜盗的青年开始手提肩扛，
善心的圣徒也来帮他的忙。
不论头巾、衣物，还是鞋帽，
盗贼统统肩背，或者手抱。
人们见此，立即沸腾喧嚷：
“难道偷窃也该获赏？”
窃贼从人声喧闹中逃逸，
圣徒的衣物也随身带去。
帮助受惊吓者达到目的——
心地善良者才感到畅意。
歹徒对人从无慈悲心肠，
好心人却对他宽宏大量。

## 哲理

对智者的做法不必奇怪——
即使对恶棍，他也以善相待。
好人虽对坏人心慈手软，
坏人却从不对好人行善。

## 故事十九　善心人

某人诚挚淳朴，就像萨迪，
他同一个美女关系亲密。
他受到人们的嘲笑挖苦，
像马球被曲棍打得悲苦。
但是他不因此愁眉不展，
也不伺机报复怒容满脸。
一个人说：“难道你不忧烦？
那些恶语，不像伤人石弹？
卑微者才总是俯首听命，
胆小者才听任恶人横行。
敌人为非作歹，就须遏止，
否则会被认为软弱可欺。”
为解除那人的不安和疑虑，
他说出了贵如黄金的话语：
“我的心只用来爱恋情人，
它里面从不装一丝仇恨。”

## 故事二十　巴赫鲁勒的话

巴赫鲁勒[①]的话令人信服，
当看到暴怒的苏菲信徒：
“假如你深知真主的启示，

① 巴赫鲁勒：生活在八至九世纪的伊斯兰教学者。（译者注）

就不要同敌人厮杀不止。
若能把创世主牢记心间，
看所有人都渺小得可怜。”

## 故事二十一　鲁格曼的故事

听说鲁格曼[①]并不腰圆背阔，
而是肤色黝黑，瘦小体弱。
有个工头认为他是奴隶，
让他在工地上运砖和泥。
他受尽百般虐待和欺凌，
劳累一年终把房屋建成。
这时鲁格曼找来工头相见，
狠狠斥责，并教训了一番。
他贴膝跪地，要求恕宽，
鲁格曼微笑道：“何出此言。
整整一年，我都在苦难中度过，
对你的训诫，也就只此一刻。
我也请你谅解，啊！善心人！
愿你今后别再欺凌他人！
在夜晚你尽可安寝入寐，
我却从中更加增长智慧。
幸运者啊！不论对哪个仆从，

① 鲁格曼：阿拉伯传说中一位非常聪明睿智的贤哲。《古兰经》第31章即以《鲁格曼章》命名。（译者注）

也不论他在做什么事情——
我都绝对不会把他欺凌，
因我永将铭记工人苦衷。

### 哲理

谁若没受到强者的蹂躏，
就不会对弱者产生慈悯。
即便暴君对你恣意欺压，
也不该对他的手下人辱骂。
巴赫拉姆国王说得精彩：
大臣“为难下属实在不该”。

## 故事二十二　一条老犬

听说朱乃德[①]在萨那草原，
见到一条没有牙的老犬。
它曾用利爪捕获过雄狮，
但现在衰弱，像年迈的狐狸。
即使它捕捉过野羊和小鹿，
也仍遭部落中绵羊的欺侮。
当有人扔给它半只幼犬肉，
它更难以名状痛苦和烦忧。
据说它边诉苦边泪流涟涟：
“有谁能比我们的命运更悲惨？

① 朱乃德（？—910），生于巴格达，著名苏菲大师。（译者注）

虽然，今天看来我比它要强，
但谁知何时，苍天赐我死亡。”
我信仰之足尚未滑倒地上，
是因真主把宥赦之冠恩赏。
我若没有这套知识的外衣，
就难有像今天这样的荣誉。
这狗备受歧视，虽生犹死，
虽然它还没被送往火狱。

### 哲理

萨迪永远在正道上行进，
但他从不吹嘘，唯我独尊。
那些连狗也不如的小人，
却自以为尊贵得超过天神。

## 故事二十三　酒鬼和一个穆斯林

有个酒鬼将弦琴紧握在手，
夜里，用它打破一个穆斯林的头。
第二天，那心善的穆斯林，
却惠赐酒鬼一大把金银：
“昨晚，你大醉后，找个借口，
无故把我打得头破血流。
我已转危为安，因怕你挂念，
所以专程为你送来银钱。”

哲理

谁若事事都能以他人为重，
谁也能得到真主的垂青。

## 故事二十四　一个隐居者

听说有位大人在瓦赫士①，
选择了一个幽僻住所隐居。
他虽独身，却并非达尔维什，
从不伸手向人乞求怜悯。
幸运之门总是向他开启，
居民之门却常对他关闭。
一个善于辞令者心地不良，
他肆意对这善良的人诽谤：
“应提防此人的歹意贼心——
他会像魔鬼代替所罗门②。
他像个猫儿，不时地洗脸，
目的是要逮只老鼠美餐。
他的苦修只为获取美名，
正像鼓声离远才更动听。”

---

① 瓦赫士：位于阿姆河的小城市。（译者注）

② 所罗门：大卫王之子，古代以色列国王（公元前970—公元前930年在位）。其在位时期是以色列历史上的鼎盛时期。传说，有个魔鬼盗窃了他刻有六芒星的戒印，替代他做了几天国王。参见第80页注①和第122页注①。（译者、编者合注）

他的言词蛊惑了众多男女
人们欢呼着在他周围麇集。
听说瓦赫士的智士泪流满面，
说道：“主啊！请把你的奴仆恕宽！
至圣的主啊！他若说得在理，
就请宽宥我！不要置我死地！
他向我揭示了我的缺点，
我因明了这些而感到心欢。”

## 哲理

欢乐时，谁若劝你：“别忧烦！”
就对他说：“滚开！不要胡言！”
假如蠢人说：“麝香已腐败。”
你便收走，他定沮丧颓败。
他若问：“洋葱有辣味，说明已腐败。”
你就说：“这是你的大脑已腐烂。”
敌人欲用咒语堵住人的嘴巴，
却阻不住心明眼亮的人说话。
谁若聪明智慧，善于分辨，
便不会受到魔法的欺骗。
如能清楚了解自己的职责，
心思不正者也就不会饶舌。
若能待人豁达、宽厚仁慈，
即使恶人也难吹毛求疵。
你的错误若被敌人利用，
那就改正它，反其道而行。

若能诚恳指出我的缺点，
便是对我的最大的友善。
把黄色金属拿到火中冶炼，
是金还是铜，也就不难分辨。

## 故事二十五　阿里的故事

某人遇到困难请教阿里，
或许他能阐明这个问题。
艾米尔[①]能开拓疆域，俘获顽敌，
也有渊博的知识解答难题。
听说在场旁听的有个人，
说道："没答对，艾布哈桑[②]！"
驰骋疆场的雄狮毫无忿怨，
却说："你若知道：就请谈一谈！"
他尽其所知，做了详细阐述，
光的泉眼[③]不应被泥土遮住。
勇士之王[④]很称赞他的回答，
说："错误的是我，正确的是他！
他阐明得比我精辟透彻，
难有人能比他知识渊博。"

① 艾米尔：在这里指阿里。（译者注）
② 艾布哈桑：对阿里的尊称。（译者注）
③ 光的泉眼：喻指太阳。（译者注）
④ 勇士之王：喻指阿里。（译者注）

假如统帅[1]今天仍旧在世，
也绝不会对他傲慢地蔑视。
然而门卫却可能把他逐出大门，
因他言词不恭而被痛打一顿。
骂道："今后别再胡说八道！
在大人物面前，要讲礼貌。"

## 哲理

谁若态度傲慢、自以为是，
别以为在他手中会有真理。
骄傲者拒绝知识和规劝，
郁金香不会生长在石板。
假如你来自知识的海洋，
这知识该同达尔维什分享。
君不见泥土虽然很卑贱，
但生长出的鲜花多明艳。
自我欣赏者爱夸夸其谈，
智者啊！勿轻抛珠玑之言！
如果把自己过分地吹嘘，
在他人眼里却一钱不值。
态度谦逊，才会被人称赞，
自吹自擂，不会听到赞言。

① 统帅：指阿里。（译者注）

## 故事二十六　欧麦尔的故事

听说某乞丐正坐在小路边，
欧麦尔不慎踩到他的脚面。
达尔维什不知他是什么人——
立即怒火冲天，敌友不分。
他生气地说：“你眼睛瞎啦！”
正义的首领欧麦尔回答：
“我眼没瞎。这是我的过错！
因走路不小心，请原谅我！”

### 哲理

圣洁的首领有多么仁义！
他对待平民善良而仁慈。
睿智的人总是那么谦虚，
树枝硕果累累头便低垂。
复活日时，谦虚者吐气扬眉，
狂妄的人，会羞得头颅低垂。
若害怕复活日受到惩处，
就应对他人的错误宽恕。
别对你的手下人肆意蹂躏，
因为在你之上还会有强人。

## 故事二十七　一个和善的人

某人淳厚热情、谦和慈善，
即使恶人也对他满口赞言。
他死时，有人梦中与他相遇，
问道："怎样概括地讲讲你的过去？"
他灿然微笑如鲜花怒放，
他开口讲述似夜莺鸣唱：
"所有人都对我亲热和蔼，
是因为我对人宽仁慷慨。"

## 故事二十八　佐农的故事

记得尼罗河做卖水生意，
某年不再免费供水给埃及。
有成批的人跑到山顶上，
向着苍天祈请雨水下降。
他们想用哭嚎唤来河水，
但河干涸，除非苍天落泪。
有人告诉佐农[1]这个消息：
"人民生活艰难，苦痛悒郁。
请向天兵天将祈求怜恤，

① 佐农·米斯尔（？—859），埃及著名的苏菲大师，深谙炼丹术，自称能读懂神庙内古老的象形文字。（译者、编者合注）

他们不会拒绝你的呼吁。”
听说佐农跑到麦德彦[1]，
他没去多久，雨水便降临。
二十天后，麦德彦得到消息，
滚滚的乌云，正哀声哭泣。
佐农便很快返回故乡，
春天的雨水已溢满池塘。
有位信徒暗地向他问讯：
“你一走，便降雨，是何原因？”
答道：“由于坏人到处作恶，
连鸟兽虫蚁也难以过活。
我曾细致观察，反复考虑，
无人像我这样烦敌闷郁。
我不走，是怕因我萎靡不振，
不向人们开启善的大门。”

## 哲理

学习伟人，应当仁义慈善，
他们堪称世间的圣贤。
你如果想受到人们的爱戴，
就要平易近人，待人和蔼。
伟人并不处处显示自己，
却在两世间都受到赞誉。

① 麦德彦：西奈半岛濒临红海之地，即《旧约》记载的穆萨逃亡之地——米甸。见第9页注③。（译者、编者合注）

若想离开花盆[1]时，一尘不染，
就先做脚下泥土，永不傲慢。

## 关于我自己

啊！当你踏上这片土地，
不要把我们的先人忘记。
萨迪若变泥土，有何伤心？
本来就该像泥土般谦逊！
人的肉体，终会化作土尘，
人生一世，有如过眼清风。
土尘很快就会吞噬尸体，
它的齑粉随风吹向各地。
看啊！在这繁茂的真境花园，
只有萨迪这夜莺最会鸣啭。
不必惊奇——若从这尸骨上，
有一棵艳丽的玫瑰生长。

① 花盆：喻指世界，离开花盆，喻指死亡。（译者注）

# 第五章　论命运

## 经历

夜晚，我把善思油灯点燃，
论说之灯立即明光灿灿。
虽然我的谈话语无伦次，
但却充满了美妙的言词。
即使其中包含某种邪念，
却不在内心痛苦地隐瞒。
正确的思维，善辩的辞令——
有助于教诫、言谈和修行。
而使用短剑、长矛和棍棒，
只会把他人的生命损伤。
他人并不知：我不想争战，
否则早找机会惹起事端。
我们可以使用唇枪舌剑，
用滔滔的语言代替飞箭。
来啊！来让我们进行论战！
以对方的存在作为条件。

نیازی هست از ناظر بمنظور
که می چسبد بدل چون نقش زنبور

幸福与否靠真主的惠赐，
而不靠谁有强大的膂力。
苍天究竟恩惠给谁福祉，
就看谁能按它的意旨行事。
弱者如虫蚁，能觅到吃食，
强者如狮子，靠利爪捕食。
世界万物都围绕着苍天，
一切都遵循着它的意愿。
假如你被载入命运名册，
毒蛇、刀与箭，都奈何不得。
假如你的生命临到死期，
良药会似毒品使你致死。
鲁斯坦姆因到生命末日，
他才和沙卡德偶然相遇[①]。

## 故事一　一个勇士的一生

在军队中我有一个朋友，
作战机动灵活，顽强英勇。
他的利剑总是挂着血痕，
像烤肉那样焚烧敌人的心。
一天，他把箭壶挂在身旁，
壶中的钢镞也闪着银光。

① 鲁斯坦姆：古代传说中的英雄，沙卡德是他的兄弟，用阴谋把他骗走，推入井中而淹毙。（译者注）

勇士若有野牛般的力气，
雄狮也会吓得魂不附体。
他有着百发百中的射技，
成百的敌人都被他击毙。
像棘刺扎进一个个花瓣，
他的箭矢能把盾牌射穿。
他的矛若击中敌人头盔，
敌人的头盔便应声粉碎。
箭矢之多像飞着一片蝗虫，
敌人难逃，连麻雀也难飞行。
他的膂力吓得斑豹颤抖，
能勇斗雄狮使脑浆迸流。
他的对手哪怕是法里东，
也难以抵挡住他的英勇。
当把善战之带系在腰间，
便勇气盖世，能力拔大山。
当在战场用大斧钺挥斩，
能把敌人杀得人仰马翻。
世上没有人比他更勇敢，
也找不出有谁比他更和善。
他不曾一刻把我遗忘，
始终同我有密切的交往。
我突然外出旅行，远走他乡，
是因这里已不够我的口粮。

我从伊拉克到沙姆阐讲天意，
这片圣洁土地使我舒心畅意。
总之，我历经期望和恐惧，
也饮尝各种忧苦和欢娱。
我已经饮够沙姆的佳酿，
返回故土是我殷切的希望。
偶然机会使我踏上归程，
需要再次从伊拉克穿行。
某夜，我深深地陷入回忆，
一想起挚友便万千思绪。
在我的伤痛上又洒新盐，
他的深情厚谊令我怀念。
我为见他，急忙找到军队，
以得到他的友情和宽慰。
但是他变得老迈苍苍，
身躯像弯弓，面色呈蜡黄。
满头白发，似覆雪的山顶，
白雪融化，流得满脸纵横。
苍天用其威力把他制服，
使他心虽有余，力却不足。
傲慢的世界已把他忘掉，
即便他衰弱得屈膝跪倒。
我说："啊！统率全军的雄狮！
怎么竟变成年迈的狐狸？"

他笑道："自从鞑靼人[1]进犯，
我便再没心思同敌人对战。
万杆长矛，像来到甘蔗田，
军旗猎猎，有如野火在燃。
两军交战，扬起一片烟尘，
没有福运，勇士也会败阵。
当我想对敌军发起攻击，
能用枪尖挑下敌人戒指。
但我头上若没高照吉星，
也会陷进似戒指的圈中。
我把逃跑看作唯一上策，
只有傻瓜才同命运拼搏。
头盔和甲胄能有何用处——
若明亮的吉星不予匡助？
胜利的钥匙若没有掌握——
谁能把敌国的大门攻破？
敌人勇似猎豹，力大如象，
骑士披甲胄，战马钉铁掌。
我一见敌军奔来的烟尘，
便把盔戴头上，甲胄披身。
飞腾的战马，似乌云滚滚，
闪光的刀剑，如暴雨来临。

① 鞑靼人：中亚、中东一带各民族惯称蒙古人为"鞑靼人"。成吉思汗之孙蒙哥汗即位之后，派其弟旭烈兀汗进行第三次西征，于公元 1252 年开始入侵伊朗。参见第 18 页注③。（译者、编者合注）

两支军队在战场上相遇，
就像天空正向大地出击。
乱飞的箭矢，似正降冰雹，
死亡的暴雨，也落向暗角。
为能把愤怒的雄狮捕到，
毒龙大张血口，暗设圈套。
尘烟弥漫，大地恰似天空，
刀剑如电闪，钢盔像繁星。
我们已描述敌人骑兵，
步兵则交织在盾网之中。
虽然他们射箭能穿发丝，
但福运不济也只有逃逸。
勇士们奋战能有何用处——
若胜利之神不给予救助?
并非将士兵的利刃变钝，
而是福运总敌视着我们。
从战场逃脱的任何兵士，
战袍上都沾满斑斑血迹。
箭矢没射透战袍的内衬，
我自忖：难道它坚如铁砧?
哪怕谷穗上有一百个颗粒，
所有谷粒都相继掉落在地
无人再抵御，而四散逃逸——
像一群身穿甲胄的游鱼。
假若福运慢把我们背弃，
盾牌怎可能将天意抗拒？”

## 故事二　号称“铁臂”的勇士

在阿尔达比勒[1]有个人号称“铁臂”，
他射出的箭能够穿透铁器。
有个青年，身披一块毡片，
向他走来，想要同他交战。
愤怒的青年如巴赫拉姆——
欲用绳索把勇士的脖颈套住。
阿尔达比勒人见到青年，
立即拿出箭矢搭在弓弦。
他连连射出五十支羽箭，
却没有一支穿透破烂毡片。
青年走近他，像萨姆[2]勇士——
把套着他的绳索握在手里。
然后把他拉倒军队营中，
诬他有盗窃、谋杀的罪行。
他因羞愧，整夜都未入寝，
清晨，他的卫士走来发问：
“你的利箭能把铁铲穿过，
身披破毡者怎倒把你俘虏？”
听说他边泪流满脸边说：
“可知：人到死期，休想再活！”

① 阿尔达比勒：伊朗阿塞拜疆省东部城市。（译者注）

② 萨姆：伊朗古代传说中的英雄，是鲁斯坦姆的祖父。（译者注）

每当我把刀剑握在手中，
便想有鲁斯坦姆的威风。
幸运的是我的体魄壮健，
把坚硬的铁铲视作烂毡。
但现在我的臂力已消耗完，
破毡在我的箭前有如铁铲。

### 哲理

若到死期，长矛能穿透甲胄，
未到死期，难以把衬衣刺透。
判定死刑之剑一旦举起，
对于它，坚甲和赤裸无异。
谁若正走福近，被苍天所垂青，
赤手空拳，也能把持刀者战胜。
智者多谋，却摆脱不了死神，
愚者无知，也不会提前丧生。

## 故事三　医生和牧人

有个牧人夜里腹痛难熬，
附近住着一个医生说道：
“因他吃了葡萄藤的叶子，
如能活着过今夜，便是奇迹。
宁被鞑靼人的锋镝射中，
也不让杂乱食物塞满肚中。
哪怕一口生食积存胃里，

他这愚昧生命也难延续。”
不料，当夜医生命归西天，
而蠢人却又活了四十年。

## 故事四　农民和他的毛驴

有个农民，当他的驴死后，
便用葡萄架支起驴的头。
这被有见识的老人看到，
他带着笑意对农民说道：
“孩子啊！别认为支起驴头，
它就能得到老天保佑。
葡萄藤对于驴无济于事，
它倒会可怜地枯萎死去。
医生怎知道人们的病痛？
他也将因病痛了结生命。”

## 故事五　金币

有个乞丐不幸把一枚金币丢掉，
于是，便此处彼处，反复寻找。
终于，他把失望的头转开，
这时，另一人却瞥见此币，完全意外。

### 哲理

不论厄运和幸福——均有记载，

我们每个人都被命运主宰。
获得食粮，不靠力量大小，
膂力强大者常常生活潦倒。
多少智者死于天灾人祸，
而愚昧者却健康地活着。

## 故事六　儿子和老子

儿子遭到老子痛打之后说：
“父亲啊！我可犯了什么错？
别人欺负我，你泪水滚下；
但你折磨我，我有何办法？”

**劝诫**

聪明人啊！你可向主祈愿，
但对主的判决别有怨言。

## 故事七　从富足者到贫困者

有个人叫巴赫蒂亚尔，吉星高悬；
他权柄在握，家财有万贯。
他的家族为乞丐供给饭食，
像量小麦那样，他用升量金子。
他虽然金银成山，十分昌盛，
但后来却命运逆转，两手空空，
当他看到富人骄奢淫逸，

比其他穷汉心中更加悲郁。
他的妻妾同他吵闹打架，
因他入夜才两手空空回家。
说：“你比任何人都不幸和贫饥，
就像黄蜂，只有刺，却没有蜜。
你该与邻居家男子比比志气——
我可不是一钱不值的妓女。
人家有金有银，身着锦衣，
怎么你就没有这样的运气？”
鼙鼓虽然肚腹空空，音响却大，
衣衫褴褛的智者这样回答：
“我手中没有任何的权力，
对苍天的暴戾难以抗拒。
我无权把他人的命运安排，
自己却要受到命运的主宰。”

## 故事八　丑陋的妻子

请看一个笃诚的老年穷汉，
怎样对他丑陋的妻子规劝：
“苍天既把你造就得丑陋，
怎能用脂粉打扮得俊秀？”

### 哲理

正像染眼不能使盲人复明，
依靠强力也不能获取福运。

善事不会出自恶人手中，
赖犬逢到战时不会勇猛。
希腊和罗马的哲人虽明智，
却不知火狱苦果可酿蜂蜜。
野兽永远不会具备人性，
对它施教不会产生作用。
铜镜当擦去锈斑便会发亮，
石板再擦也不会似镜明亮。
柳枝开不出鲜艳的花朵，
黑人的皮肤洗不成白色。
谁也阻挡不了苍天的箭矢，
应放下盾牌，顺从它的意志。

## 故事九 兀鹰和鸢子

兀鹰对鸢子这样吹嘘：
“谁也比不上我眼睛锐利。”
鸢子说：“不该空口说大话！
来呀！在那荒原，你说有啥？”
听说他们飞行了整整一天，
之后从高空俯视大草原。
兀鹰说：“不管你是否相信，
我看见原野里有粒麦种。”
鸢子惊奇得完全失去耐性，
它们迅速从高空向下俯冲。
当兀鹰刚刚在麦粒前站定，

它的脚便被绳索牢牢系紧。
并非每个贝壳里都有明珠，
智者也不是总能实现意图。
鸢子说：“何必把那麦粒寻找？
或许那是敌人设下的圈套。”
但落入罗网的兀鹰却讲：
“对命运的安排谁能提防？”

## 哲理

当死神向谁刺去致命一剑，
苍天也对他合闭爱怜之眼。
茫茫的大海，看不到边缘，
自称会游泳，也难抵达彼岸。
织锦的学徒说得多么正确——
当织好长颈鹿、大象和孔雀：
“我任何图案也不能织成，
师父若事先没描绘图形。”
不论你长得漂亮或丑陋，
全都是由苍天之手绘就。
不管张三或李四欺凌我，
实际他们都是苍天同伙。
由于苍天给你安上眼睛，
你才把这个或那个看清。
即使奴隶不说任何话语，
真主也会让他生活下去。
造物主把世界大门开启，

谁能打开，它若把门关闭？

## 故事十　骆驼

小骆驼对自己的妈妈说：
“停一停吧！让我休息片刻。”
答道：“我若任你在此停留，
商队会丢下你，自行远走。
任凭命运之舟载着你漂去，
哪怕船长让你穿上苦痛之衣。”

### 针对我自己

萨迪啊！别盯着他人的财产，
那都是真主对他们的恩典。
你虽虔诚，福门却总紧闭——
是因真主不愿惠赐予你。
你若被加冕，那就把头仰起，
否则，还是把失望的头垂低。
对主祈祷，应当诚心诚意，
只是装模作样，怎受赞许？
不论你系祭司的腰带，或穿旧衣[①]——
在人们的眼里，并无差异。

① 祭司：指拜火教祭司。在伊斯兰教统治时期，拜火教和其他宗教信徒被要求在腰间系一条表明身份的腰带，以区别于穆斯林，故诗中写“祭司的腰带”。“旧衣”指伊斯兰教中达尔维什所穿的衣服。（译者注）

既是须眉，就该有豪情意气，
当出征时，不能像女人娇滴滴。
做任何事，都应当遵守圭臬，
没有节制，会使你感到羞怯。
宁肯身穿自己的破衣烂衫，
也别去借他人的丝绸锦缎。
即使你矮小，也不必穿木鞋——
若只为在孩子眼里显得高些。
假若在铜的外面镀层银，
只能骗过不识真货的人。
不要在我的生命外面镀上金，
学者将把它看得不值一文。

## 故事十一　巴巴库希的劝告

有个人在夜间进行祈祷，
请看巴巴库希[①]如何劝告。
“亲爱的！应着力净化魂灵，
否则，不会得到人们的尊敬。
除非只是从表面看问题，
他才会把你的行为赞许。
奴隶美若天仙哪值一钱？
衣袍里的躯体仍是卑贱。
为升往天堂，不该施狡计，

① 巴巴库希：伊斯兰教经学家，去世后葬于设拉子。（译者注）

掩盖丑容的纱巾，终会被摘去！”

## 故事十二　孩子的斋戒

有个孩子非要把斋禁食，
虽已饥渴，却还未到午时。
那天，他没有被送到学堂，
好像一斋戒，便长大成人一样。
爸爸妈妈来亲吻他的脸，
给他大杏仁，还给他金钱。
那天，他虽刚刚挨过中午，
却已饿得发慌，饥肠辘辘。
他自忖：“我若吃几口面包，
爸爸妈妈怎么可能知道？”
于是，他当着家人面禁食，
背地里却偷偷找来东西吃。

### 哲理

你若不把真主记挂心中，
谁管你祈祷前是否小净？
如果老人当人面才把斋，
他的愚蠢则要超过小孩。
谁若只在人前才对主敬祈，
他只能拿到进火狱的钥匙。
能在虔信的路上勇往直前，
就能用拜毡扑灭熊熊火焰。

## 故事十三　从高梯上摔死的歹徒

有个歹徒从高梯上摔下来，
听说他当时就呜呼哀哉。
他的儿子一连几天哀痛哭泣，
之后，便去和同伴生活一起。
梦里他见到父亲，忙问境况：
“自打您走后，可安然无恙？”
答：“孩子啊！别再问我的处境，
我从高梯上径直跌进火狱中。”

### 哲理

只要心善，哪怕外表质朴，
这要强过声望虽高，心却恶毒。
我认为，犯有罪恶，却着道袍，
还比不上明火执仗的强盗。
现时，你欺压无辜的百姓，
可知，复活日时会有怎样的报应？
假如你是在为张三效劳，
孩子啊！李四不会给你酬报。
我曾说：谁若想见到真主，
只有走它所指出的正路。
沿着大道，才能到达目的地，
如若误入歧途，就会津失路迷。
当榨油工人用布蒙住牛的两眼，

它便会不分昼夜，从早走到晚。
谁若拒绝面对经坛咏诵，
说明他对真主并不虔敬。
你若想向真主诉说愿望，
诵经时便不能背向天房。
假如果树有深深的根系，
那就培育它吧！定结累累果实。
只有当虔诚深深扎根心底，
天堂的大门才会向你开启。
若把种子在石板上撒播，
到头来不会有一粒收获。
万万不要积存虚伪之水——
它就像烂泥塘，散发臭味。
如果你的内心卑劣若泥，
有何用——即使外表光彩奕奕？
缝制虚伪的道袍并不难，
但主不会理睬他的祈愿。
人们往往只见其衣，而不识人品，
唯有写信者才谙熟书信的内容。
仁慈的天平，正义的法庭，
有如气球，难以测量轻重。
伪君子虽然外表很虔诚，
可皮囊里，并无真主的踪影。
衣服的面总比衬里漂亮——
只因一个外露，一个隐藏。
里子往往用细软的绸缎，

贵人从外表看，十分悠闲。
若想在国内有显赫的名声——
内心须充实，外表则谦恭。
你可说所掌握的知识，
但是别以为你无所不知。
若无麝香，不要为此吹嘘，
既有麝香，芳菲自会四溢。
不必为马格里布[1]金币发誓，
是真是假，只消试金石一试。
巴亚齐德曾经这样趣谈：
“否定者比追随者更令人心安。”
声名显赫的国王和苏丹，
在主那里，不过是群穷汉。
即使圣徒也不把乞丐嫉羡，
两手空空并非是他们心愿。
谁若想孕育出灿亮的明珠，
就须把头埋进贝壳小屋。
你应虔诚地把真主颂赞——
哪怕迦伯勒[2]并没有看见。
孩子啊！萨迪之言透辟恳切，
对他的话，应像听父亲教诫。
今天若没听到我的话语，

① 马格里布：阿拉伯语地名，意为“西部地区”，包括摩洛哥、阿尔及利亚、突尼斯一带，以产黄金出名。（译者、编者注）

② 迦伯勒：大天使的名字。（译者注）

明天不要因此后悔莫及。
你该虚心听取我的训教，
在我之后谁还能把你诱导？

# 第六章　论知足常乐

不懂得应敬畏和服从真主，
也就不能安于命运而知足。
知足者能使人生活殷实，
贪婪者却使人不得安居。
定下心吧！别再到处闯荡！
苔藓不会在滚石上生存。
聪慧的人不会养尊处优，
牲畜喂肥是为剥皮吃肉。
智者为求学问，孜孜不倦，
他们瘦削，只因埋头钻研。
首先要扼制住狗的野性，
人的善性才有可能萌生。
牲畜只知吃了睡，睡了吃，
这不是智者的生活方式。
闭门读书使人幸福欢畅，
知识带给人旅途的干粮。
真主不会接受人们的错误——
这个秘密应当向世人披露。

谁若辨不出黑暗和光明，
魔鬼和仙女便不能分清。
假如你不慎跌进井中——
那是没有辨出是路还是井。
当雄鹰身带贪婪的巨石，
定不能在高天翱翔展翅。
你的手应松开欲望的衣襟——
便能够摸到希德莱树身。
只要逐渐减少恶劣习惯，
你的本性就会变得像天仙。
性野如兽者变不成天仙——
他怎能从地面升至七天？
你要先像好人那样性善，
之后再考虑如何修炼成天仙。
当把烈性马驹逐至山顶，
你要警惕，切勿使它逃脱。
因为你一旦把缰绳松手，
便可能被摔得头破血流。
人的饮食还当按时按量，
否则，胃哪像胃？却像饭缸。
在人驱壳中，还存有灵魂，
想着的不要仅仅是烤饼。
若像火烈鸟有个贪婪的饭囊，
哪还有可能去把造物主颂扬？
骄奢淫逸者丝毫也不了解，
饱食的肚腹会把知识拒绝。

人的胃脏总是贪得无厌，
而九曲回肠却甘愿空闲。
在火狱中，只有干草饱肚，
那里会叫："难道只此食物？"[①]
尔萨虽瘦削，却升至天宇，
你只知吃喝，则有如蠢驴。
卑劣啊！若用信仰换取世界，
为买"草料"，不能拍卖掉《新约》[②]。
难道你没见野兽和飞鸟，
不正因贪食才落入圈套？
斑豹虽能在众兽前逞强，
却也像老鼠那样为食而亡。
若像老鼠贪吃黄油和面包，
难免不中箭矢，或落入圈套。

## 经历

某哈吉[③]赠我一个象牙梳子——
愿主对所有哈吉宽宏仁慈！
有一次，他把我唤作小狗，
我听后，很生气，心生怨尤。
我扔掉梳子，说："什么骨头！
以后，不允许你叫我'小狗'！

---

① 此句原文为阿拉伯文。典出《古兰经》第 50 章 30 节。（译者注）

② 《新约》：指《新约圣经》。（译者注）

③ 哈吉：对到麦加朝觐过的穆斯林教徒的尊称。（译者注）

别以为，你的醋，让我喝一口，
就可以把我的甜点心拿走。”

### 劝诫

即使微少，也应意足心满，
区别何在？达尔维什和苏丹？
何必向霍斯鲁[①] 乞求赏赐，
他的贪婪欲念从未休止。
若懂知足，那就拿起钵盂，
一户一户地去化缘求施。

## 故事一　一个贪婪者和花剌子模国王

听说有个人十分贪得无厌，
清晨便要求花剌子模[②] 国王接见。
见到国王立即弯下身躯，
之后扑膝跪拜，额头贴地。
国王说道："啊！高贵的客人！
有个难题，我想向你提问：
礼拜者都应当面向天房，

① 霍斯鲁：古代国王的名字，波斯诗人往往用它代指国王。（译者注）

② 花剌子模：旧译"火寻"，也写作"花拉子模"。历史上存在于阿姆河下游、咸海南岸的一个王国，统治区域相当于今土库曼斯坦、乌兹别克斯坦一带。十二世纪摆脱塞尔柱帝国统治取得独立地位，强盛时期囊括中亚河中地区、伊朗高原大部、呼罗珊和阿富汗，1231 年亡国于蒙古第一次西征。元朝时期东来中国的"回回"，多为花拉子模旧属臣民。（编者注）

怎么今天却向这个方向？”

### 劝诫

做事不要随着自己的欲念——
祈祷的方向一小时一变换。
聪明人啊！知足者能把头扬起，
而贪心者总是把头垂低。
贪婪只能够使人声名狼藉——
为一粒大麦，而把明珠丢弃。
引出河渠之水，是为了灌田，
不要外面降雪，而你却汗颜。
或许你满足于享乐闲适，
否则，何不走出淫逸之室？
先生啊！请克制你的贪心！
何必非要把手伸向他人？
只要你把贪婪的纸卷收起，
仆人也就无法在上面写字。
谁若阻止你的愿望实现，
那就别再让他留在身边。

## 故事二　发高烧的病人

有个智者因高烧卧床不起，
儿子说：“可向某人索药求医。”
答道：“孩子啊！即使因病而亡，
也比看到他眉头紧皱要强。”

## 哲理

智者不接受傲慢者的谢意，
假如他态度轻蔑，满脸阴郁。
不应去追求心儿的欲望，
低头弯腰会减弱生命之光。
当你看到有谁专横跋扈，
如果聪明，别去为他祝福。
想不顾一切达到你的目的，
就要准备承担时代的打击。
不断加柴，炉火才能烧旺，
不添煤柴，炉壁将变冰凉。
不殷富时，不把肠肚填满，
贫困时，就不会惭怍汗颜。
贪吃者若总是肠肥肚满，
缺少饭食时，会倍感艰难。
你知道，我总是羞于贪吃，
从不为缺吃少喝而悲郁。
在女人面前不要举止过分，
也不该疯疯癫癫，用剑自刎。
假若情欲并不是出于自愿，
不如用自己的血染红刀剑。
如果一个人丧失了尊严，
那他将比牲畜更加卑贱。

## 故事三　贪吃的人

我讲个发生在巴士拉[1]的故事
它给人的教训比椰枣甜蜜。
有几个身着破纳衣的人，
经过城郊的一个椰枣林。
有个人肠胃简直像个库房——
吃得多的不知该怎样计量。
他爬到树顶上猛吃一气，
因吃得过多而跌落在地。
从此再也不能摘吃枣子，
这个饭囊从此一命归西。
村长走来问：“他被谁杀死？”
我答道：“别这样粗鲁无礼。
是肚子把他从高枝上坠落，
他舒服了肠胃，心儿却凄恻。”

### 哲理

应当缚住手脚，系紧腰带，
真主从不赞许酒囊饭袋。
蝗虫的肚子占了大半个身躯，
它的大腿却任凭小蚁搬移。
去吧！应去洁净五脏六腑，

---

① 巴士拉：位于伊拉克南部底格里斯河口的一个港口城市。（编者注）

肚腹永远不要塞满，除非用泥土[①]。

## 故事四　一个苏菲的故事

有个苏菲身带两个金币，
他既贪吃，又想满足情欲。
一个朋友偷偷地询问道：
“两个金币，你已怎样花掉？”
答：“为了情欲，浪费了一个金币，
另一个，则摆了一桌酒席。
我既是愚钝的，也很无耻，
肠肚未满，精神也很空虚。”

### 劝诫

若饭菜可口，又实惠简单，
既来到酒店，何不狼吞虎咽？
智者只要尚未躺在枕头上，
即使挠钩也难拉他到梦乡。
若没有说话的机会，便不开口，
若未看到广场，不要抛出马球。
走路和说话都应有个分寸——
不到不行，而逾越也不行。

① 泥土：指死亡后，泥土将塞满躯体。（译者注）

## 故事五　商人和智者

商人把甘蔗放进小托盘，
对着顾客，左转完了又右转。
他向站在角落的智者说：
“试试看——你也能耍得像我？”
那位才智之士聪明又良善，
他的回答使商人哑口无言：
“我的耐性比不上那甘蔗，
而你呢，却远远比不上我。”

### 哲理

若从甘蔗榨出的是苦汁，
所制的糖果不会甘甜如蜜。

## 故事六　一个智者的故事

有个人多才博学，聪明睿智，
和田艾米尔赠他华服锦衣。
他喜笑颜开，却未受此礼品，
只上前把艾米尔的手亲吻。
说：“这荣耀锦袍有多漂亮！
但我更喜爱自己的衣裳。”

### 劝诫

为了自由，我宁愿睡在地板，
也不去亲吻他人，以求得毡毯。

## 故事七　索食者

某人除掉烤饼，只有个洋葱，
此外，再没有其他的物品。
有个缺少智明的人对他劝说：
“为能饱肚，何不去救济所？
先生啊！不要耻于向人乞讨，
否则生活来源从何处得到？”
他身着破袍，手拿索食大碗——
结果衣袍撕烂，手臂被折断。
听说，他边说，边血泪垂滴：
“看来一切只能依靠自己。
非分的代价只能是痛苦，
对烤饼和洋葱应予满足。
大麦粉——若用自己劳动换来，
也远胜过他人施舍的小麦。
而卑劣者，因看到他人饮宴，
直至入睡时，都会郁郁寡欢。”

## 故事八　一只白猫的故事

有只猫，全身雪白，十分好看，
但却身遭不幸，命乖运蹇。
它跑到艾米尔居住的院庭，
宫中侍卫用箭把它射中。
它的鲜血从骨肉中垂滴，
生命已经垂危，奄奄一息。
说道："我若能逃出这宫苑，
将安心捕鼠，同老妇陪伴。"

### 哲理

若为蜜水，而使生命致伤，
不如满足于自家的糖浆。
谁对真主的惠赐不满意，
真主也就对他嗔责生气。

## 故事九　养活婴儿的苦恼

有个婴儿，开始长出牙齿，
为养活他，父亲苦想冥思：
"我从何处为他弄来饭食？
而若随他死活，可不仁慈。"
他把心事向妻子述说，

请看她的心胸有多宽阔！
“不必杞人忧天，自己愁死；
既然他长出牙齿，就有饭吃。
真主总有办法将他养活，
你不必为此而烦忧焦灼。
主既让孩子怀孕在腹中，
生后也能让他维持生命。
既买来奴婢，就要给饭吃，
何况他是主制造的奴隶。
造物主会使奴婢有饭食，
你不必为此而犯愁焦虑。”

## 哲理

你可听说从前在善人手里，
即使石块，也能变为银币。
不要认为这是无稽之谈，
对于知足者，石块即金钱。
在没有贪心的稚童眼里，
黄金或者泥土毫无差异。
请转告颂赞苏丹的达尔维什，
苏丹同样贫困，可与他相比。
乞丐期望的是一个迪拉姆，
整个波斯也难使法里东满足。
卫护领地和王权充满风险，
乞丐和国王位置常会变换。

乞丐无忧无虑，心欢意畅，
远胜过担惊受怕的国王。
农民一家能在夜间安寐，
苏丹虽在深宫却难熟睡。
不论是国王，还是补鞋匠，
都是从夜晚睡到大天亮。
睡梦的山洪把所有人席卷——
不管身在龙床，还是在草原。
当你看到富人趾高气扬，
穷人啊！那就应感谢上苍。
感谢主吧！是它阻止了你，
使你对人不能蛮横乖戾。

## 故事十　盖房

听说有个人心地纯洁善良，
按照自身的高矮盖了间房。
某人说："我得讯你已建房——
为什么不建得高大宽敞？"
答道："这房有够高的顶篷，
我已能在房内自由走动。"

### 劝诫

别把房建在山洪流经之地，
孩子啊！因洪水会卷它而去。
商旅不应在途中大兴工程，

因为这不是明智者的举动。

## 故事十一　退隐的苏丹

有一个智慧开明的苏丹，
他生命的太阳将日落西山。
由于王室中找不到继承人，
便让位给一位睿智的耆绅。
他隐居一隅，倾听修行鼓声，
这里再也听不见笑语歌声。
军队从四面八方麇集一起，
声言对他的退隐很不满意。
他恼羞成怒，磨亮了刀剑——
不惜同军士们兵戎相见。
人们不愿忍受战争灾难，
纷纷相聚一起向他请愿。
他们紧紧地把他围起，
使他不能随意放箭投石。
有个善良的人趋步向前，
说："我们的生活十分艰难。
你应向主祈祷，救民忧患，
剑拔弩张之事，却该避免。
修士[①]听完此言，笑着说道：
"让我们都满足于半块面包！"

① 修士：这里指苏丹。（译者注）

## 哲理

卡伦只知一味地聚财藏宝，
而不懂得乐善好施的重要。
是否高尚不在于多少金银，
慷慨仁慈才是唯一的标准。
卑劣者即使豪富如卡伦，
也别希图他会改变本性。
高尚者即使穷得没块烤饼，
他也会慷慨得像一个富翁。
土地很慷慨，播种如资本——
投资吧！不会得不到利润。
亚当是真主用泥土抟成，
谁若不懂这点，会令人吃惊。
不要靠积累财富追求盛名，
一潭死水的气味臭不可闻。
广施财富吧！这如活水流动——
天空会不断地以雨水补充。
卑劣者的权势一旦失去，
便难重整旗鼓，东山再起。
你若是珍贵宝珠，不必忧郁，
时代不会不让你见到天日。
你若是被扔在地上的土块——
当然不会有人对它理睬。
而当一粒金子遗落在地——
人们则用烛光把它寻觅。

莹润的水晶开采于石山，
玻璃上不容有一点锈斑。
知识和信念，会伴人一生，
地位和财富，却有失去可能。

## 故事十二　老年得子的故事

在城里有位老人能言善道，
他说有个白发苍苍的耆老，
他经历过多少国王和事件，
到阿姆鲁[①]时，生命却有了转折点。
经年老树重又结出果实——
人们交口传诵孩子的美丽。
惊奇啊！多么迷人的酒窝！
他身躯似松，脸蛋像苹果。
无耻之徒竟同老人开玩笑，
把他脸上的胡须也刮掉。
虽已风烛残年，却刮了脸——
就像穆萨的手[②]，明光灿灿。
但是那刀片的尖锋利刃，
却使“天使的娇容”留下伤痕。

---

① 阿姆鲁（900—903年在位），萨法里王朝（868—903年）第二代国王。（译者注）

② 穆萨的手：穆萨被真主派遣到法老宫殿，曾行手杖变蟒、手放光芒等奇迹，从而降服法老宫殿中的一些术士。参阅《古兰经》第7章103–126节。（译者、编者合注）

由于看到他的头发疏稀，
他们才把剃刀折叠收起。
他羞得低着头，像竖琴倒立——
头发在他的手中握着一缕。
人们的心对他表现出同情，
从眼睛里流露出愤懑不平。
某人说：“不要再烦恼悲戚，
心中该排除无谓的忧郁。
别像飞蛾那样忧情过分，
最后在烛火之剪下丧身。”
同情者的话语使老人感动：
“谢谢你同罪恶者割断交情。
只要孩子长得可爱漂亮，
父亲发少须缺又有何妨？
我以整个生命爱着孩子，
哪有心思考虑头发胡须？”

## 劝诫

不要为漂亮与否而忧伤，
须发即使剃光还会再长。
藤架并非总是挂满葡萄，
叶子春天长出，秋天落掉。
伟人像太阳在云后隐匿，
小人却似火星落进水里。
太阳会再次显现在天空，
火星则只能消失在水中。

可敬的朋友啊！别害怕黑暗！
或许里面会有活水之源。
世界动乱之后终会安宁，
萨迪为追求理想才去旅行。
心儿切勿因失望而苦痛，
兄弟啊！暗夜孕育着黎明。

# 第七章　论教养

博学、聪慧、启人益智的谈话，
不同于在广场上打球、赛马。
若和随心所欲这奸细同居，
就好像戴着脚镣迎战强敌。
假如拉紧邪思恶念的缰绳，
能把萨姆和鲁斯坦姆[①]战胜。
该像训诫孩子那样反省自身，
而不按个人的好恶挥舞木棍。
既然你不能约束住自己，
你的敌人也就无所畏惧。
不论善与恶，都存在你的国中，
你身为苏丹，圣旨应当英明。
豪爽的善者总是敬主虔诚，
强盗、扒手的欲望从无止境。
不能让狂傲的卑劣者得逞，
他们私欲无边，贪婪成性。

---

① 萨姆和鲁斯坦姆：都是伊朗古代传说中的英雄。（译者注）

如若苏丹对恶人们怂恿，
智者的生活便不得安宁。
不能让私欲像血在血管里流动，
不能让嫉妒像生命存在躯壳中。
一旦这些敌人占了上风，
你便会失去智慧和聪明。
而当理智伸出自己的利爪，
私念和贪欲便会望风而逃。
如果扼制不住敌人的行动，
敌人便会张牙舞爪地逞凶。
关于这些，没有必要洋洋万言，
一句足够，关键在于是否实践。
攀上山顶，不能说明身材伟岸；
身居高位，不要觉得自命不凡。
才智之士啊！不要夸夸其谈，
因为明天[①]，你并无权申辩。
若须保密，便该学习珠贝——
因含珍珠，从不轻易张嘴。
唠叨夫子，往往耳聋如塞——
听不进规劝，直到见棺材。
若某人的谈话乏味空洞，
你就应及时给他以提醒。
认真考虑其中的非和是，
胜过当即回答的胡言乱语。

① 明天：指复活日时。（译者注）

作为人，就该有完美的言谈，
应把不善辞令看做是缺欠。
少言寡语不会感到羞惭，
一克麝香强过一座土山。
对滔滔不绝的愚人应当远避，
智者虽然只说一句，应有见地。
愚人空射百箭——毫无目的，
智者虽发一矢——却中鹄的。
若某事揭出，会使你赧颜，
何必还把秘密同他人交谈？
别在背后对人指指点点，
可能耳朵就在墙的后面。
要把秘密在心的城中关闭，
无论何时也别把城门开启。
才智之士总是寡言沉默——
决不像蜡烛被烧掉长舌。

## 故事一　帖卡史和仆人

帖卡史[①]向侍从说出秘密，
告诉他不能同别人谈起。
一年后，他不想再憋在心里，
一天内，世人皆知此事底细。
国王向刽子手传下御令：

① 帖卡史（1190–1200 年在位），花剌子模国王。（译者注）

“立即拿下侍从，斩首示众！”
某人进谏，为仆从说情：
“此祸源于你，不该杀仆从！
开始时，你不能堵住源头，
当山洪暴发，怎能阻止潮流？
既是秘密，就别向人透露，
因他会向其他的人传出。
可把珍珠卖给珠宝商人，
但是秘密只能自己留存。”

## 哲理

话语尚未说出时，任你控制，
一旦说出后，它便将你控制。
言语像沉入心井中的恶魔——
你尽可封住他的口和舌。
假如恶魔逃离心的牢笼，
便不能唤回，即使将“俩浩莱”[①]咏诵。
放走魔鬼，不费吹灰之力，
但把它捉回，却徒然费力。
一个孩童能把拉赫士的笼头摘掉，
但百个鲁斯坦姆难使它再入圈套。
假若话语说出，会有灾难产生，
那就缄口不语，不要公布于众。
一个农妇对愚钝丈夫劝说：

① 俩浩莱：阿拉伯语，意为“无能为力，唯求崇高伟大的主襄助”。（编者注）

“话语若不明智，索性沉默。
人们若并不爱听，何必去说？
既种大麦，不会把小麦收获！”
婆罗门教的训诫多么动听：
“尊重他人，你才会得到尊重。”
不要整天只知淫逸嬉戏，
这只会使自身的价值降低。
谩骂不会包含对主的虔敬，
既没播种，哪里会有收成？
哪怕你只一次口出恶语，
世界也会从你那里逃离。
既不畏畏缩缩，可怜受欺，
也不倚权傲世，强词夺理。

## 故事二　住在埃及的智者

有个人志高行洁，身着旧衣；
他住在埃及，整天寡言少语。
他的品德才智，遐迩闻名，
人们似飞蛾奔光，向他聚拢。
某夜，他在心中自忖深思：
“大丈夫该把秘密压在舌底。
牲畜不会说话，人却能言谈；
但言谈话语中，包含着灾难。
假若人们的话语缺乏睿智，
不像牲畜那样不言不语。

人们的言词应能深中肯綮，
不该像鹦哥那样人云亦云。
人比牲畜强，是因为会说话，
但若胡言乱语，便不如牛马。

## 故事三　一个谩骂者

在战乱时期[①]，有个人因谩骂，
被人揪住衣领，按在地下。
他被剥光衣服，打肿面颊，
行人看到，说：“你太妄自尊大！
你的口，应像花蕾无言沉默，
若开放，裾襟难免不被撕破。”

### 哲理

说话能滔滔不绝欠思索——
像冬不拉腹中空，话却多。
假如舌头不过像一团火，
一瓢冷水就把它熄灭。
如若你掌握着某种技能，
不必说空话，应施展才能。
假如吹毛求疵的人散布：
萨迪实在不懂人情世故！
既然他们背后撕我的面皮，

① 战乱时期：指1252年蒙古人入侵伊朗之后的战乱动荡时期。（译者注）

我便会失去耐心，不再客气。

## 故事四　放走飞鸟

阿佐德[1]体弱多病，寡欢忧郁；
他的父亲为此事心情焦急。
有个波斯人对他父亲劝告：
“应该把笼中的鸟儿放掉！”
由于他正义而明智，善听诤谏，
便愉快地接受了老人的规劝。
他砸毁金丝笼，如摧毁铁狱，
任善啭的飞鸟都振翮远去。
但有只美丽的夜莺却未飞走，
仍在果园中的小屋前面逗留。
清晨时，阿佐德来到果园，
除这只夜莺外，其他均飞远。
他笑道：“啊！行高德美的夜莺！
难道你还怀念已毁的旧笼？”

### 劝诫

同人交谈应当少言寡语，
说出之话应当有根有据。
沉默不语是萨迪的性格，

① 阿佐德：全名法那·霍斯鲁·阿佐德·杜列拉米（949—982），白益王朝国王。（译者注）

他对人从来不挖苦刻薄。
谁能在他人密谈时回避，
他的心情就会坦然安逸。
智者啊！不要在人后指指点点，
倒该向人坦露自己的缺点。
对于谣传诟语，不要去听，
对于丑陋之事，该闭眼睛。

## 故事五　一个老人的规劝

听说某圣徒在酒宴上昏醉，
把演员的手鼓和竖琴砸碎。
仆人打他耳光，像敲着鼓鼙；
扯他的头发，似把竖琴弹起。
夜晚，遍体鳞伤使他难以入眠，
清晨，智慧的老人对他规劝：
“兄弟啊！谁愿像鼓被人敲击，
或像竖琴那样腰弯头低？
而若两人打架，相互扭在一起，
一个抛出鞋子，一个投去石子。
当一个气急败坏，扭过脸去，
另一个便会扑上，向他猛击。
假如谁不能够克制自己，
便会善恶不分，视友为敌。
眼睛为能看，嘴巴为会说；
耳朵为听声，心儿为思索。

当你判断不出是高是低，
就别说长道短，胡言乱语。
你若聪明，就请洗耳静听，
把老人的劝诫牢记心中。”

## 经历

在纳赛尔[①]时期，我有次去旅行，
从麦加出发，去到巴格达城。
某个夜里，我来到一个角落，
看到一个黑人在那里横卧。
他丑陋得简直难以置信，
你会以为他是魔鬼的化身。
他将似月的娇女搂在怀中，
并用嘴在她的芳唇上乱吻。
他的身体紧紧压着美女，
就像是夜覆盖着白日。
良心促使我去行善祛恶，
心中燃起抱打不平之火。
我从近旁找来石块和木棍，
说：“啊！你这不敬畏主的恶棍！”
我连打带骂，奋力扑身向前，
像黎明时，从黑漆中拉出白天。
当把花园与上空的魔云驱赶，
乌鸦羽翼下的蛋卵便出现。

① 纳赛尔：指阿巴斯王朝第三十四任哈里发，生活于十二三世纪。（译者注）

我赞颂着主，拉开黑魔身躯，
但那仙姬却对我不饶不依。
说："啊！你这身着长袍的伪君子，
亵渎神灵，干尽坏事的蠢驴！
我的心神早已因他而痴迷，
我已把生命同他相连一起。
现在我把生食做熟多不容易，
你却生拉硬扯从我嘴里夺去。"
只见她呼天抢地，凄怆摧心，
说道："正义何在？谁给我怜悯？
有哪个年轻人能够来仗义相助——
听一听我对这老头子的控诉。
这老头子也太厚颜无耻——
硬把女人的遮羞布揭去。"
她的手紧抓住痛哭的裙裾，
我的头羞愧地缩进了外衣。
理智伏在我心的耳边絮语：
"外皮怎能把蒜的气味遮蔽？"
我就像大蒜被剥光外皮，
害怕人们污我寡廉鲜耻。
似乎我在女人前面赤身裸体，
就连衣服也交到她的手里。
过了此时候，她谅解了我，
讲："你可对我了解？"回答说：
"我已后悔莫及，请你恕宽，
今后我再不把闲事乱管。"

## 劝诫

假如对某事未作调查研究，
智者从不自以为是乱插手。
我虽挨骂，却从中受到启迪，
遇事时，眼要一只睁，一只闭。
你若聪明，就应当沉默不语；
或像萨迪，话语中饱含哲理。

# 故事六　关于达乌德·塔伊的故事

某人来谒见达乌德·塔伊[①]。
说："我看见某苏菲醉卧在地。
他的头巾、外衣都被沥青弄脏，
几只家犬，在他身旁竖卧横躺。"
那位圣贤听完此事的原委，
立即脸色阴沉，紧锁愁眉。
他怒火填膺，说道："啊！信徒！
今天你应给他以诚恳的帮助。
去吧！使他脱离开难堪的境地——
他不该身披着僧袍，却违背教律。
对于醉鬼，应在背后猛击一掌，
使他不要放松虔诚的马缰！"
狭隘的信徒听不进这训导，

① 达乌德·塔伊：著名的隐士，死于779年。（译者注）

如驴子见到鲜花陷入思考。
他既无胆量去接受教诫箴言，
也不想把帮助醉鬼之责承担。
他不听智者的善语相劝，
但拒绝之后，道路却茫然。
他自觉不自觉地想背走苏菲，
却惹得满城风雨，乱议是非。
一个讽刺说："你看那达尔维什——
像个修士，表面看还信仰虔诚。"
一个说："看那苏菲，已醉倒在地——
为买烈酒，竟抵押掉百衲衣。"
人们对他们两个指指点点：
"这个已半醉，那个是流浪汉。"
宁让敌人用屠刀砍下脖颈，
也不愿听人们的冷嘲热讽。
众人的訾议如同降下灾难，
带给信徒的是痛苦愁烦。
黑夜里，他羞愧得不能安眠，
第二天塔伊却来笑语相劝：
"不要让苏菲兄弟当众出丑！
也别让泪水在众人前涌流！
不要对他人的是非说短道长，
不要对仁义的智者这样讲：
'此人品不端，应与为敌，
那人老实心善，可以相欺。'
不论谁，当对你说：'某人很坏'，

你应把这看作对你的指摘。
固然应惩罚恶人的罪行，
但若把它宣扬，则也是恶行。
谁若在人背后说三道四，
即便正确，也应视为恶语。”

## 故事七　智者的规劝

某人爱在人后说长道短，
有个智者对他这样规劝：
“在我面前，不要把他人贬低，
也不要讲有关我的流言蜚语。
我想：不管他人有多少缺点，
也和你地位的升降无关。”

## 故事八　讲人坏话还比不上偷盗

有个品行高洁的人讲道：
“偷盗比背后讲人坏话还好！”
我说：“朋友啊，你真思维混乱！
我倒要听听你的怪论奇谈！
偷盗对于他人造成危害，
难道人们品评倒不应该？”
“是的，”他说，“盗窃当然无耻，
但危害别人后，却肥了自己。
若在人背后说东道西，

害了别人，却对己也无益。”

### 经历

我在内扎米耶[1]时是公费生，
日日夜夜地反复吟咏背诵。
我对老师说：“啊，才智之士！
某个朋友对我十分妒忌。
在我的谈话中充满睿智，
他却不以为然，嗤之以鼻。”
智慧的导师听完我的话，
立刻面带怒容，说：“惊奇啊！
嫉妒朋友当然不被称道，
但背后议论人也并不好。
他进火狱是因品行卑低，
你则从另条路进入火狱。”

## 故事九　对哈加芝[2]的谈论

某人说：“哈加芝嗜血成性，
他的心像石头冷酷无情。
他对人民的叹息毫无惧色，

---

① 内扎米耶：即内扎米耶学院，由塞尔柱王朝首相内扎姆·穆里克（1017–1092）创立，其组织形式是近代高等院校的雏形。（译者注）

② 哈加芝：伍玛亚王朝派驻伊拉克的总督，历史上著名的暴君。参见第75页注②。（译者注）

真主啊！请惩罚他的罪恶！”
有个长于世故的老人听到，
便对青年进行这样的训教：
“人们对他的欺压十分愤懑，
他对人们的指控表示仇恨。
你不应对他的压迫记恨在心，
你受他的摆布是由于命运。
我并非因他的暴虐而得益，
但对你的背后议论却不赞许。
恶贯满盈者一旦身亡故去，
他的罪行将把他拉向火狱。
谁若在他背后乱加评议，
难免不幸会成他的旅侣。”

## 故事十　两个修士的故事

听说有个正隐居的修士，
向稚童露出友善的笑意。
同他一起的另一个修士，
便在他的背后风言风语。
此事终究不能长期隐藏，
有个智者听说以后便讲：
“不该意气从事破坏友谊——
微笑不为非，坏话不为是。
不要在人背后闲言碎语——
将来一旦公开，对你不利。”

## 经历

我在幼时也要把斋禁食，
那时就连左右也还不知。
附近有个达尔维什十分虔诚，
耐心教我如何进行小净。
讲道：“先要遵圣行诵‘奉真主的名义’，
再立定举意，把双手冲洗。
之后，用清水漱一漱口，
并用小指清洗三次鼻孔。
再用食指刷一刷两排牙齿——
此事，白天斋戒时则被禁止。
要双手捧着水洗三次面颊——
必须从头顶一直洗到下巴。
之后，洗手臂直洗到肘部——
应当边清洗边祈祷真主。
摸顶之后，还要洗脚濯足——
要以主的名义，直到结束。
附近无人比我知道得更多——
虽然有老人，但都已衰朽体弱。”
村长听说他的这些话语，
写一信函，托人给他送去：
“啊！你有美的言词，却无美的行动！
你应像宣教的那样身体力行。
你说在斋戒时不应当刷牙，
但更不该在背后说人坏话。

应当首先清除污言秽语，
禁食只是第二个目的。
只要把某人的名字提起，
便应以最好的语言赞许。
你若总骂他人像驴样的蠢，
就别指望他人会把你赞颂。
人们究竟说出怎样的话语，
取决于他的品德是高是低。
你既知耻，就该约束自己，
因全能的真主无所不知。
谁若不知在心中敬畏主，
对于错事就会不知耻辱。”

## 故事十一　几个达尔维什的对话

几个虔诚的神秘主义者，
围聚在一个偏僻的角落。
其中之一开始对人背后指责，
把那可怜人的缺点一一数落：
“朋友啊！”有个人挖苦他说：
“圣战[①]时，你为啥失魂落魄？”

① 圣战：指伊斯兰教国家抵抗十字军东征的战争。十字军东征，是一系列以收复失地、夺回耶路撒冷圣地的名义，由西欧封建领主、骑士和商人发起的，针对地中海东部穆斯林地区的侵略性军事远征，具有典型的宗教战争性质。十字军东征前后共达八次，历时近二百年（1096–1291），最后以埃及阿尤布王朝苏丹萨拉丁对十字军耶路撒冷王国的胜利告终。（译者、编者合注）

答道：“因我被四面墙壁围住，
一生中也没有逾越出一步！”
坦诚的达尔维什讽刺他说：
“如此倒运的人我从未见过：
他的出战使异教徒得胜，
他的舌头使穆斯林苦痛。”

## 故事十二　玛尔克孜的狂人

玛尔克孜的狂人说得多好哇——
他的那些咬牙切齿的疯话：
“我除在背后谈我的妈妈，
从来不去说其他人的坏话。
凡有教养的人都清楚了解：
妈妈最和蔼，最能把自己谅解。
正直的人啊！你的朋友不在时，
决不要去做有关他的两件事：
一是不要侵吞他的财产，
二是不要议论他的缺点。
谁若在你面前诽谤他人，
对这花言巧语别去听信。
当谁在你面前拨弄是非，
反转脸去也会把你谗毁。
谁若只谈自己，而不议论他人，
才堪称世界上最聪明的人。”

## 哲理

据说可对三种人进行议论，
此外，不能背后评说任何人。
第一种是罪行累累的暴君——
因为他折磨着人的身心。
只要人们能摆脱他的折磨，
可以对他的暴虐进行评说。
第二种是不知羞耻的人——
他已撕破含着羞辱的纱巾。
兄弟啊！不必防备他会落入池中——
他已跌进深井，而水已没脖颈。
第三种是蹂躏人民的歹徒，
应把他们的罪恶当众控诉。

# 故事十三　小偷和食品店老板

听说有个小偷来到荒漠，
从锡斯坦[①]的城门洞穿过。
他从食品店中买来食物，
但这次却没得到任何好处。
老板偷了小偷的半个当克[②]，
使得邪恶的小偷连声嗔责：

① 锡斯坦：位于伊朗东南部，在阿富汗和伊朗之间，赫尔曼德河下游地区。（编者注）
② 当克：伊朗古代钱币名，6当克合1迪纳尔。（译者注）

“真主啊！请勿把夜盗者投入火狱，
因为锡斯坦人竟在光天化日之下劫持。
到了夜晚我才不再胆怯，
而这家伙白天就敢行窃。”

## 故事十四　不要传递敌人的话语

有个人对高尚的苏菲讲：
“你不知道某人对你怎样诽谤。”
答道：“兄弟啊！请保持沉默！
最好不让我知道敌人说什么。
谁若把敌人的恶语传达给你，
应把他看作比仇敌还要仇敌。
不要向朋友传达敌人的话语，
除非你已敌视他的友谊。
对敌人的欺凌我可以忍受，
但听到他的诅咒却令我发抖。
你说这话要比敌人还敌人：
‘敌人在背后这样把你议论。’”

### 哲理

言语能挑起已停止的战争，
使拒绝和善的人勃然动容。
风波既平，谁若还想煽起——
切勿同这种人缔结友谊。
即使把人打入火狱，手脚捆起。

也胜过风波未平，又迭连再起。
假如两人的矛盾像只火苗，
挑拨离间的话语便是干草。”

## 故事十五　法里东和他的宰相

法里东对宰相十分称赞，
因他睿智聪慧，富于远见。
首先他对真主敬畏虔诚，
其次对于国王十分效忠。
官僚卑劣会给人民带来痛苦，
而他的主张都是为国强民富。
人民的权益若得不到维护，
也就有损于王位的巩固。
清晨，有个人来谒见国王，
说：“愿主上永远祝寿安康。
请接受进谏，而不要怀恨，
宰相是你的潜在的敌人。
不论是贵族，平民，还是军人，
无不从他那里借贷到金银。
崇高的国王一旦百年归西，
他必定向人民把金银索取。
那个自私者盼你早日故去，
以便把那些钱财攫到手里。”
当召来卫护社稷的宰相，
国王向他投去明智的目光。

说：“为什么你当我面称作朋友，
却又在背后大搞诡计阴谋？”
宰相跪在国王面前，亲吻地面，
说：“你既然问到，我不再隐瞒。
闻名世界的国王啊！我在想：
应使人们都祝你万寿无疆。
由于偿还我的借贷，在你死后，
人们怕我索债，便会盼你长寿。
难道你不想让人们为你祈祷——
祈愿你能永葆青春，长生不老。
人民的祷告，有如坚实的甲胄——
面对它，灾难的箭矢难以穿透。”
国王对他的辩白击节称赏，
快慰的面容犹如鲜花怒放。
从此国王对宰相更加信任，
宰相也更提高自己的名声。
那个心怀歹意者却受到惩戒，
他对自己的胡言后悔不迭。

## 劝诫

最可恨不过的是背后饶舌，
它使喜变忧，顺利变险恶。
由于不怀善意者的挑拨，
使得两个朋友离心离德。
但当朋友之间相互谅解，
第三者定感到尴尬、羞怯。

在两人间点火太不明智——
因为这火终将烧向自己。
谁若像萨迪满足于独居，
便会在两界中寡言少语。
话语只要有益，尽管去讲——
哪怕得不到任何人的赞赏。
明天，他们终会后悔的悲叹：
“啊！我怎么未听那良言规劝。”

## 劝诫

若有个贞洁而驯顺的妻子，
会使贫困的丈夫像做皇帝。
假若和朋友意挚而情深，
就应一天五次地敲他大门。
即使心情不畅，白天也该快慰，
因为夜晚时，忧苦将把你伴随。
谁能使夫妻恩爱，家庭和睦，
真主便会给他慈悯和幸福。
当妻子摘掉面纱，展露花容，
丈夫只一瞥，便似到了仙境。
妻子能坚守贞操，对人体贴，
世界也会使人的心儿愉悦。
谁若信仰坚诚，说话动听，
就不必对他的美丑看重。
美的品德高于美的容颜，
夫妻的和谐能弥补缺欠。

妻子若貌似仙姬，但品德丑恶，
就不如节操高尚，虽貌如恶魔。
甜点心和醋味道完全相反，
吃甜点心时，不能用醋来蘸。
善良的女人心情总很安逸，
坏女人则想让主护佑自己。
鹦鹉若想和乌鸦结为伴侣，
就须从金丝笼中解放自己。
它并非流浪，而是飞向远方，
否则，它的心儿会悲郁忧伤。
假如鞋子小，还不如赤着两脚，
旅途虽艰辛，却强过在家吵闹。
宁愿被监禁在铁窗牢狱，
也不在家看人蹙眉生气。
当节日时到长官家去祝贺，
谁愿看见凶恶女主人的怒火。
当看到女人无理吵闹时，
应把遣兴消闲的门紧闭。
对妻子游逛市场不闻不问，
不如你关在家中，像个女人。
丈夫的话若对妻子不顶用，
男人干脆也穿女人的衣裙。
妻子若不明事理，便是灾难，
妻子愚钝，不如做个单身人。
假如量大麦时把量具毁坏，
就无法去量仓库中的小麦。

妻子若心心相印，贞洁贤惠，
真主必然赐予他宽恩厚慧。
妻子见陌生人便眼笑眉启，
丈夫就不必以男子汉自居。
妻子举止轻浮，无耻厚颜，
丈夫就该打红自己的脸。
但愿妻子对外人视而不见，
但愿她走出家门便进墓园。
当看到妻子轻佻而不忠贞，
或者她既不明智，也不聪敏。
真应该离开她让豹咬死——
羞辱地活着，还不如死去。
妻子在外人面前，应遮住面容，
否则丈夫和妻子有什么不同？
貌丑和不忠的妻子是负担和烦忧，
漂亮和坚贞的女人是亲人和挚友。
这两个人有多么精彩的言谈，
当他们被女人搞得命运悲惨。
一个说："但愿世界上没有坏女人！"
一个说："但愿无人和坏女人联姻！"
朋友啊！新春时，该把女人打扮！
因为去年的日历将一去不返。
萨迪啊！看到谁因女人而苦恼，
请不要对他无端地热讽冷嘲。
假如某个早晨你在她身边，
你也会备受折磨，如负重担。

无耻的女人往往桀骜不驯，
在我看来，这才使她们欢欣。

## 故事十六　一个老人的规劝

某青年因同妻子不和而苦恼，
他见到一个老人便大发牢骚：
“她对我就像肩上的重担，
我则似压在下面的磨盘。”
“先生啊！”答道：“你要忍受！
不能忍受给人理当害羞！
夜晚，你压着她像上面的磨盘，
白天，为何不能作下面的石盘？
既然茂盛的花坛使你快乐，
你也就该忍受棘刺的折磨！
你既去品尝树上的果实，
就别怕枝头的棘刺扎你！”

### 劝诫

当孩子到了结婚的年龄，
要告诉他别同近亲联姻。
不要点燃干燥的柴堆——
转瞬间，能把房舍烧成灰。
假如他既无才学，也不聪明，
你死后，谁为你家耀祖光宗？
父亲不给儿子充分的教育，

儿子的一生都会困苦艰辛。
对于儿子不应当宠爱过分，
要使他才高学深，对主虔信。
幼时就教他养成好的习惯，
指出他存在的优点和缺点。
教育的方式应以鼓励为主，
不要对他随便打骂和惩处。
应对子女进行耐心的教育，
即使你像卡伦那样的富裕。
对于钱财不要只花不挣，
否则终会把它花光吃净。
当一个人沦落在他国异地，
他生活的甘苦你怎知底细？
如若果人能靠本事吃饭，
何必还伸手向他人乞怜？
袋里若是钱币，终将花完；
若是手艺，愈消耗却愈满。
萨迪如何才能达到目的——
若不跋山涉水，穿越漠地？
幼时若得到伟人的教诲，
伟人的高洁他也会具备。
谁若心甘情愿地俯首听命，
不用多久，他也将发号施令。
幼时受到老师的严格教管，
将来，时代便不会让他遭难。
应使孩子品德优良，生活舒适，

不要让他去盯着别人的东西。
你若溺爱孩子，使他任性恣意，
将来他会漂泊世间，充满悒郁。
要避免同歹徒结交友谊，
他会使你变坏，你他自己。
丑陋的行为，以娈童为最，
若想救正，只需把脸涂黑。
他的自尊心竟完全丧失。
脂粉气使他没有了羞耻。
如若儿子和乞丐一起流浪，
父亲对他的变好便会绝望。
当他身亡命断不必遗憾，
不肖之子该当死于父前。

## 故事十七　娇女的自言自语

某晚，在我的住地举行盛宴，
人们都踊跃出席这次晚宴。
当歌女唱起悠扬的歌声，
仍能听到修行者的诵经。
有个婀娜淑女是我的情人，
对她说道："啊！我亲爱的美人！
为什么不来和朋友们聚会——
像支蜡烛照亮我们的宴会？
苗条妩媚的娇女终于出席，
但却轻声吁叹，自言自语：

“由于我缺少男人的胡须，
不便和男人们坐在一起。”

## 劝诫

令人销魂的美女使你萎靡，
想让家庭幸福，须忠于妻子。
不要一见花儿便神魂失据——
如夜莺每到清晨便来啭啼。
你应像蜡烛，放射出光焰，
而别学灯蛾，围着它飞转。
容貌俊秀、柔媚多姿的女人，
怎如初出茅庐的青年愚蠢。
她的言语忠诚，犹如花苞；
但背后却藏着花儿的微笑。
她不像青年既开朗又缠绵，
却似树胶，不能被石头打烂。
别看她似仙姬使人迷魂失魄，
将来也终有一天会丑似妖魔。
她不会因吻她的脚而感谢，
也不会因向她撒土而胆怯。
双手，不要捞取迪拉姆金钱！
心儿，却应时刻把孩子思念。
应对孩子们管教严格，
以防止孩子向下堕落。

## 故事十八　一个艳婢的故事

在这个城市[①]，我曾听到传闻：
有个艳婢被卖给一个商人。
她长得面目清秀，妩媚娇艳，
晚间，商人不由得摸她脸蛋。
商人为她拿来首饰、锦衣，
美人统统向他脸上掷去。
人们每当看到她的鬓发，
便像欣赏一幅优美的书法[②]。
真主和先知都可以作证：
再也没有美如她的婉容。
由于她愁容不展，心情悒郁，
一个星期后，便被带往外地。
出城还没走出一、二里地，
便来到悲凉的荒山野地。
问道："这山峰叫做什么名字？
这里能够生活，令人惊奇！"
这时，同行的人便对她答道：
"难道连塔尔康隘口也不知道？"

---

① 这个城市：指设拉子。（译者注）

② 书法：波斯语采用阿拉伯语字母体系，自右向左书写。这种文字的书法工具，是用竹子或芦苇制成的笔，其书法作品可以变化出各种图案，十分优美。（译者注）

她一听“塔尔康”便魂飞魄散，
就像一伙强人正挡在面前。
她声嘶力竭地召唤黑奴：
别再赶驴了，快扔掉包袱！
我若再出城来到这荒地——
实在缺少最起码的睿智。

## 劝诫

人们若把恋人痛打一顿，
就能关闭他的情欲之门。
对奴隶进行教育的办法，
就是用棍棒狠狠地痛打。
看到主人用牙咬着嘴唇，
那是在摆做老爷的威风。
打水和泥制砖坯的奴仆，
挥拳是想得到主人爱抚。
人们总爱和孩子玩乐逗趣：
“我们一起玩耍吧！你定欢喜！”
假若世风日下，生活艰难，
斋戒者只有痛苦的宴筵。
假如扎紧椰枣的袋口，
羊群便只有去吃椰枣核。
榨油的牛，看着芝麻却吃不到，
自己所能吃到的只是干草。

## 故事十九　希波克拉底轶事

有个人有着俊秀的容颜，
狂热的爱情使他的生活改变。
可怜的人涌流下的眼泪，
像二月[①]时叶片上的露水。
希波克拉底[②]正路经他的身旁，
问道："这人情绪为什么异常？"
人们答道："这人信仰甚笃，
从没有发生过什么错误。
他日夜生活在山林草原，
不同人们交往，远离世间。
他的心早已被美女掠去，
思想之足也陷进泥沼里。
当他听到别人的嘲骂和讥刺，
哭道：'对于流言，我将缄默不语。
我亦非无缘无故地呻吟，
我的哀号也有一定原因。
并非美女把我的心儿掠去，
而是她的月容烙印我心底。'"
富有经验的老人听完此话，

① 二月：伊朗历的二月，相当于公历的 4 月 21 日到 5 月 20 日。（译者注）

② 希波克拉底（前 460—前 370），希腊著名数学家、医学家，在西方被誉为"医学之父"。（译者、编者合注）

在深思熟虑后，这样回答：
“尽管关于他有种种传言，
他却不会听人半点规劝。
他容貌美丽，似经刻意雕琢；
他不能自已，是因心儿被掠。
长者的智谋靠多年积累，
稚童休想一天就有智慧。
旁观者往往不理解恋人的心情——
视中国和恰克勒[①]美女与骆驼等同。”

## 宣教

我这诗行上面似有薄纱笼罩，
像纱巾下有令人销魂的美貌。
我的每个诗行都有深刻含义，
犹如云后的皎月，帐中的美女。
帷帐中的仙姝端庄秀丽，
萨迪的诗篇无丝毫悲郁。
我的这些言词有如光焰，
能够照进读者们的心田。
对敌人的攻击我从不忧戚，
这波斯的火炬将光彩熠熠。
谁如果在世自由无羁，
人们不会向他把门开启。

---

① 恰克勒：中亚地名，一说为部落名，以盛产勇士和美女而闻名于伊朗。（译者、编者合注）

谁若既虔信真主，又吹嘘自我，
就休想解脱开语言的折磨。
你若像飞翔在天空的仙姬，
恶徒便会紧拉住你的裙裾。
即使底格里斯河的流向可能改变，
却无人阻止住心地邪恶者的言谈。
有人呆然似黄蜡般地苦行，
有人埋头于完善知识和技能。
而心怀不善者却这样讥讽：
“这个太僵硬，那个落进‘馕’井。”
为颂扬主，不要把头扭开，
以使人们对你不去指摘。
只要求得至洁的主的满意，
他人的闲言碎语有何可惧？
歹恶的人们不虔信真主，
聚众喧闹者走不上正路。
若起始就沿邪路走去，
便永远也不能达到目的。
虽然两人一起听讲圣训和《古兰经》，
但最后会有苏鲁士和阿赫里曼[①]的不同。
一个虚心听讲，并且身体力行；
另一个却吹毛求疵，我素我行。
他终于跌进漆黑的洞中——

① 苏鲁士和阿赫里曼：苏鲁士是传达真主启示的天使，阿赫里曼是魔鬼的名字。（译者注）

不懂映世之杯[1]有何作用。
你若是狮子，就应当顽强勇猛；
你若是狐狸，就该计谋在胸。
当谁蛰居一隅去修行，若讲：
“我可没有当众说话的胆量！”
人们背后会讲：“此人奸猾虚伪——
远远地逃离人们，就像个魔鬼！”
而若他和蔼可亲，善于交际，
便会被认为不是虔诚的修行。
人们还在背后把富人的皮剥掉，
说：“他便是当今世界的‘法老’。”
当看到贫困者在痛苦地哭泣，
人们便嘲笑：“谁让他命运不济！”
当看到达尔维什正青黄不济，
便说：“他不逢时运，理当悲郁。”
若成功者不幸陷于困境——
真是天赐良机，可以嘲讽：
“理该结束他的高位和机运，
随后将实现不幸者的欢欣。”
贫困者虽有微不足道的财物，
但在此基础上却能缔造幸福。
而人们却恨得咬牙切齿：
“这时代的弃儿，令人鄙视。”

① 映世之杯：亦称“加姆杯”，是传说中霍斯鲁国王的一个宝杯，从杯中能看到整个世界。（译者注）

当看到你整日埋头于工作，
便说你贪婪，欲把世界掠夺。
假如你胸无大志，十分懒惰，
便称你是乞丐，想不劳而获。
你说话，便是“在把鼙鼓擂打。”
你沉默，便“像浴室里的壁画。”
你若忍耐，便说不像男子汉——
可怜得连抬起头来也不敢。”
谁若使人感到可怕而威严，
会都躲避他，说：“他已疯癫！”
谁若吃得少，便会被挖苦说：
“他的财产看来日益增多。”
谁若总喜爱吃名肴佳馔，
便会被讽刺成贪吃嘴馋。
看到谁轻易地增加了财富，
便说：“意外之财对智者是羞辱。”
散布的坏话，像用剑攻击：
“对不幸者，他从不予怜惜。”
若将殿堂楼阁重彩油饰，
或为自己做套华服锦衣；
便会有人对他嘲讽讥刺：
“此人想做一个妖艳娇女。”
你若是个隐居的修士，人们便说：
“他不像个男人能游历他乡异国。
而若不从女人的怀抱离去，
便学不到任何本事和技艺。”

对旅行者，讥刺更如剥皮：
“他想对悲苦的命运抗拒。
假如他不服从命运的安排，
他就不能定居，而浪迹在外。”
若独身，吹毛求疵者会挖苦：
“对他的举止，大地也会厌恶。”
若已婚，则说：“真心甘情愿——
像驴子陷入泥淖步履维艰。”
面貌丑陋者，会遭人们欺凌；
眉清目秀者，亦被冷嘲热讽。
若因某事你突然大发雷霆，
会大惊小怪，无理蛮横。
假如你对某人很有耐性，
人们便会说：“他缺乏热情。”
你刚要劝诫，人们便说：“住口！
明天你便会缩回去一只手。”
即使你知足常乐，沉稳冷静，
仍会陷进风凉话的包围中：
“这家伙像个愚蠢的老人，
为能够苦行，竟扔掉金钱。”

## 经历

我在埃及时有一个奴隶，
他羞涩的眼睛总是垂低。
某人说：“这孩子又笨又蠢，
该揪住他的耳朵教训一顿。”

有个晚上，我对奴隶大发脾气，
那人也说：“真恼人！能把人气死！”

## 哲理

当先知不能摆脱坏人的搅扰，
谁还有心思安闲地坐在一角？
真主是至尊、至圣、独一、无双，
你没听说基督徒是怎样讲：
“当你受到他人的折磨，
唯有忍耐，不必强力摆脱。”

## 经历

某青年颖异机智，才高学深，
他对人的劝诫，勇敢而聪敏。
他享有美名，并虔诚、睿智，
书法比不上他的鬓发美丽。
他雄辩滔滔，语法严密，
但却说不出字母的顺序。
我对一才智之士这样说他：
“某人似乎还没有长出门牙。”
我的挑剔气得他涨红了脸，
说道：“请不要再废话连篇！
他博学广识，只此一丝缺点，
竟阻挡住了你智慧的两眼！”

## 劝诫

对我的语尽可相信：

复活日时，善者不交厄运。
某人虽博学多能，才高识广，
节操之足却不慎滑倒地上——
对小小的失误，不该计较，
伟人说："圣贤也难免跌跤。"[1]
智者啊！花儿和刺相反相成，
花虽妍丽，但刺却夹在其中。
假若你对人总爱责备求全——
请看美丽的孔雀，脚却难看。
无耻者啊！应有纯净的心灵，
镜面该永远保持光亮明净。
应当想方设法避免过错，
不要指东道西乱加指责。
智者啊！切勿挑剔他的缺点，
而对自己的短处却视而不见。
若能了解自己也有不足，
就不会非要他人惩处。
谁若在道义上支持了你，
就不应当对他冷漠鄙夷。
他人使你不快之事，你勿为之；
并要讲给邻居：别干如此坏事！
我信仰虔诚，你自我吹嘘；
我心中有主，虽陪伴着你。
我始终保持着廉洁美德，

① 此句原文为阿拉伯文。（译者注）

对我的言行举止别加干涉。
我是好、是坏，请缄口沉默，
是弊，是利，由我自己负责。
我的品行不论高尚卑劣，
真主比起你来对我更了解。
我不期待能得到你的善赏，
因有罪而是报应理所应当。
主总对善人、善事予以褒赞——
一件善事往往按十件计算。
孩子啊！他人的一个优点也别忽视！
而对其缺点，哪怕有十个也可抹去。
不要夸大他人微小的缺点，
而对大量优点却视而不见。
敌人从来厌恶萨迪的诗歌，
这正是出于他的居心叵测。
他不听成百的连珠妙语，
却对一个瑕疵喧哗不止。
对于敌人，无人不感到厌恶——
但忌妒者却和它同流合污。
造物主使人类各有其形——
他们美丑不一，黑白分明。
不要看到外表是否眉目秀丽，
应像吃开心果——吃仁扔皮。

# 第八章　论感恩戴德

对真主说不出感念的话语，
我不知如何对他表达谢意。
他对我有多如发丝的惠赐，
我如何感谢他的每根发丝？
应当颂赞至仁至慈的真主，
他从无到有，把奴仆创造出。
人们虽致力于对他的赞颂，
却无法穷尽他的慈厚宽仁。
他奇妙地用泥塑出人形，
并且赋予他智慧和魂灵。
从你出生直到白发耄耋，
他曾使你获得多少荣誉。
他把你造就得纯净无瑕，
你不该肮脏似落入泥洼。
铜镜须经常擦拭才能明亮，
否则，锈斑便会附在镜面上。
幼年时，精液并不能产生，
只有成年后，男子才排精。

从你能够自食其力之日起，
不要过分依恃自己的膂力。
你若只知道整日劳累辛苦，
自私者啊！你心中哪有真主？
只靠自身努力，不能衣食富足，
福运者都因真主在暗中帮助。
你应感念主赐你胜利之球，
否则，成功之球落不到你手。
假若主不是在随时随地扶助，
恐怕你就连一步也不能迈出。
婴儿哪怕刚刚呱呱落地，
虽不会说，却要大声哭泣。
他刚被剪断脐带，脱离母体，
便抓住母亲乳房，吸吮乳汁。
命运带给“陌生人”的只有痛苦——
他只是得到清水，而没有药物。
他曾在母腹中得到喂养——
通过脐带不断获得营养。
而现在所依赖的是乳房——
就像取不尽的两个库房。
母亲的怀抱是他的天园，
母亲的乳房是他的醴泉。
母亲像棵大树把他护庇，
并以温情之果[①]作他饮食。

① 温情之果：喻指乳房。（译者注）

乳房的血管源于母亲心中，
她的乳正是由血转化而成。
婴儿的嘴伸进母亲血管中，
婴儿吸血，母亲却脉脉柔情。
当他牙齿长齐，臂力增强，
他便脱离开母亲的乳房。
他不再期待用乳汁喂养，
逐渐地也就把乳房遗忘。
忘记母亲的抚爱便是罪过，
忘记成长的道路应当悔过。

## 故事一　母亲的教诲

某青年因背离母亲的劝导，
他的痛苦之心便似火燃烧。
可怜的母亲指给他看摇篮，
说："你真忘恩负义，心地不善！
那时你幼小体弱，不时哭啼，
我经常整夜不眠，哄逗着你。
你在摇篮中，没有一点力气——
甚至不能驱赶苍蝇的侵袭。
当时，你对苍蝇毫无办法，
而今，长大成人，腰粗膀大。
将来，当你被葬进坟茔中，
也不能抵御虫蚁的进攻。
当墓中之蚁吞噬你脑浆时，

你会把一切看得明白清晰。”

## 劝诫

你若蒙住眼睛步入歧途，
就是遇到水井，也不知停步。
你能看到万物，应感谢主；
否则瞎眼，等于把眼蒙住。
老师能够教你明白事理——
你的接受能力，是主的赋予。
主若不把真理向你灌输，
你所听到的便只是谬误。
一个手指由几个关节组成，
主把它创造得能自由活动。
你若思想糊涂，愚昧无知，
会对主的创造吹毛求疵。
再后人之所以能够运动，
是因骨关节能自由活动。
假如踝、膝、腿骨固定不动——
人们向前移步便不可能。
人们能很容易地弯腰跪拜，
是因脊椎的骨骼并非一块。
把两百个骨块相连一起——
才能组成像你这样的人体。
高尚者啊！血管布满你的全身，
共三百六十条，为把血液输送。
你博学多识，有智慧才干，

身体的各部分都紧密相连。
牲畜弯着腰身，天生的卑贱；
而你走路时，总是挺直腰板。
牲畜为了吃草而低头曲颈，
而你骄傲地使它俯首听命。
牲畜总是卑下地贪吃干草——
你别贪图小惠把脸面丢掉。
对于首领应当屈身服从
除此之外，你该昂首挺胸。
不应该根据兴趣随心所欲，
而应按品德高洁要求自己。
不要徒有身材，而不走正道——
异教徒也有似我们的容貌。
真主既赋予你耳、嘴和眼，
你若聪明，就不该把它背叛。
我想，该用石块抛打敌人——
而同朋友开战却很愚蠢。
感恩戴德是智者的品质，
他不会把报恩轻易忘记。

## 故事二　希腊哲人医治王子的骨折

有个王子从马背上摔落，
头栽地上，颈椎不幸骨折。
好似大象，颈部缩进身体——
头不能动，身体也瘫成泥。

医生惊奇异常，束手无策，
除希腊哲人外，均无良策。
只见他置之不理，怒容满脸，
而他若不管，王子便会瘫痪。
听说：他并不想尽力医治，
也不说什么祝福的话语。
这时国王却来把他召见——
注视着他，说着柔语温言。
才智之士羞愧地把头低下，
听说回来时，说出这样的话：
“假如他昨天不无理傲慢，
今天我也不会把头扭转。”
他派人给王子送去一粒药丸，
说：“须放香炉中把它点燃。”
烟雾使王子打了一个嚏喷——
竟一下子治好他的颈项。
为了感谢，当去把他寻觅——
他已无影无踪，早已远去。

### 劝诫

对他的恩惠感念不忘，
终审日才不会为此悲怆。

## 故事三　某人对孩子的训斥

某人揪住孩子的耳朵训斥：

“你这倒霉鬼啊！淘得出奇！
给你斧头，是让你去砍柴草，
谁让你把寺院的墙壁毁掉！”

## 哲理

长出舌头是为能颂主和祷告，
不是为背后捣鬼，把黑白颠倒。
耳朵是为倾听讲经和规劝，
不该专去打听谎言和谣传。
两眼要看到事物好的一面，
而不应死盯着朋友的缺点。
有日也有夜，你才能安睡——
太阳明灿灿，月亮洒清辉。
和风是为你效劳的奴隶，
它把春的绿毯铺在大地。
不论是雨和雪，还是云和风，
不论如剑之闪，或雷的轰鸣——
所有都是听众调遣的奴隶仆役，
哺育着你播在大地上的种子。
当你干渴时，不要心焦如焚。
肩挑着水的乌云即将来临。
美味的食品都是大地出产——
看起来色鲜，品尝着香甜。
蜜蜂惠赠你蜜，蜜源于空中[①]，

① 蜜源于空中：古人不知蜂蜜采自花蕊，误认为采自空气。（译者注）

椰枣生长于树，树由核长成。
扎假花的人惊奇地说：
“像这椰枣树，有谁能制作！”
日、月、星辰为你闪着光芒，
如屋顶的吊灯熠熠放光。
绿叶长在枝干，花儿开在棘枝，
麝香藏于麝袋，黄金采于矿石。
真主亲手描绘你的眉眼，
使你不同于他人的容颜。
他把你造化得俊秀健美，
并不断地为你赐恩施惠。
对他的感恩难用语言表达——
该时刻准备以生命作代价。

## 祈祷

主啊！我泪流满面，苦痛欲绝
对你的惠赐，不知如何感谢！
不论家畜家禽，鸟兽虫鱼，
还是在高天飞翔的仙姬；
他们的数量是以千万计，
都异口同声地把你感激！

## 写给自己

萨迪啊！不要满足于已说的赞语，
应在探寻的路上，一直走到底！

## 哲理

谁若没有经历艰难万苦，
便不懂什么是欢乐幸福。
严冬时，达尔维什饥寒交迫，
而富人仍能舒适的生活。
强健者稍有不适便难入眠，
对主恩赐的健康并不感念。
体格健壮，健步如飞的人，
总为他人动作迟缓而欢欣。
年轻人啊！应当体谅老人！
富人对穷汉该有同情心！
居住在阿姆河岸的乡民，
怎了解干旱地区的艰辛？
在底格里斯河沿岸的阿拉伯人，
怎知在麦加附近，人们干渴难忍？
一旦沉疴不起，并发高烧，
便知道身体健康的重要！
当你辗转反侧，不能入眠，
会感到黑暗的长夜绵绵。
你应当为那些高烧的病人想想，
在他们眼里暗夜是多么漫长！
主人听到清晨的鼓声便起床，
怎知守夜人如何才熬到天亮？

## 故事四　塔格拉勒苏丹的故事

听说，一个秋夜，塔格拉勒[①]，
从黑人卫兵的身旁路过。
当时风雪交加，骤起狂风，
卫兵像闪烁寒星，全身抖动。
苏丹的同情心油然而生，
说："我给你一件大氅以挡风。
你先在房檐下避避风雨，
之后我会派人来换下你。"
当苏丹刚一钻进王宫，
便涌来暖流，似刮起春风。
在宫中有个少女美如仙姬，
国王对她充满缠绵情意。
他一见这美女便满心欢喜，
竟把可怜的黑人全然忘记。
"皮领大氅"完全丢在脑后，
卫兵之苦不再担在肩头。
若把天寒地冻完全遗忘，
苍天就会为他带来悲怆。
苏丹在夜间恬适地睡去，
晨时便听到王后的劝语：

① 塔格拉勒（1037–1063），塞尔柱王朝第一代国王。（译者注）

“你只知将阿古士[1]紧搂怀里，
却把正护卫着你的人忘记。
在夜晚你只顾嬉戏逸乐，
哪知道他们正怎样熬过？”

### 劝诫

当和商旅一起共进美餐，
可知有人正在漠地遭难？
驶船的水手啊！请发善心！
救起落入水中的可怜人！
手脚敏捷的青年啊！暂请停步！
旅队中羸弱的老年人已经落伍！
当你在驮轿中甜蜜地睡去，
赶驼人仍把缰绳紧握手里。
不论走在丛山、原野，或砾地、沙漠，
都应热情关怀行旅中的落伍者。
当似山的骆驼驮着你行进，
你怎能了解步行者的苦事。
当你酒足饭饱后睡进被窝，
怎知道有人正在受冻挨饿！

## 故事五　窃贼和穷人

窃贼被守夜人捆住手脚，

① 阿古士：突厥人的名字，多用于婢女、侍女。（译者注）

整夜囚禁一隅，十分烦恼。
四周黑夜沉沉，万籁俱寂，
忽听到有人为贫困叹息。
窃贼心怀叵测地微笑道：
“快睡觉吧！不要怨声载道！
贫困者啊！你该感谢真主——
你的手没被守夜人捆住。”

**劝诫**

贫困者啊！不要嗟叹不停！
可知有人比你更加不幸！

## 故事六　穷光蛋和坐牢者

一穷光蛋借来一迪拉姆，
让裁缝为他做一身衣服。
戏嬉道：“命运啊！真难驾驭！
穿着新衣就像钻进火炉里。”
正当他无故地为命运伤悲，
从地牢里传来声音：“住嘴！
不知世务者啊！该感谢真主——
你并不像我们被捆住手足。”

## 故事七　一个波斯人的故事

某人从一波斯人身旁经过，

看他样子和犹太人差不多。
于是便照他脑后猛击一下，
而达尔维什[①]却把衬衣馈赠他。
那人羞愧地说：“我打错了你，
为何你不仅原谅我，而且还向我赠礼？”
答道：“应当感谢你——你打我，
是因为你并不知道是我！”

### 哲理

虽然是普通人，但心地善良；
要比徒有虚名，实为恶棍强。
我认为身着道袍的奸夫，
就连趁夜的劫盗者也不如。

## 故事八　一个落伍者

某人因落在商旅后面而悲叹：
“在这荒原，有谁能比我更可怜？”
有个旅行者劝道：“啊！聪明人！
作为人，应把这句话铭记在心：
‘终归你是人，而不是蠢驴——
就该衷心地把真主感激’。”

① 达尔维什：这里指波斯人。（译者注）

## 故事九　法学家和酒徒

法学家见一酒徒醉卧在地，
便自认为高洁而傲慢神气。
他竟旁若无人，扬开而过；
青年抬起来说："啊！智者！
在幸运时，不要目中无人，
自鸣得意，只会带来厄运。
不要耻笑他人落入监狱，
说不定你也会身陷囹圄。
福运不会永远伴随着你，
或许明天你也饮醉倒地。
清真寺里记载着你的命运，
切勿去犹太教堂讥刺他人！"

### 哲理

穆斯林啊！你应感激苍天——
祭司[①]的腰带没系在你腰间。
仅有意愿，还得不到苍天恩宠——
对他不能粗暴，只应赤诚虔敬。
请看天体正在怎样运行？
不敬苍天定然双目失明。

---

① 祭司：指波斯祆教（即拜火教）中有一定职位的传教士。可参看本书第261页注①。（译者注）

苍天用蜂蜜去治疗疾病，
但并不让人把死亡战胜。
蜜糖能使生者健康长寿，
却并不能使死亡者得救。
假如病人将殁，奄奄一息，
何必再把蜜糖放他嘴里？
当人们还能够保持生命，
草药才有可能发挥作用。
即便用铁棒痛击他的头颅，
人们也说：“是在按摩他的疼处。”
当危难临头时，你可以逃走，
但是你却不能同苍天争斗。
若用饮食补充你的肌体，
你便体魄健壮，神采奕奕。
如肌体不能再把食物纳化，
这肉体的房屋也随之坍塌。
应当保持干、湿、冷、热的平衡，
健康与否——由这些要素决定。
若某一个要素把另一个战胜，
就会破坏掉这大自然的平衡。
若没有冷气从体内通过，
身体的温度会变得过热。
若肠胃之锅不能煮熟食物，
娇嫩的体躯便难以支持住。
为了不断调整这四个要素，
智者总是对它们十分关注。

由于至慈的主对你体恤，
你才有纳化食物的能力。
应该面对钢剑对天起誓：
要衷心地感谢主的惠赐。
为表示驯顺应把头垂低——
一心颂主，而不考虑自己。
既然你总能得到他的恩赐，
我想：你也该对他尽心尽力。
向主乞怜需保持不骄不躁——
既倾诉衷情，又赞颂祈祷。
对他的虔诚应发自心底，
并要在他的阶前头额触地。
你若没从主那里得到隆恩，
谁会把厚惠赐你这陌生人？
语言就是为了表达心声，
该向主倾吐自己的衷情。
眼睛是汲取知识的大门，
大地承接着天空的慈恩。
若苍天之门不向你开启，
你哪能获得丰富的知识？
人们虽都空着手乞求天恩，
主却垂青慷慨和虔诚的人。
否则，谁还会再仗义疏财？
也不会再有人俯地跪拜。
主恩赐给人听觉和言语，
人才有打开心匣的钥匙。

假若没有语言，去抒情叙事。
谁能了解自己心中的秘密？
而若没有机警的耳朵听取，
智慧之王从哪里获得信息？
当我吟诵出这美妙的诗行，
你不听怎能对它拍手称赏？
舌头和耳朵是守门的卫士，
负责着传达并且接受消息。
不要自以为“我做得多好！”
应该想到这是主的功劳！
果园工人正把鲜花撷取，
作为向国王呈献的厚礼。

## 经历

我在苏姆纳特[①]见一镶有宝石的牙雕偶像——
就像伊斯兰以前麦纳特[②]泥像那样。
雕刻家的手艺极为高超，
他人很难雕得这比更好。
人们成群结队从四面八方涌来，
把这没有一丝生命的偶像朝拜。
来拜谒的还有中国和突厥斯坦的亲王，
萨迪也来向这铁石心肠的偶像进香。

---

① 苏姆纳特：地名，现在巴基斯坦境内。（译者注）

② 麦纳特：伊斯兰教出现以前，阿拉伯人信仰偶像，麦纳特是在麦加最著名的偶像之一。穆斯林在占领麦加后将其捣毁。参见第 10 页注②。（译者注）

赞颂者也纷纷云集在这里——
来向这不说话的偶像求乞。
对发生的这一切我感到惊奇：
“为何都向这尊雕像膜拜施礼？”
我认识一个健谈的印度教徒，
我们交往甚密，并同吃同住。
我温和地问他：“啊，婆罗门！
这个寺院使我惊奇万分。
对这无能的雕像毕恭毕敬——
说明人们已深陷谬误之井。
它的手不能动，脚也不能移，
若把它打倒，自己不能立起。
君不见在他的眼窝置一琥珀，
崇拜者竟认为眼珠的本色。”
我这些话语使他满脸怒气——
从对我友善变作视我为敌。
他唤来寺院的长老和住持——
个个教师面色阴沉不怀好意。
他们如念念有词的拜火教徒，
像狗似的扑向我——为那雕骨。
在他们看来，歧路便是正道——
竟把正道和歧途完全颠倒。
因为不论是怎样的才智之士，
在无知识人的眼里都是傻子。
我像个溺水者——束手无措，
无路可走——只能和颜悦色。

当看到愚人们心怀敌意，
避开伤害要靠良言善语。
于是我赞颂起婆罗门头领：
“长老啊！你熟知经书的的内容。
对于这尊雕像我亦赞许——
既栩栩如生，又极富魅力。
虽然它的容貌神采奕奕——
我却不知它象征的意义。
客人不能很快理解天启，
难以把好和坏分辨清晰。
您是寺院的释经人和寺长——
作用就和棋盘上的宰相一样。
虽然我也曾向偶像虔诚祈祷，
但对这雕像的意义并不知道。
盲目地模仿会步入歧路，
但解之后才能走上正途。”
婆罗门听后立即张开笑脸，
说道：“啊，你的话语值得称赞！
你的话语正确，饱含善意，
每一个论证都言之有据。
我也曾像你一样到处旅行，
对有些偶像我也感到陌生。
但你所参拜的偶像却不同——
它能够和神圣的真主相通。
假若你今晚仍留在这里，
我向你揭示其中的奥秘。”
遵照长老的旨意我继续留宿，

像比冉[①]被俘后囚在悲惨的地窟。
长夜就像终审日那样难熬——
祭司[②]们不做小净就做祈祷。
牧师们从来也不做沐浴，
龉龊得像曝晒着的僵尸。
难道我有这种深重的罪孽，
须度过这痛苦难熬的黑夜。
我整夜都陷入忧痛的桎梏，
一只手抚着心，另一只祈主。
直到巡夜人把晨鼓击响，
登高的雄鸡也引颈高唱。
布道的暗夜身穿着黑袍，
把白日的利剑抽出剑鞘。
清晨的星火把干柴点燃，
只消一刻便将世界燃遍。
就好像在桑给巴尔国土，
鞑靼骑兵从一角落冲出[③]。
又似邪恶的祭司尚未洗脸，
便急急忙忙跑到山野荒原。[④]

---

① 比冉：古代传说中的英雄。他被敌国阿富拉西亚伯俘虏后，囚禁在地牢里。（译者注）

② 祭司：袄教的僧侣，下一诗行的牧师，是基督教的僧侣。在诗人眼里，他们都是异教徒，可以相提并论。（译者注）

③ 桑给巴尔、鞑靼：桑给巴尔人是黑人，鞑靼人是白人。此句用以形容黑夜中出现了黎明的曙光。（译者注）

④ 此句同上句的寓意一样。因祭司是白人，用以形容大地上出现了曦微的晨光。（译者注）

城里的男男女女仍在梦乡，
寺院中一片寂静，空空荡荡。
我正睡意蒙眬，万分忧伤，
突然用手举起那尊雕像。
在场的僧人无不高声吼叫，
就像大海掀起汹涌的波涛。
由于香客还未聚往寺院，
婆罗门便向我赔起笑脸：
“我知道你不会为难我们，
谬误不常在，真理将永存。”
他愚昧得犹如病入膏肓——
满脑是不切实际的幻想。
我没有胆量再宣讲真理，
对顽固者该把真理隐匿。
有理者不能对强人蛮干，
蛮干者只会使自己致残。
于是我略施手段，假装哭泣：
“我对说过的话语后悔莫及。”
泪水能把异教徒的心软化，
如山洪能把山巅之石推下。
这时有几个仆役跑向我，
有礼貌地搀扶我的胳膊。
我来到镶金的柚木星桌旁，
边道歉，边摆上象牙雕像。
我轻吻了一下这偶像的手，
心里却把它和崇信者诅咒。
我模仿异教徒连续几天，

也像婆罗门把经书诵念。
当看到我在寺院已站住脚，
便又高兴得不知天有多高。
一天晚上我把寺门紧闭，
像毒蝎在寺院内窜来窜去。
我把雕像的底座仔细观察，
发现有个绣金的帷幕悬挂。
幕后有个人像主教的样子，
端坐着并把线头握在手里。
其中的奥秘我立即了解——
像达乌德[①]手中握着块铁。
每当他把线轻轻地拉动，
偶像的手也就举向天空。
婆罗门看到我后，面带羞惭，
因他们的手腕露出了破绽。
我向他进攻，正穷追到底，
直把他驱赶得跌进井里。
我知道只要他活在世间，
就不会放弃杀我的恶念。
他暗地里把我视为仇敌——
我却并不揭露他的秘密。
因为看穿他的卑劣行径，
他的把戏便再不能玩弄。
只要他还在这世上存在，

① 达乌德：即大卫王，也是伊斯兰教尊奉的先知。青年时期是高超的铁匠，据说铁块到他手中，便如蜡块一样由他任意锻造、揉捏。（译者、编者合注）

就会想方设法将你谋害。
或许他会俯首听命于你，
而一旦得势便将你击毙。
不要再盲目地追随骗人者，
受骗后，不要再温情脉脉。
我拿起石块把恶棍打死，
人一死，再也就不出话语。
我看到此事引起轩然大波，
为摆脱困境，只有走为上策。
你若放火焚烧山林野地，
如聪明，当避开狮子袭击。
不要无故砍杀幼小毒蛇，
若已杀，快离开那间房舍。
当你有意或无意捅了蜂窝，
你应快逃之夭夭，以防被蜇。
不要不假思索地放出箭矢，
若不幸放出，就应赶快逃逸。
为避免生命的墙基被捣毁，
就须洗耳恭听萨迪的教诲。
在逃生之后我来到信德[①]，
又途经也门到达希扎兹。

---

① 信德：印度河下游地区，大致相当于今巴基斯坦信德省。古代旅行者可以从印度河乘船航行到达亚丁港口，然后经由也门抵达希扎兹、麦加完成朝觐仪式。（译者、编者合注）

## 颂赞

我曾把多少人间的苦难品尝，
倍感今天的生活无比甜香。
我要把阿布·伯克尔·萨德颂赞——
像他这样的伟人从未出现。
苍天的迫害使我无处上诉，
在这阴影下，无人为我庇护。
我谦卑地为我的命运祈祷——
主啊！你何时使这暗影泯消？
药物虽未敷到痛苦的伤处，
但苍天终究恩赐给我幸福。
我不知怎样感戴他的厚意，
只有俯身下拜，效犬马之力。

## 关于我自己

当我一一地解开那些扣结，
便向我耳中传入各种教诫。
其一是：不论何时遇到困难，
都应向那奥秘的知识求援。
每当我想起牙雕的偶像——
狭隘的眼界便豁然开朗。
我知道：当我举起双手敬祈，
完全出于无奈而身不由己。
但是智者从不盲目行事，
总要探求到其中的奥秘。
虽然开敞着行善的大门，

并非人人都能扬善施恩。
在宫中对国王须唯命是从，
做不到这点，就别进入宫廷。
谁也不掌握命运的钥匙，
一切都遵照真主的意志。
朋友啊！你应沿着正道前进！
哪怕正义的主未对你降下宏恩。
你既然有着善良的本性，
也就不会产生恶的言行。
像甜的蜜是由蜂儿酿就，
而毒液则出自毒蛇之口。
人民若离心离德不能团结，
这个国家的命运终是覆灭。
但若主对人民无边的慈爱，
他们便能生活得安逸欢快。
只有不盛气凌人、自吹自擂，
才可能得到提携、晋升高位。
若认真听取有益的教诫，
你才能变得高尚而纯洁。
如某一天你受到主的恩宠——
为你准备的美餐十分丰盛。
切不要一个人独自享受，
应记起贫穷的萨迪朋友。
做得十全十美我不能保证——
这正需要你的体谅和同情。

# 第九章　论忏悔和步入正道

当年过七十而病老归西，
从此消失世间而静静睡去。
只有你在生时走在正道上，
才能准备好到彼世的干粮。
终审日时，要对善恶清算，
只有行善者，才能升天园。
人们携带来善行的“财富”，
两手空空者会倍感受羞辱。
他人的“财富”占满了市场，
精神的穷汉却满心忧伤。
若连五个迪拉姆都没有，
你的心情该是多么烦愁。
即使你超过五十岁年龄，
回首往昔犹如五天光景。
临终时若仍是精神的穷汉，
你理所应当这样仰天哭喊：
“啊！当你生时没能够行善，
在死时就该把真主呼唤：

我无谓地荒废过多少光阴，
你们切要把每刻时光抓紧！”

## 故事一　一个老人的话

一个夜晚，几个青年相聚，
他们征歌逐舞，置酒欢娱。
他们如花盛开，似夜莺啭鸣，
他们高声喧哗，使鸡犬不宁。
有个见多识广的老人也坐一旁，
岁月已把他的黑发染成白霜。
他的口像榛子，任何话不说；
青年则爱说笑，有如开心果。
一个青年上前说道：“啊！老人！
请不要躲在角落里沉郁烦闷。
而应在此刻解脱开痛苦，
和青年们一起把时光欢度。”
于是老年人开始打破沉默，
对青年的要求这样解释说：
“当花园里吹来习习春风，
便会把幼小的果树摇动。
春风能让嫩绿的麦苗头低腰弯，
秋风能使黄色的麦秆拦腰折断。
春天来时，柳树能抽出新枝，
同时也会凋落老树的枯枝。
同青年一起欢乐改变不了我，

我的满头白发就像黎明天色。
我如雄鹰——却被套上枷锁，
虽有壮志——却被逐步消磨。
现在你们可摆歌席舞筵，
我的欢乐时光已不再返。
当暮年的尘埃落满了头顶，
青春欢乐的眼睛就该闭拢。
我这乌鸦之羽既被白霜尽染，
不该还像夜莺仍旧瞩目花园。
流光溢彩的孔雀喜爱卖弄，
不能以此要求脱毛的苍鹰。
我生命的庄稼即将被割倒，
你们却似刚拱出土的嫩苗。
我青春的花圃已一去不返，
曾经鲜艳的花枝已经枯干。
我衰老的躯体靠拐杖扶持，
勃勃的生机早已完全丧失。
那似蔷薇的面容变得蜡黄，
就像即将垂落西山的残阳。
青年人常连蹦带跳地走路，
老年人站立时还要人扶助。
年轻人对任何事物都好奇，
老年人却对事情都细致考虑。
我会因犯有错误而感羞愧，
不像小孩子会轻易地落泪。

智者鲁格曼[1]曾经这样说：
‘死掉要强过罪恶地活着。’
正像做生意如总是亏本，
还不如尽早地关闭店门。
当年轻人的头发变成白色，
可怜的白发老人已进墓穴。”

## 故事二　医生的话

有个年迈的老人找到医生，
从他的呻吟得知死期临近。
说：“请为我摸摸脉，啊，医生！
我的腿已不能向前挪动。
我的身躯像弓一样弯曲——
就像半身已被埋进土地。
医生说：“不必把世界牢牢地抓住，
复活日时，你仍能从土中钻出。
老人不该追求青年的欢乐，
流走之水不能再返回小河。
青年生性活泼，喜欢蹦跳，
老年人则有睿智的头脑。
当生命已尽，挣扎也无用，
就像水已没过人的头顶。
应从头脑中排出一切欲望，

① 鲁格曼：阿拉伯传说中极为聪明、智慧的人。（译者注）

情欲对于老年人很不适当。”

## 劝诫

当我的头顶覆盖上白色，
便随之消失青春的欢乐。
当我的身躯开始埋入土中，
心灵怎能恢复少年的欢娱?
我们在掩埋先人的土地上，
无忧虑地追求着自己的欲望。
我们也将被葬进泥土里，
任他人从我们身上踏去。
遗憾啊！青春时光一去不返了！
欢乐嬉戏的生活一去不返了！
遗憾啊！朝气蓬勃的日子，
已像电光那样早已逝去。
我已失去吃好穿好的热情，
也不再为遵从信仰而苦痛。
遗憾啊！白白耗费多少精力，
以致误入歧途，从正道远离。
老师对孩子教导得有多好：
“不努力学习，时光徒然耗掉。”
遗憾啊！将结束宝贵的生命，
有前面，也就还有几天光景。
年轻人啊！要紧紧抓住今天，
到老年，不会再向青春复返。
你正体魄健全，精力旺盛，

为打马球，能在广场驰骋。
苍天已经掠走我的岁月——
他让白天紧紧追随黑夜。
我因未对青春的时光珍惜，
现在十分疚痛而懊悔莫及。
老驴负重必然步履维艰，
你应踏上骏马飞腾向前。
玉杯摔碎后，即使被粘连，
也不可能再卖得好价钱。
现在它既掉下摔成几瓣儿，
唯一的办法便是再次粘连。
假如你已落入阿姆河[①]中，
就要全力挣扎以便求生。
如果找潜能清水作小净，
只好采用沙土“清洗”干净。
即使没把疾走如飞的人超过，
也要磕磕绊绊地穷追不舍。
尽管他像风那样一闪而过，
即使你无脚，只要能站，也决不坐。

## 经历

某夜，我在菲德草原[②]睡去，

---

① 阿姆河：中亚最大的河流，发源于兴都库什山，流经阿富汗、土库曼斯坦、乌兹别克斯坦等国，汇入咸海。《史记》、《汉书》作“妫水”，《隋书》、《旧唐书》、《新唐书》作“乌浒水”。（编者注）

② 菲德草原：阿拉伯半岛草原名，现在位于沙特阿拉伯境内。（译者注）

就像把疾跑的双腿捆起。
愠怒的赶驼人匆匆走来，
用驼缰打我的头，说："起来！
难道你睡得竟死了过去——
兽铃的响声没把你唤起？
我也和你一样睡得香甜，
而前面的路程却还很远。
在你熟睡时，他们已远去，
何时你才能同他们再遇？"

### 劝诫

赶驼人敲响骆驼上的鼓鼙[①]，
率先到达商队的宿营地。
福运总和聪慧者相陪伴，
因他出发赶在击鼓人前面。
而当贪睡者一觉醒来时，
已不知道商队走向哪里。
步行者应早起尽量往前赶，
若等旅队走后才醒为时已晚。
贪睡者啊，应当快快苏醒！
当死亡临近，睡觉还有何用？
当青春的头顶生出白发，
睡眼啊，请你赶快睁开吧！

---

① 鼓鼙：波斯古代商人在为首的骆驼身侧悬挂着一个鼓，在准备离开营地出发上路时，赶驼人便把鼓敲响，以通知其他人跟随而来。（译者注）

既在黑夜中落上了白露，
生命也就开始丧失希望。
曾经做过多少错误的事，
只归咎于当时的不明智。
你既然期待能收获粮食，
就须现在及时播下种子。
复活日时不要两手空空，
这会使你感到万分忧痛。
你锐利的眼睛应看穿坟冢，
那里生活着看不到的蚁虫。
孩子啊！要和靠本领才能得到，
本钱若丢，利润还从何谈起。
已不会涌来吉祥山洪，
但使水没腰仍有可能。
眼睛不要总让泪水涌流，
舌头不应总是寻找借口。
体内的清水并非永流不尽，
口里的借故并非总能找寻。
既然犯有错误，就应改正，
决心既已说出，就该实行。
今天能对智者的教诲倾听，
明天奈克尔①便不把你审讯。
对这宝贵的喘息应当珍视，

① 奈克尔：伊斯兰教相信，亡者被葬入坟墓之后，便会有蒙克尔、奈克尔两位天使前来探望、审问。（译者、编者合注）

没有鸟儿的笼子[①]毫无价值。
时间就像把锋利的宝剑，
生命白白耗掉有多遗憾！

## 故事三　一位聪慧者的话

人的寿命长短虽由天意决定，
但人却总是同死亡进行斗争。
当哭叫的声音传进耳朵，
一位聪慧的人曾这样说：
“假如死人为撕掉裹尸布，
能够从你那里得到帮助。
若我只比你早死一两天，
不要拒绝对我进行悼念。
当你为我的死而感到忧伤，
不要忘记你也终会死亡。”

### 劝诫

当人们用泥土掩埋死者时，
所怜悯的并非死者，而是自己。
不必为早夭的婴儿悲痛，
他来时纯净，去时也仍纯净。
你应永远保持生时的纯洁，
不要在死时因肮脏而羞怯。

① 没有鸟儿的笼子：在这里鸟儿喻指精神，笼子喻指肉体。（译者注）

你该牢牢地缚住精神之鸟，
不论何时也别让绳头脱掉。
先人们去后你来到此地，
你走后，又有人把你接替。
假如你是勇士，剑握手上，
永远不要退却，除非死亡。
假使你在沙漠，双足被捆缚；
捆绳解开，便能从漠地走出。
假若你的臂力十分强健，
脚便不会陷进死亡荒原。
不要一想到老年便痛苦——
并非拱形建筑都是陵墓。
昨天已逝，对明天也不必多想，
而应当紧紧地抓住今天不放。

## 故事四　加姆之言

当加姆[①]的一个爱妾去世，
裹在尸布中似蚕在茧里，
她被放在一个地下墓室，
加姆经常前来为她哭泣。
当他见裹尸布丝绸腐烂，
便不禁自言自语地吁叹：
“我从蚕那里抢夺来丝绸，

① 加姆：即加姆希德，古代传说中的一个国王。（译者注）

却又被墓中的蛆虫夺走。”

## 故事五　一个艺人的弹唱

一个艺人弹着冬不拉吟唱，
有两“别特”炙烧着我的肝脏：
“遗憾啊！花开花落，春来春去，
我们之前，多少时光已逝去！
当再过多少金秋和春时，
我们会变成泥土和土坯。”

## 故事六　一块金砖

有一位修士对主十分虔诚，
拣到一块砖——用黄金制成。
他以炯炯目光望着金砖，
聪慧的心儿却变得暗淡。
他整夜思忖，“怎样用这金钱——
不把它稀里糊涂地消耗完？
今后，我这孱弱的身躯，
决不再在他人面前弯曲。
我要用大理石来做房基，
用檀香木作房顶的椽子。
为接待朋友还要建个厅堂——
厅堂中再设一个育花暖房。
我已十分厌恶补丁衣裳，

厨房的热气也使我脑胀。
今后，为我做美餐的有厨师，
我永远精神愉快，生活恬适。
从此，我将撤掉艰苦的床毡，
而代之以幸福的贵重毛毯。”
他的这些想法愚蠢可笑，
像是蟹螯钳进他的大脑。
他不再虔诚地颂赞真主，
也不把祈愿向真主倾诉。
他来到郊野，像醉汉昏昏沉沉，
不论坐在哪里，心情也难平静。
有个老人来到坟地和泥——
他要用这泥土做成砖坯。
老人见他后，思忖了片刻，
说：“短视的人啊！请听我劝说！
不要一见金砖就如此痴迷——
你的尸土将会被做成砖坯。
贪婪的人总把大嘴张着，
就是一口烤饼也不放过。
放弃金砖吧！啊，卑劣的人！
砖石阻挡不住阿姆河前进！
不要满脑子只想着金钱，
这会把生命的价值作践。
贪求之尘会把智慧之眸遮罩，
情欲毒品能使生命之树枯槁。
快把贪婪的染眼剂擦干净！

因为明天泥土会遮盖眼睛。”

## 故事七　仇敌死后

有两个人彼此充满敌意，
就像两个豹子争斗不已。
两人一见面便含怒争吵，
天空因此变得十分窄小。
死神来到其中一人面前，
他欢乐的生活一去不返。
他的仇人对此幸灾乐祸，
有一天从他的墓前经过，
他的住宅曾经辉煌灿烂，
而今墓室却用黄泥涂满。
仇人高视阔步地站在墓侧，
面带微笑，自言自语地说：
“一个人最令人欢快之事，
是仇敌死后，与密友欢聚。
若某人死在他的仇人之后，
可不必在他死时热泪涌流。”
为表达自己的仇恨感情，
用铁锹去挖仇敌的坟茔。
墓穴里埋葬着他的头颅，
两个眼窝里填满了泥土。
他的尸体被围困在土狱，
任凭蚂蚁抢掠，蛆虫啃噬。

泥土还塞进他的骨骼里，
如象牙盒中装的染眼剂。
随着时间推移，身躯瘦似牙签，
圆月形的脸，变得和新月一般。
手指的关节已全部离散，
而手掌从前却十分强健。
不禁对他滋生怜悯之心，
把泪水滴进他的尸土中。
幸灾乐祸的人感到懊悔，
把这样的话语写上墓碑：
“勿为他人之死暗自欢欣，
你也并没有几天的生存！”
一个智慧的哲人听说这话，
叹息道：“万能的造物主啊！
多么惊奇——你若不把他饶恕，
仇敌也会为他而痛哭！”

## 哲理

我们的肉体终究会死亡——
敌人会因此对我们原谅。
当仇敌自己已表示惋惜，
对手的心便应感到悲凄。
事情迟早会有结束之时，
虽然看来它还遥遥无期。

## 经历

一天，我用斧头向土堆砍去，
有个哀痛的呻吟传入耳底：
“小心！你若是人，请轻轻掘土！
这里掩埋着眼、耳、面颊和身骨。”

## 经历

一次，我半夜便起床上路，
晨时，赶上一个商旅队伍。
突然，可怕的风沙平地掀起，
吹得人们都把眼睛紧紧合闭。
为避风，我们躲进一户人家里，
见女儿正为父亲把尘沙掸去。
父亲说：“啊！我漂亮的天使！
你的爱我之心，我心中自知！
但我身上、脸上满是土尘，
并不能用纱巾擦得干净！”

## 哲理

春风轻轻拂过这片土地，
把我们身上的尘埃带去。
你生命的气息像野马未驯，
会飞快地带着你跑向坟茔。
死神会突然毁掉你的马蹬，
你也无法控制自己的缰绳。

似玉笼的骨架啊！请注意！
不要让生命的鸟儿飞离！
当这喘息之鸟冲破玉笼，
你便无法使它再回笼中。
抓紧时间啊！一生犹如一瞬，
一刻智慧清醒，胜过混沌一生。
亚历山大虽把世界统治，
但只一瞬间便弃世而去。
他并未料到世界把他颂赞，
因他在世期间是这样短暂。
每个人都将告别世间亲人，
留下的只有美名或者丑名。
何必把这似旅店的世界牵挂——
好友们陆续离去，我们却留下。
我们死后，当果园再开鲜花，
亲友们仍将会相聚树下。
没有必要对世间过分依恋，
缺少谁都能照旧生活美满。
死者现在虽安息在墓窟中，
复活日时则将把泥土抖净。
今天能谙熟这一切世事，
明天便不会懊悔地叹息。
当你风尘仆仆来到设拉子，
首先该做的该是全身沐浴。
但若罪恶的尘埃落到身上，
就应离开故土，而远走他乡。

泪水尽情涌流，有如小溪——
既有污点，就应当把它清洗。

## 经历

当我的父亲在世的时期，
苍天不时降下恩惠之雨。
不仅为我购买石板和笔，
还送给我一个纯金戒指。
一天，有个人见到这戒指，
仅用一个椰枣便把它换去。

## 宣教

幼童因不知戒指的价值，
人们能用甜枣把它骗取。
你若不懂得生命的宝贵，
会在欢娱中把生命耗费。
复活日时，行善者能升天堂——
从地底直升到昴宿星团上。
今生今世你若不施舍行善，
复活日时你将会赧然羞惭。
只有在主面前忏悔罪恶，
见到善良的人才不羞涩。
复活日时将终审人的言行——
专权者也会吓得全身抖动。
在那天，先知也会胆战心惊，
来呀！及早悔悟自己的罪行。

虽是女人，但若对主十分虔信，
则远远胜过毫无道德的男人。
当看到女人比你更虔诚，
你身为男人难道不脸红？
为了不向真主进行祷祝，
女人们总能将借口找出。
生命不论多么痛苦忧伤，
血也呈鲜红，脸色则发黄。
若你女人那样不知悔过自新，
何必还夸耀自己是个男人？
若欲了解我说话的根据，
请先听听安瓦里[①]的诗句：
“若走歪门邪道，而不走正路，
哪像男子汉，就连女人也不如！”
如果整日嬉戏，寻欢作乐——
便会使敌人强大，自己削弱。

## 故事八　养狼羔的人

有人豢养了一只小狼羔，
狼养大后，要把主人吃掉。
当他的生命临到垂危时，
自言自语说出一个警句：

① 安瓦里（？—1187），波斯诗人，以写颂赞诗著名，被誉为“波斯颂赞诗大师”。（译者注）

“虽然你对仇敌仁慈抚爱，
但到最后它仍把你伤害。”

### 劝诫

伊卜利斯对我们这样诅咒：
“但愿坏事能出自他们之手！”
我们心中常常萌生恶念，
真怕伊卜利斯的咒语兑现。
它的意图虽然暂时得逞，
主却因此把它赶出天庭。
若同它合作去向正义斗争，
我怎能不羞愧得无地自容？
朋友们的矛头总是针对敌人，
在朋友之间很少有争斗发生。
他既是朋友，就该给他友谊，
两人决不应彼此视若仇敌。
如果伤害了真挚的情谊，
朋友之间也会势不两立。
当在客厅出现敌人的身影，
朋友们便不再会跨进大道。
当你割断友情，卖掉优素福，
用这黑心钱能够做些什么？

## 故事九　送交仇敌的人

某人因没顺从国王旨意，

国王下令："把他送交仇敌！"
落入敌人手中，必死无疑，
他一边说，一边痛哭流涕：
"若朋友都不能对我善待，
我怎能够不受敌人危害？"

**劝诫**

谁若给朋友带来了灾难，
但愿敌人把他的皮撕烂。
你若聪明，就不要背弃友情，
否则，敌人会对你肆意欺凌。
如果能同朋友齐心协力，
就可能将敌人置于死地。
折磨朋友会使敌人高兴，
这种人决不会留下美名。

## 故事十　恶魔的罪愆

某人用计谋侵吞了他人财产，
清醒后认为这是恶魔的罪愆。
对此伊卜利斯这样回答：
"我从未见过你这样的傻瓜。
我愿意同你和解，互不侵犯；
和我对立，何必要这样傲慢？"

**劝诫**

若把丑陋的恶魔视为天仙，

这对你来说该有多么遗憾！
假如你既悍顽，又愚昧，
难免将纯洁错看成污秽。
应想办法不使它们争斗——
为使它们调和可寻找借口。
但是人们并不会因此安宁——
终将随时光流逝而结束生命。
你若不具备劳动的能力，
会像可怜的人哀声哭泣。
假如你的罪恶超出了想象，
你会说："邪恶做尽会成善良。"
应进入开启的调和之门，
以防它会突然向你关紧。
孩子啊！快放下罪恶的包袱！
携带它，怎么能够行动迅速？
应沿着善良人的足迹行进，
幸福只属于追求它的人们。
你若在恶魔后面亦步亦趋，
便会同良善制订背道而驰。
谁能沿着先知的道路前进，
先知就会对他的罪恶说情。

## 故事十一　一个沾满泥浆的人

一个沾满泥浆的人去清真寺——
他惊奇为什么自己这样晦气。

某人截住他说：“愿你双手全无！
请不要把那圣洁地玷污！”
我心中对他充满怜悯，说：
“圣洁的天堂能使人欢乐。
为在主的面前忏悔罪恶，
身上沾有污泥有何过错？
进入天堂的只能是驯顺者，
付了款，便能买到相应的货。”

## 劝诫

去吧！快把罪恶的襟袍洗净，
真主会突然审查你的言行。
不要说幸福之鸟会离我而去，
捆缚它的绳索仍在我的手里。
若会迟到，应当加快脚步，
不要因时机错过而痛苦。
即使死亡也应对主虔敬，
仁慈的主终将给你怜悯。
醒悟吧！不要认为过错无所谓——
为错误掩饰，该流下眼泪。
否则，当你来到主的面前，
罪恶将会使你感到羞惭。
因为当你已经声名狼藉，
会在他人面前感到卑低。
主一旦发怒而将我赶走，
哪个伟人能够前来解救？

## 经历

记得还是在我幼小的时候，
节日时，父亲带我出门嬉游。
我只顾看人们喧闹的场面，
不料在人群中同父亲离散。
我不知所措，急得大声哭叫，
父亲找到我后，便这样训教：
“真淘气！我几次嘱咐你——
一定要牢牢揪住我的上衣！”

## 劝诫

不要让幼童独自外出，
因为他很难认清道路。
愚昧者啊！你也有如稚童，
人生之路需有智者带领。
不要同卑劣者交往过密，
否则便得不到人们敬意。
要把善良人们的衣带抓住，
乞怜者伏拜真主不为耻辱。
若把教长比作坚实的墙壁，
信徒则像攀墙登高的孩子。
稚童能够顺着墙壁向上爬，
人们应该从中受到启发。
只有完全解脱异教束缚，
才能加入笃信者的队伍。

你的言行应像善良的人，
否则无法进入天堂之门。
萨迪正把知识之谷收获，
你也快像他那样去收割。

### 向宗教领袖进言

啊！今天你能占据着经坛，
明天便能陪伴圣主就餐。
请不要厌恶嫌弃那些穷汉，
慷慨者不把不速之客驱赶。

### 劝诫

假如今天能同智者相交，
明天就不必走懊悔之道。

## 故事十二　放火烧毁谷物的人

某人五月[①]时获得了丰收，
不再为十月的饭食担忧。
一天，这倒霉的蠢人喝醉，
放起大火，把那谷物烧尽。
他的谷堆竟没有剩下一粒，
只好把他人丢的谷穗拣起。

① 五月：和下面的诗行的十月，都是指伊朗阳历。五月相当于公历的八月下旬到九月中旬；十月相当于一月下旬到二月下旬。（译者注）

当人们看到他在流浪行乞，
便都这样训诫自己的儿子。
“你若不想像这倒运的穷汉，
就不要愚蠢地把谷物点燃！”

### 劝诫

当你把谷物都付之一炬，
就将会落入悲惨的境地。
既然完全焚毁自己的谷物，
只好不知羞耻地去拣谷穗。
应培育智慧和正义之种，
切勿把名声的谷堆毁损。
当不幸的人深陷于绝境，
幸运者能从中汲取教训。
须在惩处前敲开宽恕大门，
受到拷打再哀号能有何用？
只有认真地对待我的劝诫，
明天才不会为过失而羞怯。

## 故事十三　干了丑事的人

某人不慎干了丑事一桩，
慈祥的智者都把他原谅。
他羞愧得不禁汗颜，说道：
“啊！我哪还有脸再见父老！”
智慧的耆老听他说这话，

生气地训斥道:“年轻人啊!
主无时无刻不在监视你,
所应惭愿的恰是你自己!
见到他人不必感到不安,
而该时时把主放在心间。
真主能够使你知道羞耻——
就像人们在你周围监视。”

## 故事十四　优素福和佐莱哈的故事

爱情的醉酒使佐莱哈眩晕,
她紧紧地拉住优素福的后襟[①]。
情欲的恶魔像一只豺狼,
猛然间扑到优素福的身上。
埃及夫人[②]有一尊石雕偶像,

---

① 优素福的后襟:优素福被商队带到埃及后,在法老的护卫长家中做侍从。护卫长夫人佐莱哈为优素福的俊朗美貌和优雅风度倾倒,有一次在深宫闺阁中引诱优素福,优素福不为所动,想转身逃走,佐莱哈在其后穷追不舍,追到深闺门口撕下优素福衣袍的一块后襟,正好被从王宫回来的护卫长及其随从撞见。此事在当时引起流言蜚语,一时在朝野间闹得沸沸扬扬,优素福也因此遭到诬告,被投进监狱。后来埃及法老要从监狱中提取优素福为其解梦,但优素福要求法老先审判他遭诬告而被下狱的案件,然后才愿意为法老解梦。最后埃及法官断案:如果衣襟是从前面被撕破的,便是优素福图谋不轨,遭到佐莱哈的极力抵抗;如果衣襟是从后面被撕破的,便是优素福洁身自好,在转身逃离的过程中被佐莱哈追赶所撕破。经过这么一番周折和审判,优素福的清白,从此大白于朝野。参见第 38 页注①,参阅《创世纪》39 章和《古兰经·优素福章》。(编者注)

② 埃及夫人:及后面的“主妇”均指佐莱哈。(译者注)

每天早晚都向它倾诉衷肠。
此时，她总用手掩住面颜，
说：“但愿我在他眼里长得好看！”
优素福坐在角落里面色含忧，
因主妇的进逼而双手抱头。
佐莱哈把他的手足亲吻：
“啊！何必要忠贞，应桀骜不驯！
不要紧锁双眉，心肠冰冷——
在欢乐时刻，不该心神不定。”
他的泪水簌簌地涌出眼睛，
说：“请收起欲念，我不会动情。
你应羞于我似岩石的脸色，
而我在主面前也感到惭怍。”

## 劝诫

当把生命的资财消耗殆尽，
才开始懊悔不迭又有何用？
为容颜红润而饮酒作乐，
终会脸变蜡黄，感到羞涩。
今天还来得及改正前非，
明天①可没有辩解的机会。
野猫到哪里也令人厌恶——
它混身上下滚满了尘土。
不应设法掩饰自己的缺欠，

① 明天：这里指终审日。（译者注）

不要怕把它展露在他人面前。
这就像犯有罪愆的奴婢，
会伺机从主人家里逃逸。
而若对他们采取仁慈态度，
便不必用铁链把他们锁住。
当同某人因仇恨引起争斗——
若制服不了他，便该逃走。
怎样做，现在就该考虑清楚——
不要等到已记入功过簿。
只要在复活日之前觉悟，
便来得及纠正所犯错误。
过失会使心镜染上污点，
悔悟却又使它明亮如前。
现在若能不断反省自己，
复活日时便不感到畏惧。

## 经历

我来到埃塞俄比亚的一个城市，
摆脱开素日烦恼，心旷神怡。
我看到路边一个高台上，
有几个穷汉被牢牢捆绑。
那时我正要从城中走出——
像离笼的飞鸟无拘无束。
一人说：“他们都是些强盗，
因不听劝诫，而走入歧道。
假若你从不去欺人作孽，

即便巡警如林，也不会胆怯。”

### 劝诫

你的美名无人能够掠取，
不怕帝王，却应对主畏惧。
作为仆臣，既然没对国王背叛，
就不必害怕清查宫廷中的人员。
若把诡计藏在高尚下面，
到终审日，便难以启口争辩。
若能完成任务，忠于职守，
便不怕仇敌暗施的阴谋。
假若奴仆总是唯命是听，
便能够得到主人的宠幸。
如若处于奴仆这样的地位，
该像牛马那样把主人侍卫。
应像仙女般地和善温柔，
至少不应像凶猛的野兽。

## 故事十五　达马甘城的警官

达马甘[①]警长把某人棍打一顿，
那人呼天抢地像震耳的鼓声。
夜里，警长因不安辗转反侧，
有个修士路过他时这样说：

① 达马甘：波斯古代名城。（译者注）

“夜里，谁若去向警官申冤诉苦，
白天，便不会因罪恶感到羞辱。”

## 劝诫

若每天夜里都向主忏悔，
终审日便不会感到羞愧。
聪慧者随时都向真主祈愿——
白天犯罪，夜晚便求得恕宽。
如未得到谅解，何必担心？
主不会关闭宽宥的大门。
仁慈的主既然创造出你，
当你倒地，也会助你一臂。
既是奴仆，不可向主祈求，
既已悔悟，便将热泪涌流。
懊悔的泪雨不洗净罪恶，
便不能从宽宥之门通过。
当忏悔罪恶而滚落泪滴，
主将不会使他名声扫地。

## 经历

在萨那[①]我看到死了个孩子，
对这噩耗我只有黯然悲泣。
主刚使他长得似优素福美丽，

① 萨那：也门城市名，盛产红宝石。历史上一直是也门的政治、文化中心。（译者注）

便像鲸鱼吞掉尤努斯[①]被墓穴吞去。
在世界花园他刚把头抬起，
死神便摧断他的生命根基。
幼苗长成巨树须经三十年，
便一阵狂风便会将它摧断。
鲜花怒放在这里不足为奇——
土中葬着多少娇美的身躯。
我自忖："罪恶之人理当死去——
他们少时纯洁，后来却沾满污泥。"
由于我对这孩子十分喜爱，
开始挪动压着坟墓的石块。
黑暗狭小的墓穴令人惊骇——
孩子的神情紧张，脸色煞白。
当我从忧闷中清醒过来时，
忽听到可爱的孩子的话语：
"你若对墓穴的黑暗恐惧，
小心些！并把油灯擎起！"

---

① 尤努斯：即《旧约圣经》中的约拿，也是被伊斯兰教所尊奉的一位先知。尤努斯本是以色列的先知，但他接到真主的命令，要他前往以色列的强敌亚述帝国都城尼尼微去传道，尤努斯不愿前往，途中登上一条商船逃走，真主因此在海上兴起风浪来惩罚尤努斯。船上的人通过掣签知道尤努斯是这起风浪灾难的原因，问他怎么办，尤努斯说："你们把我投进海里，海浪就平静了。"尤努斯被扔进大海之后，真主安排一条大鲸鱼把尤努斯吞进肚子里，过了三天三夜才把尤努斯吐到旱地上。（编者注）

## 劝诫

在暗穴中要点亮如昼之灯，
在世间则用行善之灯照明。
枣园工人不怕日夜辛劳，
只为能结出累累的椰枣。
有些人十分贪婪和懒惰，
不播麦种，却想得到收获。
种下什么，也就结出什么；
萨迪植什么树，食什么果！

# 第十章　祈祷

来啊！虔诚地向主举手祈祷，
明天，埋进土中便无法祷告。
请看树木当到深秋季节，
会因寒冷而飘落下树叶。
虽然两手空空向主求乞，
慈主却不使它空手返去。
苍天赐赠给它新春锦衣，
并且让它当年获得果实。
对于祈求切勿丧失信心，
苍天并未对你关闭大门。
应当向真主祷告和求乞，
来啊！来把仁慈之门敲击！
像伸向天空的秃枝枯干——
没有任何绿叶附在上面。
作为奴仆难免会有过恶，
真主啊！应当把他们宥赦。
有罪的奴仆应谦虚似泥土，
才有可能得到真主的宽恕。

慈主啊！我们的衣食靠你赐予——
已经习惯于你的厚恩博施。
乞丐既得到慷慨的恩惠，
便念念不忘真主的慈悲。
你使我们热爱这个世界，
并重视终审日时的判决。
你威严可敬，又和蔼可亲，
没有人能和你相提并论。
至圣的主啊！不要把我鄙弃——
只因我犯有罪愆而羞愧无比。
我在你的面前，已幡然悔悟，
就请不要使我再感到羞辱。
我不愿不可一世，狂妄自大，
而宁愿你能亲自把我处罚。
谁若不得不亲手惩处自己，
该是世上最令人痛心之事。
假如我能得到你的庇护，
就定能在天下得以立足。
冠冕能够使我昂起头颅，
没有它，也不该受到欺负。

## 故事一　在麦加的经历

每当想起在麦加的祷祝，
激动的心情便抑制不住。
人们忧伤悒郁地祈求真主：

“主啊！原谅我！解除我的悲苦！
请善待我！不要把我驱赶！
我正以额紧贴你的门限。
可知我贫穷可怜，束手无策，
不能从人的欲望中解脱。
情欲的野马如此地狂奔——
理智控制不住它的缰绳。
有谁能把情欲之魔战胜？
正像虫蚁难同猎豹相争。
请向你的信仰者指明道路，
在敌人面前给他们以庇护！”

## 祈祷

主啊！怎样才能把你赞颂！
我无法用言语将你形容！
朝觐天房时高喊着“兰拜凯”[①]，
并以此祝福麦地那的逝者[②]。
圣战者们赞颂着主进击，
面对敌人[③]丝毫也不畏惧。
他们像老年人那样恭顺，
又如血气青年那样忠诚：

① 兰拜凯：阿拉伯语，意为“响应你！主啊，响应你！”穆斯林在朝觐时期常诵念这句赞词。（编者注）

② 麦地那的逝者：指伊斯兰教先知穆罕默德，他的陵墓在麦地那。（译者注）

③ 敌人：指欲望和自性。（编者注）

“假如我陷入垂死的漩涡，
会为高喊救命而感到羞涩。
但愿那些虔敬主的人们，
能说服那些桀骜者归顺。
对纯净者，勿使他们受到玷污——
他们出现过失，也请予以宽恕。
见到耆老，应尊敬地弯腰；
犯有罪愆，则该低头看脚。
对于幸福，不要视而不见；
当去作证，不该缄口不言。
坚信之灯将把夜路照明，
能使我们远离罪恶的行径。
不该看的，不要让我目睹！
不该做的，不要让我接触！
在你面前，我好似一颗微粒——
以至存在或消失并无差异。
对于我，你就要慷慨的骄阳，
我被看见，是因你射来光芒。
罪人只盼望得到你的抚爱，
国王瞥乞丐一眼便是关怀。
假若你能仁慈地帮我一把，
我会说：“对这恩赐该怎样报答！”
主啊！请别对我把大门关闭——
除这里外，我便无它处可去。
虽然由于愚蠢我已来晚，
但现已来了，就别将门紧关。

因耻于罪恶，我不想辩护，
不想无奈何地说：“啊！富户！
请赦免我的过恶，因我贫困，
作为富人理当同情穷人。”
不要看我可怜而眼含泪花，
我虽软弱，但后盾十分强大。
主啊！请随意把我们抛弃，
在天命面前，谁有抗拒之力？
因我并未实现良好的愿望，
就应将我们的过失原谅。
我的努力你能够化作乌有，
谁有力量同真主进行争斗？
我从未悖违过你的命令，
而总是心甘情愿地服从。

## 故事二　一个黑人的回答

有个人嘲笑黑人丑陋不堪，
黑人的回答使他哑口无言：
“这并非我自己造就的面容，
你却认为是因我的恶造成！
我的美或丑是由天铸定——
你欲如何对待我的丑容？”

### 祈祷

主啊！我们需要你的训育，

命运也都掌握在你的手里。
你有博大的智慧全能全知；
我却知之甚微，无能为力。
有你的指引，我才择善而行，
否则，我怎知道该如何行动？
假若没有创世主的帮助，
奴仆的信仰怎可能诚笃？

## 故事三　达尔维什的劝语

某人一到清晨便忘记前夜的悔过，
虔诚的达尔维什对他这样劝说：
“假若主不接受我们的誓言，
是因我们没有坚定的信念。”

### 祈祷

愿你的正义使我避开邪欲，
愿你的光芒使我不进炼狱。
贫贱的面颜会垂向土地，
罪恶的尘埃将飘向天际。
啊！请你带来仁慈的乌云！
用雨水浸湿罪愆的干尘！
过恶使我感到万分羞辱，
除掉忏悔别无任何出路。
你无所不知，却闭口不讲，
但用药敷在忧伤者的心上。

## 故事四　长老跪拜偶像

长老紧紧地关闭着寺门，
整日跪拜偶像，视为至尊。
这种盲目信仰持续了数年，
忽然长老的生活变得艰难。
他可怜地伏在偶像面前，
祈求它能够施惠与行善。
说："我正日趋贫困，饥寒交迫，
偶像啊！请发慈悲，降恩于我！"
他连续多少次向偶像求乞，
悲惨的命运却没改变些许。
偶像就连苍蝇也不能驱赶，
怎么可能为他人排忧解难？
他怒道："你这愚昧人的枷锁，
几年来崇拜你，是我的过错。
你若不能解除我的忧难，
我便只好向主诉说心愿！"
偶像使他好似泥土卑贱，
真主却帮他把理想实现。
偶像能使明达变得惘然，
使明亮的日子变得昏暗。
步入歧途使他迷惘彷徨，
寺院的酒使他昏头转向。
虽然他背离伊斯兰信仰，
主仍使他实现平生愿望。

他为此深深地陷入沉思，
从心中向耳朵传递信息：
“心痴的老人向偶像祈请，
诉说多少话也毫无作用。
偶像若不能使我实现愿望，
和只依靠自己有什么两样？”

### 劝诫

朋友啊！既然偶像无能为力，
何不崇信真主诚心诚意。
只要你跪拜在主的门前，
便不会失望而空手而还。

### 祈祷

真主啊！我带着罪恶而来！
空着两手，带着期望而来！

## 故事五　虔诚的醉汉

据说有个人醉饮椰枣酒后，
蹒跚来到清真寺讲坛前头。
在真主的门前哀声祈愿，
说：“主啊！请把我带向天园！”
宣礼员紧紧揪住他的衣领，
说：“嘿！你这狗真是事理不明！
你凭什么竟想升往天庭？
靠化妆难以掩饰你的丑容！”

醉汉听完这话泪如雨下：
“高尚的人啊！请放开我吧！
有罪的人期待发生奇迹——
仁慈的主会给人们恩赐。
我不期待你会接受我的悔恨，
主却从来敞开着忏悔的大门。
面对至圣的主我羞容满面——
它将对我的罪愆予以恕宽。”

## 祈祷

当人老迈龙钟体弱无力，
不用手帮忙便不能站立。
我已年迈体衰，不能自立，
主啊！请慷慨发助我一臂！
你至尊至圣，施予我厚惠，
我被赦免罪恶，不再卑微。
一旦朋友了解我的过失，
在他眼里我会名声扫地。
你是全知者，而我对你畏惧，
我向你倾诉，你能为我保密。
人们全都向你哀声地乞怜，
覆盖物不能遮住你的慧眼——
当看到哪个奴仆愚蠢狂傲，
你便将他的祈愿一笔勾销。
你若能慈悲地宽宥过恶，
人们便能从困境中解脱。
而若你对这些罪恶怒火填膺，

会把人们抛进火狱，而不留情。
你扶助我，我才能达到目的，
你抛弃我，我便得不到怜恤。
你的支持，使人们力量倍增，
你的救援，能够把险情夷平。
终审日时，将分成两组人群，
不知我将被归于哪一部分？
由于我曾经有许多失误，
不由自主地偏离了正路。
虽然喜讯不时地向我传来，
但主也逐渐把我的发染白。
对于我的忏悔理当惊奇，
因为我以前并不很谦虚。
我不曾像优素福深陷囹圄，
也没有过他那样的权力。
虽然事情已经水落石出，
优素福却仍对兄弟们宽恕。
他们没因罪恶而进牢房，
甚至没被拒绝升入天堂。
主啊！请向我们大发慈悲，
向这些贫穷者施予厚惠。
我不能以语言穷尽罪愆——
一生中也没有积福行善。
我期待着你能给予帮助，
期待你对我的过恶宽恕。
我没有财物，却只有期望。
主啊！宽宥我！别让我失望！